ハヤカワ文庫 SF

〈SF2468〉

ミッキー7　反物質ブルース

エドワード・アシュトン

大谷真弓訳

早川書房

9126

ANTIMATTER BLUES

by

Edward Ashton

Translated by
Mayumi Otani
First published 2025 in Japan by
HAYAKAWA PUBLISHING, INC.
This book is published in Japan by
arrangement with
JANKLOW & NESBIT ASSOCIATES
in association with JANKLOW & NESBIT (UK) LTD
through JAPAN UNI AGENCY, INC., TOKYO.

ジャックへ。
アーティストであるとはどういうことかを、きみから教わった。
その結果に満足してくれることを、心から願っている。

ミッキー7　反物質ブルース

登場人物

ミッキー・バーンズ…………元使い捨て人間（エクスペンダブル）
ナーシャ・アジャヤ…………戦闘機パイロット。ミッキーの恋人
ベルト・ゴメス………………戦闘機パイロット。ミッキーの友人
キャット・チェン
ルーカス・モロー…………………警備兵
ジェイミー・ハリスン…………農業セクション所属、ウサギの世話を担当

ヒエロニムス・マーシャル……コロニー建設ミッションの司令官
バーク……………………………医師

クイン・ブロック………………二級医療技術者
マギー・リン……………………システム工学セクション責任者

001

「ついさっき、通路で俺を見たんだ」

タブレットから顔を上げるナーシャ。俺たちのデスクチェアにすわり、俺たちの寝台に両足をのせている彼女は、下着とブーツ以外はなにも身に着けていない。なかなかできることじゃないが、彼女は見事に落ち着き払った表情を浮かべた。三つ編みにした髪を顔の前から払いのけ、足を床に下ろす。

「わたしもあなたを見られてうれしいわ。ドアを閉めて」

俺は部屋に入り、後ろでドアが閉まる。俺の部屋は、ナーシャが越してくる前よりずいぶんせまく見える。彼女がここに移ってきて最初にしたのは、自分の寝台を俺の寝台の横に押しこんでダブルベッドのようなものを作ることで、次にしたのが長さ一メートルのトランクを持ちこんで残りのスペースのほとんどを奪うことだった。ちなみに、そのトランクは俺には使わせてもらえない。しかもどういうわけか、ナーシャ自身は、実際の体のサイズからはとうてい信じられないほどのスペースを食う。

誤解のないように言っておこう——これはべつに文句じゃない。

俺は寝台にすわり、ナーシャの手からタブレットを取り上げる。彼女の顔に苛立ちの表情がよぎるが、抵抗されることはなかった。

「聞こえなかったのか？　もう一人の俺を見たんだぞ。いちばん下の階のサイクラーの近くで。マーシャルのやつ、俺の新たなコピーを培養槽から出しはじめたんじゃないのか」

ナーシャはため息をつく。「そんなことあるわけないじゃない、ミッキー。あなたが使い捨て人間（エクスペンダブル）を辞めたとき、マーシャル司令官はあなたのDNAデータを消去したんでしょ」

「ああ。ていうか、そう思ってる。あいつは〝消しておく〟と言っていた」

「そしてそれ以来、培養槽から一体も出してないんでしょ？」

「と思う。ベルトから聞いたんだが、連中は俺の持ち帰ったバブル爆弾の燃料を反応炉に戻そうとして、ドローンを二機燃やしちまったらしい。もし新たなミッキーを何体も出していたんなら、そんな貴重な資源をムダにするとは思えない」

ナーシャは後ろにもたれ、寝台にすわる俺の横に両足を移動させる。「でしょ。つまり、エイトがこの二年間ムカデたちとすごしていて、また戻ってこようと決意したのでもないかぎり、もう一人のミッキーが通路をぶらついてるところを目撃するなんてありえないってこと。それ、本当にハリスンじゃなかった？」

「ハリスン？　ジェイミー・ハリスンのことか？」

ナーシャはにやりとする。「ええ。彼って、あなたのドッペルゲンガーみたいでしょ？　きっと、ハリスンを自分と見間違えたんだってば」

ジェイミー・ハリスンは農業セクションで働いている。仕事はおもに、ウサギの世話だ。背は低く、やせていて、灰色がかった茶色の髪がところどころで束になってはねている。いつも神経質そうに目を細め、おまけにかなりの出っ歯だ。俺とはま

ったく似ていない。とにかく、あいつは俺と少しも似ていない、と俺は思う。

「いいか、俺は自分がなにを見たのかちゃんとわかってるし、俺が見たのは俺だった。その俺はマギー・リンに急き立てられて、第三通路をドームの中心へ向かっていた。二人は俺の目の前を横ぎっていった。ちょうど医療セクションを過ぎたあたりだ。二十メートルくらい離れていたし、見かけたのはほんの一瞬だったが、自分がどう見えるかくらいわかってる。あれは絶対に俺だった」

ナーシャの笑みが消える。「ドームの中心へ？　しかも、マギーと一緒に？」

マギー・リンはシステム工学セクションの責任者だ。彼女にどこかへ急き立てられたことは何度もあるが、最後の二回は、放射線中毒で一時間以内に死ぬはめになった。

「これで信じてくれるだろ？」

ナーシャは首をふる。「そうは言ってない。ともあれ、あなたの言ってることが正しいと仮定しましょう。二年もたってから、マーシャル司令官がどういう理由か知らないけれど、どうにかして培養槽からミッキー9（ナイン）を出したとしましょう。とすると、マーシャルはマギー・リンを最下階の中心部へ向かわせて、いったいなにをしてるわけ？」

俺は自分の顔がゆがむのがわかった。「反応炉」

「ええ。そう考えるのが、いちばん可能性が高いわよね？」

反物質反応炉のなかをうろつくのは、使い捨て人間（エクスペンダブル）の最重要任務だ。俺たちは反応炉内の高い中性子束にドローンより長く耐えられるし、死ねばドローンよりはるかに容易に交換できる。古い体をサイクラーに放りこみ、バイオプリンターを起動して二時間待つだけでいい。

もちろん、俺はもうエクスペンダブルじゃない。引退した。

ひょっとして、そうじゃないのか？

「とにかく」ナーシャが言う。「なにが起こっているにしろ、もうあなたの問題じゃないでしょ？」

それについては、言いたいことが山ほどある。べつの俺の身に起きていることを気にかける義務とは？　放射線にさらされるのは俺なのか、俺に似ているだけのべつの人間なのか？　テセウスの船は、どこかの島に置き去りにして忘れ去った壊れた船体について、なにを言うべきなんだ？　だが口を開けて五秒後に気が変わり、また口を閉じてから、俺はどうにかひと言しぼりだした。「なんだって？」

「考えてみてよ。いま起きているかもしれない最悪のケースは？」

「うーん……マギー・リンがちょうど俺のコピーを反応炉に送りこんだところとか？」

「そう。つまり、しなければならないことがあって、マギーはそれをしたってこと。もし培養槽から新しいミッキーを出していなかったとしたら、彼女は代わりにどうしていたと思う？」

その答えならわかる。ナーシャは立ち上がると、俺を引っぱって立たせ、キスをした。

「いま起きてる最悪のケースはこうよ。誰かが反応炉に送りこまれた、でもその誰かはあなたじゃなかった。あなたはどうだか知らないけれど、ベイビー、わたしはこの説に乗るわ」

ところで、揺るぎない事実がある――暖かいニヴルヘイムは、寒いニヴルヘイムより、はるかにすごしやすい。緑があふれ、湿り気があり、あらゆる種類の地を這う生き物がうようよしている。外へ出るのに、もう防寒着を六枚も重ね着しなくていい。循環式呼吸装置（リブリーザー）はまだ必要だが、酸素の分圧は、この星に着陸したときより二十パーセント近く上がっている。おかげで、歩き回っても、溺れているんじゃないかと思うほど苦しくなることはない。天気のいい日なら、〈ドラッカー号〉に乗りこんだときに約束されていたような場所を発見した気分になれそうだ。

もうひとつ、揺るぎない事実がある――暖かいニヴルヘイムは、永久につづくわけじゃない。いずれ冬が来る。

マイコ・ベリガン率いる物理学セクションの連中が、夏に入って以来ほぼずっと、〈ドラッカー号〉出航前に観測された三十年分のニヴルヘイムの太陽のデータとにらめっこしている。その三十年間で、暖かい期間は三度あった。最長は七年。最短は十一カ月。それ以外の冬の期間は四度あり、長さは二年から九年だった。季節の変化はいきなりでもなければ、スムーズでもなかった。暑いと寒いのあいだを変動する期間が長々とつづき、最終的にどちらかに落ち着く。いまの時季は、次の季節が本格的にスタートする前に何度もくり返されるフライングのまっただなかだ。

ミズガルズの物理学者は、自分たちの観測結果を星間塵（せいかんじん）の影響によるものと結論づけていた。笑えるだろ？

俺たちは夏をムダにしているわけじゃない。ヒエロニムス・マーシャルはいけ好かないやつだが、バカじゃないし、このコロニーを存続させたいと考えている。俺たちは食料を蓄えているし、この星の動物相を調査して先住生物がどうやって冬を生きのびているのか調べているし、凍結胚から生まれる最初の子どもたちを収容するドームの建設にとりかかっているし、遺伝子操作した藻類を放出して大気を俺たちが呼吸可能なものに近づける仕事に取りかかってもらおうとしている、ほかにもいろいろやっている。

問題は、どれも時間がかかること、そして俺たちにとって時間は永遠にあるわけじゃないってことだ。ここで生きていくのに必要なものには、どれも莫大なエネルギーがかかっている。いまある唯一のまともなエネルギー源は〈ドラッカー号〉の反物質反応炉で、そいつはまだドーム最下階の中心部で休みなく働き、俺たちをここに運んできた燃料の残りをじわじわと食いつくそうとしている。

そこで、またマギー・リンが頭に浮かんだ。第三通路で、もう一人の俺をドーム中心部へ急き立てていたマギー。反応炉がなくても、俺たちはかろうじてやっていけるかもしれない、暖かい季節がつづくかぎりは。

だが、問題はそこだ。この季節はつづかない。

エクスペンダブルを辞めてから、俺は勤務時間のほぼすべてを農業セクションですごしている。理由は、べつに植物を育てるのが得意だとか、そんなことじゃない。まあ、ほかに行くあてがないからだ。物理学や生物学や工学といったセクションで役に立つ資格は、俺にはない。警備セクションの責任者アムンセンは、マーシャル司令官と親しいうえに、俺が二年前にキャットと一緒に特別警戒ゾーンでムカデたちと戦っている最中、気を失ったことを怒っているから、いまではたいてい俺とは関わりたがらない。いずれ冷凍庫の凍結胚を培養して赤ん坊を誕生させるようになったら、保育所でオムツ交換をしてすごすこともあるだろうが、その計画はまだ始まっていない。生まれたら死なせずにいられる自信がもう少し高まるまで、保留中だ。

というわけで、残ったのが農業セクション。実際この日も、俺はジェイミー・ハリスンとウサギの世話をしている。

閉ざされた生態系で、なぜ俺たちがウサギを飼っているのか、そっちは不思議に思っているだろう。食肉用の動物を育てることは、多かれ少なかれ動物たちが自力で生きていける場所なら、純粋なカロリー源になりうる。つまり俺たちが食わない——あるいは食えない——牧草や雑草を食べて動物が生きていける環境なら、だ。しかしニヴルヘイムでは、そんな環境はまだ完全なる憧れでしかない。いまドームのまわりに生えているコケやシダは、ウサギには食べられない。この星の先住生物が使う蛋白質は、俺たちユニオンの生物にとっては、分子の折りたたみ構造が異なる。というわけで、ウサギにはトマトのつるとジャガイモの葉とプロテイン・スムージーをあたえている。そのうちのいくらかは食肉に変換されるが、ほとんどは哺乳類のバカげた代謝に消費されるか、うんちに変わる。結局のところ、ウサギの可食部分一キロカロリーにつき、自分たちで食べることもできたほかの食料三キロカロリーがかかる。おまけに食用にならない部分が大量に出るが、そっちはサイクラーに放りこんで食料に戻すことができる。ウサギは、ほかのあらゆる贅沢が不足している場所では、とてつもない贅沢だ。それなのに、なぜ俺たちはウサギを飼っているのか？

そうだな、ひとつには、かわいいからだ。人類離散（ディアスポラ）の過去千年間における数多くの心理学的研究によると、人間には一生のなかで一定量の〝かわいい〟が必要だという。ニヴルヘイムで〝かわいい〟を提供してくれるものといえば、ウサギしかいない。

もちろん、ウサギは美味でもある。成獣になったとたん、調理場行きだ。だがそれまでは、一緒にすごす相手として、このコロニーの大半の人間よりはるかに楽しい。

いっぽう、ジェイミーのほうは、かわいくもなけりゃ、一緒にいて楽しい相手でもない。

ニヴルヘイムのウサギの扱いは、基本的に、ミズガルズにいた要厳重警備の囚人と同じだ。ほとんどの時間、水耕栽培槽の隣の壁に押しつけられた三つのせまい小屋に閉じこめられている。一日に一度、小屋ごとに、ほんの少しだけ広いスペースに出してやる。ふたつの隔壁にはさまれた、白い低いワイヤーフェンスで区切られた空間だ。ウサギは少し跳ね回り、できるかぎりの運動をして、（a）かわいいもので癒されたいという（b）ジェイミーが満足するまで消毒を受けた人間とたわむれてから、また次の日まで小屋に戻される。そこで餌を食べたり、排泄したり、仔ウサギをつくったりしてのんびりすごす。

ひどい暮らしじゃない。

正直なところ、多くの面で俺の暮らしよりいい。

もし勤務シフトに選択権があったら、たぶん俺はほとんどのシフトをここにするだろう。だが、選択権なんてものはない。俺が勤務時間にウサギとすごせるのは、ジェイミーが俺の労働を要請したときで、それはふたつの場合にかぎられている。ひとつは淘汰する日で、俺はウサギ小屋を回って食用に回せるくらいでかくなったオスと、あまり仔を産まなくなってきた高齢のメスを選別する。もうひとつは、今日みたいに、ウサギ小屋の掃除をする日だ。

小屋掃除のいいところは、俺はジェイミーからまともに掃除すると信用されていないところだ。つまり、俺は一日じゅうウサギの番をして、そのあいだにジェイミーが実際の仕事のほとんどをすることになる。

ちょうど一番小屋から残りの仔ウサギを出して運動スペースに放してやったところで、通路に出るドアがするりと横に開き、ベルトが入ってきた。

やれやれ。

「よう」とベルト。「俺の晩飯たちのようすはどうだ?」

俺はため息をつき、かがんでいた体を起こして、ベルトのほうを向く。彼はフェンスをまたいでしゃがみこみ、一本の指で仔ウサギの耳をなでている。

「さわるんじゃない、ベルト・ゴメス」ジェイミーの声が飛んできた。小屋のなかでしている作業から顔を上げもしない。「きみは消毒してないだろ」

ベルトは噴きだす。「消毒? こいつらはゴージャスな毛皮を着たネズミだぜ、ジェイミー。おまえはちょうど、こいつらの小屋から文字どおり糞の山を掻きだしてるところじゃないか。汚染される心配をするべきやつがいるとすれば、俺だろ」

「きみと議論する気はない。ぼくのウサギたちから手を離すか、この場から出ていけ。一分もかからずに警備の人間を呼ぶこともできるんだぞ」

ベルトの笑みが消えた。反論したそうなようすだったが、結局、首をふってその場にとどまる。

「ジェイミーの言うとおりだ」俺は言ってやった。「おまえだって、わかってるだろ？このかわいそうなやつらは、一日の九割をせまい小屋のなかで重なりあって這い回ってすごしてるんだぞ。もしおまえがこのなかの一羽に病気をうつしたら、こいつらは一週間で全滅だ。しかも、このあたりにはどこにも代わりになる生き物はいそうにない」

「どうでもいい」とベルト。「ここに来たのは、ウサギと遊ぶためじゃない」

俺はつづきを待つ。たっぷり五秒待ってから、いっぽうの眉を上げて口を開いた。「それで……」

ベルトの表情が苛立ちから困惑に変わる。「それでって、なんだよ？」

俺はあきれる。「なんのためにここに来たんだ、ベルト？」

ベルトはにやりとした。「ああ。まあ、退屈してたからかな。ナーシャから聞いてないのか？」

今度は、俺が困惑する番だ。「なにを？」

「飛行禁止になったんだ。追って知らせが来るまでは、飛行機による偵察任務はない」

へえ。

「いいや」俺は首をふる。「ナーシャからそんな話は聞いてない。いつからだ？」

「今朝、勤務に出たときに知った。ひょっとしたら、ナーシャはまだ聞かされてないのかもな」

「ああ、たぶん。理由は聞いたのか？」

ベルトは首をふる。「いや、はっきりとは。勤務中の技術者は、重力発生装置の充電ができないとかなんとか言っていたが、そんなの意味不明だろ。俺たちには反物質反応炉があるじゃないか。エネルギー使用を制限する必要があるとは思えねえ」

「ああ、そうだよな」

「まあ、それはどうでもいい。いま現在、外にムカデども以外の脅威はないと断言できる。しかも暖かくなってからは、ドームの周囲五キロ以内では一匹もムカデを見ていない。誤解するなよ。俺は飛んでるほうがいい……たぶん、ほかのどんなことより飛行のほうがいい。だからって、自分の都合のいいように考えるつもりはない。上空からの偵察は、現時点では時間と資源のムダさ」

ウサギたちの一羽が俺のブーツをくんくん嗅いでいる。俺はしゃがんでウサギの耳を掻いてやった。「てことは、あくまで仮定の話だが、もし発電になんらかの問題があるとしたら、おまえとナーシャを飛行禁止にすれば電力のいい節約になるよな？」ベルトは肩をすくめる。「なるんじゃないか。重力発生装置はべらぼうに電力を食うからな。俺たちの乗る飛行機も、とてつもない電力を食う」そこで口をつぐみ、笑みを消す。「なんか知ってるのか、ミッキー？」

ウサギが俺の指を噛んだ。どうやら、ウサギのほうは愛情なんか求めちゃいないらしい。俺は片手でウサギを押しやると、また立ち上がって、ちらりとジェイミーをふり返った。ウサギ小屋に頭から両肩まで入って、消毒液をしみこませたスポンジでなにかをこすっている。

「なあ」俺は声をかけた。「最近、俺を見なかったか？」

ジェイミーは口を開き、また閉じる。そして首をふった。「はあ？」

「俺を見なかったか？　たぶん、システム工学セクションの誰かと一緒にいるところを。たぶん、なんとなく混乱してる俺を」

ジェイミーの目が険しくなる。「なに言ってるんだよ、ミッキー？」

俺はため息をついた。「今朝、べつの俺を見かけた気がすると言ってるんだ。マーシャルがまた、培養槽から新しいミッキーを出してるんだと思う」

ジェイミーは首をかしげ、腕組みをする。「きみはヒエロニムス・マーシャル司令官が

――ニヴルヘイムにおける人口増加提唱者（ナタリスト）教会の指導者が――わざわざコピー人間を作っている、と言ってるのかい？」

俺はためらい、そして首をふる。「そんなふうに言われると、バカげて聞こえる」

「そりゃそうだよ。実際、バカげてるんだから。本当に、どこかでもう一人のミッキーを見たのかい？　彼に話しかけてみた？」

「話しかけちゃいないが、見かけたんだ。ほんの一瞬。二十メートルくらい離れたところから」

ベルトがあきれた顔をする。「つまり、二十メートル離れたところから一瞬見かけた誰かが、なんとなく自分に似てたってだけで、俺たちの司令官が――宗教的理由でコピー人間を、特におまえを、心底憎んでるやつが――ひそかにおまえのコピーを作ってると結論づけたのか。その理由は……」

「待てよ、自分がなにを見たのかはわかってる」

「わかってないね」ベルトはウサギ小屋を指さす。「おまえが見たのは、おそらくジェイミーだ。おまえらは双子みたいだ」

ベルトよ、おまえもか？（エト・トゥー・ベルト）

俺は口を開けて反論しようとした、あるいは消え失せろと言ってやろうかと思ったが、どっちにするか決められないうちに、ベルトに肩をはたかれた。「どっちにしろ、たいした問題じゃないだろ？　おまえが気にすることなんかあるか？　マーシャルが培養槽からおまえのコピーを引っぱり出して……わかんねえけど……そいつらにデスマッチをさせて、どっちが勝つかアムンセンと賭けをしてるからって、なんだってんだ？　おまえは引退したんだぞ、忘れたのか？　おまえになんの関係がある？」

そいつは確かに、いい質問だ。ナーシャから同じ根本的な疑問を投げかけられて以来、俺はそのことを考えている。二年前にエイトの身に起きた一件のあとで確信していることがあるとすれば、このまま存在しつづけるミッキーは、俺しかいないということだ。ナインやテンや、いまごろ何代目になっているかわからないミッキーがどう思おうと、関係ない。そのロジックでいくと、マーシャルが培養槽から何体のミッキーを引っぱり出して反応炉に放りこもうが、剣闘士まがいのことやなにかをさせようが、俺には一切なんの関係もないってことになる、だが……。

だが、しかし。

多少は関係あるんじゃないか。

「なあ」俺は言う。「道徳的なことはいったん忘れよう。俺が自分だと思った人物は、マギー・リンと一緒だった。二人は反応炉のほうへ向かっていた」

ベルトは口を開きかけ、そこで笑みが消えた。頭をフル回転させているのがわかる。

「あっ」ようやく言葉を発するベルト。

「そうだ。しかもちょうど、おまえたちは飛行禁止にされた」

「確かに。そいつは問題かもしれない」

「だろ？　電力なしで、俺たちはここでどれくらい持ちこたえられる？」

「場合によるな」とベルト。「電力なしってのは、反応炉を穏やかに停止して廃炉にした場合か？　ほら、最終的にすることになってるみたいに。それとも、反応炉がオーバーロードして、半径五十キロ以内のなにもかもを蒸発させちまった場合か？」

「ひとつ目のほうだと仮定しよう」

ベルトは頭の後ろを掻く。「おそらく、当分は大丈夫だろう。俺たちはまだサイクラーからかなりの量のカロリーを摂取していける、と思う。農業セクションに人員を投入すれば、なんとかなる。ここじゃ、俺たちの生存に必要不可欠で途方もない電力を食うものは、ほかにたいしてありゃしない」

「いまのところはな。また冬になったらどうする？」

「あっ」とベルト。「そのときは、完全におしまいだ」

「うん。俺もその結論に達した」

ベルトが顔をしかめる。「ＯＫ。で、どうすんだよ？」

「俺たちにできることがあるかどうかは、わからない。いまのところはまだ電力があるし、俺たちも蒸発しちゃいない。つまり、反応炉がまだ機能しているのは明らかだ。マギー・リンが自分のやっていることをわかっていて、なんであれいま起きていることがただの一時的な不具合であることを祈るほかはないだろう」

ベルトの顔は険しい。「マギーには絶大な信頼を置いている。けど、反応炉の内部をいじってるやつがいるとしたら、それは彼女じゃないよな？」

「おい、ちょっと待った」俺は言い返す。「まさか、俺の能力を疑ってるわけじゃないよな。俺にここで高い能力を証明できたことがあるとすれば、致死量の放射線を浴びながらガラクタを修理することだぞ」

「確かに」とベルト。「それはもっともだ。けど、これだけは言わせてくれ――反応炉の内部に故障があるなんて、考えただけでもぞっとする。いまなにが起こっているのか、突き止める方法はないのか？」

「邪魔するつもりはないんだけど」俺の後ろから、ジェイミーが言った。「ここの仕事は終わったよ。愚痴をこぼすのがすんだら、そのウサギたちを一番小屋に戻して、二番小屋の掃除に取りかかりたいんだけど？」

俺はふり返ってジェイミーを見る。彼はしかめっ面で小屋を指さす。

「悪いな」俺はベルトに言った。「仕事がある」

「わかった。おまえはウサギの仕事をしろよ。俺はちょっくら探りに行ってくる。シフトを上がったら、連絡しろよな？」

「今日じゅうには終わるよ」とジェイミー。

ベルトはジェイミーをにらんでから、フェンスをまたいで出ていった。


ちょうど最後のウサギたちを三番小屋に戻しているとき、ジェイミーが言った。「あのさ、さっき、きみとゴメスが話していたこと、聞いちゃったんだけど」

俺はジェイミーのほうを向く。「ほんとか？　おまえはどう思う？」

肩をすくめるジェイミー。「ゴメスなんかクソ食らえと思ってる。きみはぼくとぜんぜん似てないよ」

俺は返事をしようと口を開き、また閉じる。脳みそが、いまジェイミーの言ったことを処理する。

「べつに、ぼくのほうがきみよりイケてると言ってるわけじゃないよ」ジェイミーはつづける。「ただ、ぼくたちは違うってこと」

「つまり」俺はやっとのことで口を開く。「俺とベルトの話をすっかり聞いたうえで、おまえが気になったのはそこなのか？」

「うん。すごく気になった。なぜかって？　ほかに、ぼくが気にしなきゃならないことなんかあったっけ？」

ミズガルズでおこなわれたこのミッションの応募者に対する審査が、信じられないほど厳しかったことは知っている。もっとも優秀な精鋭だけが選ばれたはずだ。しかし、ジェイミーは……。

ひょっとして、すごいコネがあるのか？　誰かの甥とか？

俺が、〝ああ、同感だ。俺たちはまるで似てない〟というようなことを言おうとしたとき、オキュラーに通信が入った。

コマンド1：至急、司令官のオフィスに来るように。

コマンド1：17時30分までに来なければ、命令違反とみなす。

はいはい、わかりましたよ。行こうじゃないか。

002

ここで、俺とヒエロニムス・マーシャル司令官の現在の関係性を説明しておいたほうがいいだろう。

　ひと言で言うと、よくはない。

　プラスの面は、このミッションの使い捨て人間（エクスペンダブル）を辞めてから、実際にマーシャルに殺されそうになったことはないということ。清々しい気分だ。といっても、マーシャルの態度が特に友好的というわけじゃない。俺がもうあんたのために死ぬつもりはないと告げたとき、あいつが最初にしたのは——俺の後ろで司令官オフィスのドアが閉まるずっと前にしたことは——俺の配給カロリーを最低限までカットすることだった。当時の最低配給カロリーは、一日千二百キロカロリーだ。カロリーカットの根拠は、もうどんな特別手当も受ける資格がないからだという。事実上、もはや無職なのだから。俺はこう反論した。一日千二百キロカロリーを長期間つづければ、死んじまう。俺の反論に対するマーシャルの反論——一向にかまわない。俺の反論に対するマーシャルの反論に対する俺の反論——まだムカデたちと緊密に連絡を取り合っている俺が死ねば、ムカデたちは怒りくるって、その不満を表明しようと、エイトから奪った反物質爆弾を使用するかもしれないぞ。

そこで、マーシャルは俺の割当を三百キロカロリー増やしたが、明らかに不満そうだった。これでも俺の空腹のひどさは変わらないが、とりあえずよしとすることにした。そうせざるをえない、どうしようもない理由があったのだ。

1. 俺にはあまり友人がいないが、数少ない友人には本当に好かれているようだし、俺がとりわけやつれているときは、あちこちでサイクラー・ペーストを一杯おごってくれる。
2. ムカデたちは、じつは反物質爆弾を持っていない。
3. たとえ持っていたとしても、俺はムカデとじつは連絡を取り合っていない。マーシャルには、ムカデがドームに近づかないのは俺のすばらしい外交手腕のおかげだと報告し、マーシャルはそれを信じているようだが、真実はほぼ二年間、ムカデから音沙汰はない。おおかた、夏のあいだは冬眠ならぬ夏眠でもしていて、また冬が来たら、ドームの床を食い破って顔を出し、俺たちを皆殺しにするつもりだろう。

というわけで、まとめると、俺が生きのびられるかどうかは、ウソを積み上げたぐらぐらの危うい塔に全面的にかかっている。この状況では、たかが数百キロカロリーのことで癇癪(かんしゃく)を起こすわけにはいかない。

「ミッキー・バーンズ」マーシャル司令官が言う。「すわりたまえ」

俺は後ろでドアが勢いよく閉まるままにして、司令官の机の前に並ぶ椅子のひとつに腰を下ろす。マーシャルと話すのは、ましてや司令官のオフィスでなんて、ほぼ二年ぶりだ。最後に話したのは、俺がエクスペンダブルを辞めると言って、マーシャルに殺すぞと脅されたときだ。この面会があのときよりほんのわずかでもマシなものになるといいのだが。

マーシャルは身を乗り出して机に両肘をつき、たっぷり十秒間、俺を見下ろした。そのあいだにこっちは、出会いから十一年たってもマーシャルがまるで変わっていないことを考えさせられた。短く刈った髪と口ひげは、当時より少し白髪が増えているが、ほかは？ヒエロニムス・マーシャルはおそらく、ニヴルヘイムで最年長の人間だ。ミズガルズにいたときでさえ、すでに中年だった。だが、いまのマーシャルを見ていると、不意にこんな予感がした──こいつは俺たちの誰よりも長生きするかもしれない。

「ところで」マーシャルは口を開いた。「話をするのは久しぶりだな。引退後の生活はどうだね、バーンズ？」

　へえ。そいつは予想外の質問だ。

「ああ」ぎこちない短い間を置いて、俺はつづける。「上々ですよ。お気遣いに感謝します。ポグ・ボールをやってます、たいていは。それから旅行を少々。孫たちはこっちが望むほど頻繁には電話をしてこないし、とはいえ、ほかになにができます？」

　マーシャルは後ろにもたれ、顔をゆがめる。

「結構なことだな。冗談はそれくらいにしておこう。わたしが今日きみを呼んだ理由に、心当たりはあるかね？」

　俺は肩をすくめる。うすうすあれかなと思っていることはあるが、いまはそれを口に出すべきときとは思えない。マーシャルの渋面が深くなる。「本題に入る前に、これだけははっきりさせておこう――きみは自分の役割を果たしていない、バーンズ。きみがやると同意した仕事、本来ふさわしくないきみをこのミッションに入れることになった仕事、引き受けたときに終身契約だと充分わかっていた仕事を、もう気に入らないからと放り出して以来、ずっと果たしていない。この二年間、きみは入植者ではなかった。ずっと居候だった。そういう生き方は、ミズガルズなら問題ないかもしれん。きみがミズガルズで、給付金に頼ってのらくら生きることに心から満足していたのは、よく知っている。しかし、きみもわたしと同じくらい承知しているはずだ――居候暮らしは、拠点コロニーでは許されない」

俺は皮肉ってやろうと口を開ける。確かに俺は、給付金だけでのらくらしていたかもしれないし、このところ契約した仕事をしていなかったかもしれないが、俺の知るかぎりマーシャルだって、十一年前にミズガルズの軌道から出航して以来、誠実な仕事なんかしていない――が、土壇場で思い出した。俺が煽れば、この男は実際に俺を始末する力を持っている。俺は背筋を伸ばし、咳ばらいして、もう一度口を開いた。

「言いたいことはわかります、司令官。しかしながら、これだけは指摘せざるをえません。俺は実際のところ、居候なんかじゃありません。毎日、勤務シフトに入っています。ニヴルヘイムのほかのみんなと同じように働いています。基本的に、辞める前にしていたのと同じことをしています。ときどき恐ろしい死に方をする以外は」

「うむ」とマーシャル。「きみの勤務予定表を見せてもらった。トマトの世話。化学研究室の床掃除。ウサギと遊ぶこと。きみがやっているのはどうでもいい仕事ばかりだ、バーンズ。きみの言う〝ときどき恐ろしい死に方をする〟ことこそ、きみがここに連れてこられた理由だ。それ以外はすべて、本来の任務の合間の暇つぶしにすぎん。正直なところ―

—きみも自分を省みれば、認めざるをえないと思う——過去二年間にきみがしてきたことは、このコロニーにとってまともな貢献になっていない。拠点コロニーの存続は、危うい綱渡りだ。きみがここで生きつづけている日々を、食べては排泄し、資源を使うだけでなにも返さずにすごせば、われわれのミッションが失敗する確率が大いに上昇することになる」

「わかりました。つまり、こう言いたいんですか、俺は……自殺するべきだと？　なぜなら——言わせてもらわなきゃならない、司令官——それには、これまで聞かされた話よりもっと納得のいく説明が必要になるからです」

マーシャルはまた身を乗り出し、声を落として怒りをこめる。「違う、バーンズ。わたしとしてはそうしてもらえるとありがたいのだが、自殺しろと言っているわけではない。〝引退〟以来、きみの存在がコロニーの仲間にとって重荷になっていることを考えてみてくれと言っているんだ。そして、この不公平な状況を正すためになにかしようと決断してほしいのだよ」耐えがたい気まずい間を置いて、マーシャルは椅子の背にもたれ、胸の前で腕を組んだ。「どうやらきみは、以前の仕事に戻るよう頼まれていると思っているようだ。はっきりさせておこう——そうではない。さっきも言ったように、わたしはきみに自殺しろと言っているんじゃない。そうではなく、自分を養うだけの働きをすることを検討してほしいと言っているのだ。このコロニーにいるほかの全員と同じように、務めを果たすことを検討してほしい」

「はい、はい、はい。で、司令官がしろと言っていることには、激しい苦痛をともなう死は、本当に入っていないんですか？」

「入っていないとも」とマーシャル。「とにかく、必ずしもそうなるわけではない」

俺は天井をあおぎ、司令官の机を押しやって立ち上がる。

「いいですか、司令官、なんのためにここに呼ばれたかは知らないが、俺は正直、いまのところめちゃくちゃ忙しいんです。ウサギの世話に、トマトの世話、それに忘れてもらっちゃ困るのが、ムカデたちのこと。だから、ほかに用事がないなら……」

「バーンズ」マーシャルが割りこむ。「すわってくれ。お願いだ」

〝お願いだ〟？　これまで、マーシャルにそんな言葉を使われたことがあったか？　俺はため息をつき、もう一度どっかりと椅子にすわった。

「わかりましたよ。頼みたいことってなんですか？　反応炉の詰まりを取りのぞけ、とか？」

司令官の目がわずかに大きくなり、あごの筋肉に力がこもったのがわかる。

「反応炉のことでなにを知っている？」

へえ。こいつはおもしろい反応だ。

「ええと、例えば、司令官がベルトとナーシャを飛行禁止にして、電力を節約していることとか」

マーシャルの目が険しくなる。「それは所定の手段だ。この時季、上空からの偵察は生産的とは言えない。飛行機の使用を禁じたのは、基本的な効率の問題だ」

「もうひとつ、培養槽から俺のコピーを出しているのも知っています。そいつらを反応炉に放りこんでいることも。それも所定の手段なんですか？」

その言葉に、マーシャルは凍りつく。ようやく口を開いたときには、声から抑揚が消えていた。

「誰から聞いた？」

俺は口を閉じたままにやりとする。「誰からも聞いてません。昨日、通路で俺のコピーを見かけたんです。マギー・リンと一緒でした。明らかに急いだようすで。二人がどこへ向かっていたのか、百パーセントの確信はなかったが、いまの司令官の反応ではっきり裏付けられました」

マーシャルはずいぶん長く感じられるほど俺をにらみつけてから、ようやく答えた。

「もう一度、はっきりさせておこう。わたしはなにも裏付けてなどいない。わかったか？」

俺はためらってから、首を横にふる。正直、わかっているとは思えない。

「前にも言ったように」マーシャルの声はいまや、低く平板になっている。「このコロニーの存続は危うい綱渡りだ。それはすべての拠点コロニーに通じる真実だが、この特異な状況を考えれば、われわれの場合はなおさらだ」マーシャルはそこで言葉を切り、俺は考えてみる。現在俺たちの置かれた特異な状況のなかで、司令官の決断がまねいた結果はどれくらいあるのか訊いてみる？　とはいえ、君子危うきに近寄らずという諺もあるから、相手が先をつづけるまで黙っておく。「バーンズ、最終的にわれわれを綱から落とす要因になりうるものは、たくさんある。不作。設備の故障。敵対行為。ところで、コロニー失敗のもっとも多い原因を知っているかね？」

単なる表現ではなく、実際に答えを求められていると気づくまで、少しかかった。

「いいえ、司令官。ぜひご教示ください」

俺の口調に、マーシャルは口元に力をこめたが、それ以外の反応は見せない。

「パニックだ」マーシャルは答える。「コロニー失敗のもっともよくある原因は、パニックだ。どんな拠点コロニーも、数々の困難に直面する。多くが災難に見舞われる。進歩を妨げるこうした事態に、冷静沈着なリーダーシップと勇気をもって対処したコロニーは、生きのびる。根拠のない噂と恐怖にのみこまれたコロニーは？　滅ぶ。なにを言いたいかわかるか、バーンズ？」

「ええと、反応炉のことは誰にもしゃべるなってことですよね」

マーシャルは身を乗り出し、目の前の机に両手をついた。「わたしが言いたいのは、このコロニーの反物質反応炉にはなんの不具合もない、ということだ。反応炉はこれまで十一年間われわれの役に立ってきたし、これからも必要なかぎり役に立ちつづける。これも言っておこう。われわれは培養槽からきみのコピーを出してなどいない。きみのコピーを出しているなどと口にすることは煽動的で、一般の入植者たちのあいだにひどいパニックを引き起こしかねない。それだけは避けねばならん。もう一度訊く、わかったか？」

「はい」俺はゆっくり答える。「と思います」

「思います、だと？」

「いいえ、司令官。思いますじゃなく、わかりました」

マーシャルの顔がやわらぎ、かすかな笑みのようなものまで浮かんだ。

「すばらしい。つまり、きみがそういう種類の噂を広めることはない、と信頼していいんだね？」

もちろん、すでにナーシャとベルトには広めていたし、もしジェイミーの頭に理解できるだけの余裕があったとしたら、あいつにも話したことになる。とはいえ、いまはこのことには触れないほうがいいだろう。

「はい、司令官。そういう話はちゃんと自分の胸にしまっておきます」

「すばらしい。きみが分別ある行動の必要性を理解してくれてうれしいよ」

うなずく俺。

うなずく司令官。

俺は肩ごしにちらりと後ろを見た。ドアはまだ閉まっている。

「さて、とても参考になりました。それでは失礼していいですか？」

「なんだって？」とマーシャル。「いいや。わたしがこんな馬鹿げた噂話をするために、きみを呼んだと思っているのか？　さっき言ったように、きみにやってもらいたい仕事があるのだ」

ああ。そうだった。

「二年前」司令官はつづける。「きみはふたつの反物質爆弾を持って、ムカデどもの巣に入っていった。そして戻ってきたとき、きみは爆弾をひとつしか持っていなかった」

俺は首をふる。「俺の持っていた爆弾はひとつだけです。もうひとつを持っていたのはエイトで、エイトは俺じゃない。その点は、もうはっきりさせたと思っていましたが」

マーシャルの口が不満そうにゆがむ。また培養槽からミッキーたちを出しはじめたのには、よほどの事情があるに違いない。司令官はいまにも吐きそうな顔をしなければ、コピー人間の話をすることすらできないのだ。

「言葉遊びに興味はない」マーシャルは言った。「きみたち二人はふたつの爆弾を背負ってこのドームを出発し、戻ってきたのはひとつの爆弾を背負ったきみだけだった」

俺は肩をすくめる。「はい。それで？」

「それで、いまからきみにムカデどものところへ戻ってもらいたい。あの爆弾を取り返してきてくれ」

いっとき、その言葉が宙ぶらりんになる。ムカデたちがあの爆弾を所有していると司令官が信じていたからこそ、俺はこの二年間生きのびられたのだ。その誤解を解いてやる気はないし、それ以上にあの爆弾をドームに持ってきたくはない。

「すいません、司令官」俺はようやく答える。「それは不可能だと思います」

「もう一度、考えてみたまえ」マーシャルの声が急に平板で冷たくなる。「二年前、きみがその同じ椅子にすわって自分のするべき仕事を断った時、辞める権利などない職務を辞めると宣言したとき、われわれはきみの代わりにドローンを反応炉に送りこみ、きみの持ち帰った爆弾から燃料を戻そうとした。ドローンは故障した。リンの考えでは、反応炉内の極めて高い中性子束でドローンの中枢部が損傷を受けたらしい。さらに反物質供給機構も、同様に深刻なダメージを受けていたのだが、それがわかったのはつい最近のことだ。六日前、制御不能の連鎖反応におちいる十秒前までいった。あのまま臨界に突入していたら、このコロニーは煙を上げる直径百キロメートルのクレーターになっていただろう」

「げっ。だが緊急停止したんですよね？」

マーシャルはあきれた顔をする。「そうとも、バーンズ。きみがいま、まともな体でここにすわっていられるのは――原子単位までばらばらになって成層圏を漂わずにすんでいるのは――われわれが状況収拾に成功した証に決まっているではないか。しかし、あの状況を収拾するためには、残りの燃料の九十パーセント以上をだめにせざるをえなかった。それがどういうことか、わかるかね？」

「ええと……」

「どういうことかというと、バーンズ、われわれには現在、次の冬を生きのびるのに必要なエネルギーの備蓄がないということだ」

えっ。それはまずいだろ。

「といっても……あの、暖房する手段は、反物質の対消滅以外にもありますよね？　人類は地球にいた頃だって、ニヴルヘイムくらい寒冷な気候を生きのびていました。ほら、動物の毛皮と火で寒さをしのぐしかなかった時代があったじゃないですか」

マーシャルはため息をつく。「ドームのなかで火を燃やすのが得策かどうかとか、酸素の割合が十パーセントに満たない外気のなかで火を起こせる可能性とか、ムカデの体からはがしたチタンで暖かい冬物のコートを作ることの実用性とかはさておき――昔の地球に生息していた、そのたくましい人間たちは、なにを食べていたと思う？」

先史時代の人類がなにを食っていたかなんて、俺には見当もつかない。まあ、ムカデじゃなかったよな？　だが、その話はすでに二回している。マーシャルの話の行く先が見えてきた。

「いま現在、外でなんとか栽培している作物を入れても」司令官はつづける。「コロニーの人口が消費するカロリーの四分の一以上は、まだサイクラーに頼っている。しかも、コロニーの人口をいつまでも増やさないわけにはいかん。比較的早い時点で、凍結胚から赤ん坊を誕生させる作業を開始する必要がある。あまり遅くなると、赤ん坊の世話をする大人が足りなくなってしまう。一人の世話係が担当する赤ん坊の最適な人数については幅広く研究されているが、その数は千人より一人に近い。じきに誕生させなくてはならない赤ん坊たちを養うためにも、サイクラーは絶対に必要だ。サイクラーがどれだけの電力を食うか、知っているかね？」

もちろん、知っている。出航前にヒンメル宇宙ステーションでトレーニングを受けていたとき、教官のジェマ・アベラからくわしく説明された内容に入っていた。

答えは——気になっているかもしれないから言っておこう——莫大だ。

「いいかね」とマーシャル。「わたしはきみのことを特に気に入っているわけではない、バーンズ。こう言われても、驚きはしないだろう。わたしはこのミッションに使い捨て人間（エクスペンダブル）を入れることに道徳的見地から反対していたが、却下された。ヒンメル宇宙ステーションから出航したあと、きみをエアロックから放り出そうという意見も、却下された。ムカデどもの巣へ送りこんだミッションから、きみが生きたまま、しかもバブル爆弾を背負ったままで戻ってきたことに、わたしは非常に不満だった。それ以上に不満だったのは、その後、きみを頭からサイクラーに押しこんでやることができないと明らかになったときだ。ここまでは理解できたかね？」

これも、実際に返事を求めている質問らしい。気詰まりな長い沈黙のあと、俺はうなずく。マーシャルが机に身を乗り出してきて、俺は一瞬、この場で殺されるのかと思った。

「よろしい」マーシャルは言った。「というのも、これを命じるのがわたしにとってどれだけつらいことか、わかってほしいからだ——あの爆弾を持ち帰ってくれ、そうすればすべて許す。きみがこのミッションでおこなうと契約した仕事を、今後は二度と頼まない。

きみが一生トマトの世話をしたりウサギと遊んだりしてすごすのを――それがきみの選択なら、だが――わたしは今後、静かに見守ることにする。あの反物質がなくては、われわれはやっていけない。いったん気候が変われば、サイクラーへの依存度はわれわれに必要なカロリー全体の五十パーセント近くまで跳ね上がる。それだけの負荷がかかった状態では、いま残されている燃料備蓄はもって一年――配給カロリーを限界まで切り詰め、ドームの基準温度を下げ、リサイクルの無駄をとことんまで省けば、二年かもしれん。物理学セクションのベリガンによると、この星の次の寒冷期は七年以上つづくらしい。それが本当なら、われわれに必要な反物質をきみが取り戻せないかぎり、最終的に温暖期がめぐってきても、このドームは飢えや寒さで死んだ凍りついた死体だけになってしまう」

司令官は後ろにもたれ、両手を見つめた。

「しかし、実際のところ、わたしは全面的にそうなるとは思っていない。エクスペンダブルではない入植者の最後の一人が死んだとたん、中央処理装置がきみのコピーを培養槽から出しはじめるだろうし、可能なかぎりずっとそれをつづけるはずだ」そこで顔を上げると、俺にぞっとする薄ら笑いを向けた。「つまり、それがこの先きみを待ち受けている状況だよ、バーンズ。短く苦しい一生が、何度もつづく。暗く、凍てついた、人のいなくなったコロニーのがらんとした通路をさまよいつづける人生。どうだ？　これで、少しはやる気になってきたかね？」

003

「おまえの言うとおりだった。べらぼうな大ピンチだぞ」

ベルトが俺たちの部屋にさっと入ってきた。その後ろでドアが勢いよく閉まる。ナーシャと俺がいるのはベッドの上で、この部屋ではほぼそこしか居場所がない。ナーシャは壁にもたれて両膝を抱えている。俺はその隣に寝ころび、頭の下で両手を組んでいる。ベルトはデスクチェアにどすんと腰を下ろすと、かがんで膝に両肘をついた。

「工学セクションにいる友だちのダーニーと話したんだ。絶対、反応炉になにか起きてる。彼女はなにが問題かは話そうとしなかったが、そいつが直るまで電力使用を全体的に最小限に抑えると言っていた。けど問題は——反応炉の重要部品の多くには、予備がそれほどないってことだ。燃料の供給機構なら交換部品を用意できるだろうけど、もし問題の箇所が反物質反応チャンバーや発電系統だったら——」

「どれも違う」と俺。「もっと悪い。燃料が尽きかけてるんだ」

ベルトが口を開き、迷って、また閉じる。

「でしょ」ナーシャが言う。「ほぼ、わたしの言ったとおりね」

「ウソだろ」ベルトが口を開く。「そんなことあるもんか。おまえがムカデにわたしちまった分を差し引いても、タンクにはあと十年もつだけの反物質が入ってるはずだ」

俺は肩をすくめる。「事故が発生したのは明らかだ。二年前に俺が持ち帰った爆発装置から燃料を反応炉に戻す過程でなにか失敗して、それがわかったのがつい先週だったんだろう。マーシャルの話では、完全に制御不能の連鎖反応におちいる十秒前まで行き、状況収拾できたときには、残りの燃料備蓄のほとんどをダメにしちまってたらしい」

ベルトの眉間にしわが寄る。「ダメにした？　意味がわかんねえ。どうしたら、反物質をダメにできるんだよ？」

俺はため息をついて、起き上がり、後ずさってナーシャと並んですわった。「知るかよ。長時間、日光にさらすとか？　俺はマーシャルから聞いたことを、そのまま伝えているだけだ」

ベルトは後ろにもたれ、椅子をひっくり返しそうになったところで机につかまり、何事もなかったかのように腕組みをする。「そもそも、なんで司令官がおまえにそんな話をするんだよ？　ていうか、なんでマーシャルがおまえに話しかけるんだ？　おまえはまだ、あいつの殺したいやつリストに入ってるんじゃないのか？」

「そうそう、ミッキーは絶対、まだ殺したいやつリストに入ってるはずよ」ナーシャが言う。「いちばん可能性が高いのは、マーシャルがこの状況を一石二鳥と考えてるってこと。ミッキーにムカデたちからもうひとつの爆弾を取り返してこさせて、また冬が来てもみんなが死なずにすむようにしたい、もしそのあとでミッキーも始末できたら最高だなって思ってるわけ」

「へえ」と言うと、ベルトは俺のほうを向く。「で、おまえは爆弾を取り返しにいくんだよな？」

俺はナーシャとちらっと目線を交わす。例の爆弾が本当はどうなっているのか、ベルトにはまだ話してないし、ここで話すのも得策とは思えない。

「複雑なのよ」ナーシャが答える。「ほら、あの爆弾の存在は、ミッキーがこの二年間、死体の穴（サイクラー）に押しこまれずにすんでいる唯一の理由でしょ。もしミッキーが爆弾を持って帰ってきたら、マーシャルがミッキーを始末できない理由がなくなっちゃう」

「へえ、そうかい」とベルト。「けど、あの爆弾の燃料は、これから二年間、ミッキー以外の全員が死体の穴に押しこまれずにすむ唯一の手段だぞ」

「実際のところ」俺は言う。「死体の穴は、ドームにあるどのシステムよりも燃料を食う。

だからもし必要になったら、たぶん伝統的なスタイルにならって、たがいの死体を埋めることになるだろうな」

「それはどうかしら。そのときには、みんな飢えてるでしょう。共食いしてる可能性のほうが高いと思う」

ベルトはいつのまにかまっすぐすわり直し、ドアのほうへ五十センチ後ずさっていた。

「そういうことを、よくそんな気軽に話せるよな」

ナーシャはにやりとする。「心配しないで、ベルト。あなたは最後までとっておくって、約束するから」

「とにかく」と俺。「共食いの話はさておき、この問題はひとつの疑問にかかっている――俺たちはマーシャルの話を信じるのか？ 俺にはマイコ・ベリガンみたいな物理の知識はないが、反物質をダメにしたとかいう話はどうにもウソっぽく聞こえる――それにこのところ、司令官と信頼の絆で結ばれてるとは思えないしな」

「え？ じゃあ、マーシャルがウソをついてると思ってるのか？」とベルト。

ナーシャは肩をすくめる。「そうじゃないかなって、ちょっと頭をよぎったの」

ベルトは首をふる。「電力使用が制限されてるのは事実だ。俺たちが飛行禁止を命じられてるのは、ウソじゃない」

「おいおい」と俺。「自分で言ってたじゃないか、飛行機で偵察に出るのは時間とエネルギーのムダだって。もしマーシャルがなにか企んでるとしたら、上空からの偵察を停止するのは、問題があるように見せかける楽な方法じゃないか？」

「かもな。けど、ダーニーの話は？」とベルト。

ナーシャが首をふる。「あなたの話からすると、ダーニーはあなたになにも言ってないのと同じだわ。彼女が言ったのは、なにかの修理が終わるまで電力を節約するってことだけでしょ？　ミッキーがマーシャルから聞いた話ほど深刻には聞こえない」

「うーん」ベルトはまた後ろにもたれる。さっきよりそっともたれてから、手を伸ばして頭の後ろをぽりぽり掻く。「つまり、おまえたちはこう思ってるのか。マーシャルは非常事態をでっちあげてるって？　なんで司令官がそんなことするんだよ？」

ナーシャはあきれた顔になる。「そんなの決まってるでしょ、ベルト。マーシャルの望みは、あの爆弾を取り戻すことと、ミッキーを殺すことなのよ。さっきも言ったように——一石二鳥を狙ってるんだってば」

ベルトは俺を見て、それからナーシャを見て、また俺を見る。「つまり、おまえたちはこう思ってるわけだ。マーシャルがコロニー全体の電力供給をもてあそんで、知れわたったらパニックを引き起こしかねない噂を広めようとしているのは、ミッキーをもう一度殺すためだって」

「認めざるをえないでしょ、ミッキーを殺すのは司令官の大好きなことのひとつだって」

「いいか」と俺。「俺たちはべつに、このとおりのことが起きていると言ってるわけじゃない――その可能性がある、と言ってるだけだ。俺はマーシャルに反応炉でなにか起きているのを知ってると言ったとき、あいつの反応を見た。世界屈指の俳優でもないかぎり、あの反応はウソじゃない。俺はなにか起きていると信じてる。ただ、マーシャルの話を鵜呑みにしているわけじゃない。俺があの爆弾をここに持って帰ってくるのは、断頭台に頭をのせるようなものだ。その必要があると百パーセント確信できないかぎり、俺が爆弾を取りに行くことはない」

ベルトは肩をすくめる。「どっちにしろ、意味ないんじゃないか？　だってほら、ムカデがあの爆弾を返す確率は？　俺がやつらの立場だったら、絶対、返さねえし」

「俺……なら、ムカデを説得できると思う」

「そうよ」とナーシャ。「ミッキーって、すごく説得力があるもの」

ベルトの目が細くなる。「俺になにか隠してないか？」

「え？」と俺。「俺がおまえに対して真っ正直じゃないと思ってるのか？　例えば……なんだ……おまえの生存に直接関わる重大な情報を、自分の立場が悪くなるかもしれないって理由で、おまえに隠しているとでも？」

ベルトはため息をつく。「また、その話を蒸し返すのか？」

「さあな。蒸し返そうか？」

「二年も前のことだぞ、ミッキー。俺は謝ったじゃないか。おまえに顔を殴らせてやったし」

「いやいや」と俺。「おまえが殴らせてくれたわけじゃない」

ベルトは身を乗り出し、いっぽうの口角を上げる。

「いいや、俺が殴らせてやったんだ」

話が行き詰まったところで、ついにナーシャが大きなため息をついた。「二人とも、話はすんだ？　もしまだなら、喧嘩を始めるか、おたがいに一発ずつ殴って終わりにするか、してちょうだい」

ベルトの視線が彼女へ移り、俺に戻る。

「そっちが決めろよ」と俺。「俺はどっちもいい選択肢だと思う」

「もういい」ベルトは立ち上がる。「いやなやつらだ。俺は出ていく。ダーニーをランチに誘ってみる。ひょっとしたら、もっとくわしい話が聞けるかもしれない。そのあいだに、おまえはどっちに賭けるか考えとけよ――マーシャルか、ムカデどもか」

ベルトがいなくなると、ナーシャが肘で俺の脇をつついた。「わお、ミッキー。さっきの話のそらし方、すごくうまかった」

俺は彼女にもたれかかる。「サンキュ。コツさえわかってりゃ、ベルトの関心をそらすくらい、ちょろいもんさ」

ナーシャは片手を俺の頬に当ててキスをする。だが顔を引いたときには、笑みは消えていた。「でも、あなたがどうするか決めなきゃならないことに変わりはないわ」

「わかってる。ベルトがダーニーから決定的な情報を聞きだせないかぎり、俺としては……」

「どうしたの？　なにか思いついた？　それとも発作でも起こしてる？」

「いや、発作じゃない。いい考えかどうかはわからないが……自分のするべきことはわかってると思う」

使い捨て人間（エクスペンダブル）をやっていると、とてつもなくいやなことがたくさんある。まず、他人からの扱い。人口増加提唱者（ナタリスト）は最悪だ。連中は、記憶をアップロードしてバイオプリンターで作った体にダウンロードするという行為そのものを忌み嫌い、培養槽から出てきたやつは基本的に魂のない怪物だと考えている。そのいっぽうで、連中はほかの一般的な人々より対処しやすい。相手がナタリストなら、こっちは自分がどう見られているのかわかる。例えば、マーシャルだ。司令官は俺を殺したがっている。俺はそれを知っている。俺がそれを知っていることを、あっちも知っている。おかげで俺たちの関係には、ある程度の清々しい正直さがある。

だが、ほかの連中とは？

エクスペンダブルがなんのためにいるのかは、誰でも知っている。俺たちエクスペンダブルは死ぬ、何度でも。だから、ほかの連中は死ななくてすむ。てことは、みんな俺たちに感謝していると思うだろ？　ところが、人間の頭はそういうふうには働かない。誰かが火に飛びこんでいる姿を安全な歩道から眺めていると、感じるのは感謝じゃない。罪悪感だ。罪悪感が好きなやつなんかいないから、ある程度自分を納得させようとする――エクスペンダブルは、ああいうことをさせられて当然の人間なんだ。

ミズガルズでは、もっと単純だった。地上でエクスペンダブルを使うことは多くなかったし、軌道上の宇宙ステーションにいたエクスペンダブルは、たいてい徴用された犯罪者だったからだ。ここニヴルヘイムには、俺もそういう経緯でこの仕事に就いたのだろうと思っている連中がまだたくさんいて、たいていはそのように俺に接する。志願してここに来たという俺の説明を信じてくれたやつでも、俺とは距離を置く傾向がある。そりゃ、やっぱり、こう思うからだろう――そんな仕事をしたがるなんて、いったいどんな種類のバカなんだ？　ミズガルズにいた頃、俺には友人がいた。ここニヴルヘイムでは、ナーシャとベルトとキャット・チェンのほかには、まったくいない。

わかってるよ。ああ、かわいそうに、と思ってんだろ？　ジェイミー・ハリスンだって、友人は多くない。ちなみに、ああ、かわいそうにって感想は当たってる。エクスペンダブルにとって最悪なことは、社会的孤立じゃない。何度も迎えるすべての死だ。

その説明は真実に近いが、まだ正確じゃない。死は誰にでも訪れる。人間は科学的な面では数多くのすばらしい発見をしてきたが、まだ死を回避することはできない。エクスペンダブルにとって最悪なことは――俺をほかのみんなと隔てていることは――何度も何度も死をくり返さなくてはならないことだ。そしてもっと重要なのは、ひとつひとつの死を全部、覚えていなくてはならないこと。エクスペンダブルが倒れると、利用者はエクスペンダブルの経験した記憶を確実にアップロードさせるよう、可能なかぎりあらゆる努力をする。だから俺は、原子より小さい高エネルギーの粒子によって細胞レベルまでばらばらに引き裂かれるのがどういうことか、身をもって知っている。寄生虫に脳を食われたとき、ほかに肺や腸の場合も、最終段階でどんな苦痛を味わうのかも知っている。いまもそのときの悪夢を見るが、その恐ろしさは実際の記憶の足元にもおよばない。

そのせいで、いま自分のするべきことが、とてつもなく恐ろしい。もし俺が考えているとおりの事態に見舞われているとしたら、反応炉のなかで起こっていることを正確に知っている人物は、一人しかいない。

俺だ。

もし、マーシャルが本当に新たなミッキーたちを反応炉に送りこんでいるとしたら、おそらく彼らが死ぬ前に、強制的に記憶をアップロードさせているだろう。俺はそのミッキーたちの目にしたものを見る必要がある。彼らの感じたことまでは感じずに、見たことだけを知る方法があればいいのだが……。

もちろん、ない。

ああ、やだやだ。最悪に決まっている。

「クイン？」

二級医療技術者のクイン・ブロックが、培養肉のステーキからちらっと顔を上げた。苛立ちの表情が、俺が誰だかわかって混乱に変わる。

「バーンズか？　きみはてっきり……」

声は小さくなってとぎれ、クインはすばやく周囲を見回す。いまは早めの夕食の時間で、カフェテリアにはほぼ誰もいない。俺はベンチをまたぎ、クインの向かいの席にすわる。彼と会うのは、通路ですれちがうのをのぞいて、久しぶりだ。クインの髪は前より伸びている。金色に染めた髪を真ん中分けにしていて、脂じみた頼りない(かっこ)が細い顔をかこんでいるように見える。似合わないが、いまはそんなことを指摘している場合ではないだろう。

「そういや」俺は声をかける。「久しぶりだよな?」

「ああ」とクイン。「うん。そうかな」

クインの後ろで通路に出るドアが横にするりと開き、警備の連中が二人入ってきた。こっちをちらっと見る。そのうちの一人は、確かに俺を見て目をそむけた。あいつ、どうかしたのか? 俺は〇・五秒ほど考えたが、それ以上考えるのはやめておく。いまは、もっと大事な問題がある。

「とまどってるようだな」俺は言う。「二年前か? 俺が最後にアップロードしたのは。確か、俺たちが話したのはあれが最後だ」

クインの視線が脇へそれ、また俺の目に戻る。

「ああ。そのようだね」

「二年。信じられないよな? そっちはどうしてた? アップロードする人間がいなけりゃ、アップロード技術者の仕事はあんまりないんじゃないのか?」

クインの顔が強ばる。「ぼくは医療技術者だ、ミッキー。きみにしてやったのがアップロードとダウンロードだけだからといって、それがぼくの仕事のすべてというわけじゃない。きみが職務を離脱してからも、ぼくにはたくさんの仕事があった」そこでステーキを口に入れ、咀嚼し、のみこむ。「きみとは違う、ぼくの聞いたかぎりでは」

俺は殴られたみたいに、頭をさっと後ろへそらす。「うっ！　なんだよ、傷つくじゃないか」

クインはまたすばやく周囲を見ると、顔をしかめた。「いいか、バーンズ、ぼくはいま、本当に冗談を楽しむ気分じゃないんだ。なにが言いたい？」

ここで思い出す。俺は彼に頼みがあって、ここに来たんだった。最初からもっと感じよくすればよかったかもな。このへんで態度を改めるか。

「わかった、クイン。きみは友人だ。ずっと考えていたんだが――」

「断る」

「断る？　まだ、なにがしたいか話してもいないのに」

クインはトレイから離れて後ろにもたれると、腕組みをした。「話してもらう必要はない。ぼくがきみの望みを叶えてやりたくないことは、すでにわかっている。きみは見るからにそわそわしている、バーンズ。しかも、なかなか本題に入ろうとしない。つまり、なにか大きな頼みごとをしようとしているんだ。それに、ぼくたちは友人じゃないし、きみは二年前にアップロードをしに来て以来、ぼくに話しかけてきたことはなかった。ということは、きみが頼もうとしているのは、個人的なことではない。ゆえに、きみの頼みはぼくの仕事に関することであり、ぼくを深刻なトラブルに巻きこむに違いないことである」

「いや、俺はべつに……待てよ、なんで友人じゃないんだ？」

クインは首をかしげ、気まずくなるほど長々とこっちを見つめる。そして、ようやく言った。「きみが最後にアップロードしたときになにがあったか、覚えてるか？」

それについては、頭をひねらなくてはならなかった。

「まあ、だいたいは。ずいぶん前のことだし」

「ああ」とクイン。「ムカデどものごたごたが始まる直前だった。きみはベルト・ゴメスとなにかの偵察に出るから、帰還できなかった場合に備えて、記憶のバックアップ・データを最新にしておきたいとやってきた」

「結局、アップロードはしなかったがな」

クインは顔をしかめる。「そこはどうでもいい。重要なのは、装置の準備をしている最中、ぼくがきみとおしゃべりしようとしたことだ——ほら、友人がするように。そのとき、きみはなんと言ったか覚えてるか？」

はいはい、思い出してきましたよ。「待ってくれ、クイン――」

「きみはぼくにこう言ったんだ。ベラベラくっちゃべってないで、このムカつく仕事をすませてくれ。それが本当に友人に対して言う言葉か？」

俺はため息をつく。「ずっと昔のことだし、そいつは俺ですらない。シックスの言ったことだ。ミッキー6が死んで二年たってるんだぞ」

「きみと同じ姿だった。同じ話し方だった。同じ行動だった。つまり、きみだったと言っていい」

「〝テセウスの船〟の話をしたことは、あったかかな？」

その言葉に、クインは一瞬きょとんとする。「なんだって？　いや、いい。聞きたくない。きみがいま、なんとかぼくから引き出そうとしていることについても、聞きたくない。だけど、当ててみよう。きみは退屈しているんだ、この星のほかのみんなと違って仕事がないから。それでぼくに、薬局から退屈しのぎになるドラッグをくすねてきてほしいと思ってるんだ。そうだろ？」

俺は答えようと口を開けたところで、ためらい、また閉じる。

「図星か」とクイン。「そんなことだろうと思ったよ、バーンズ。しっしっ」

「ドラッグなんか探してない」

クインは天井をあおぐ。「じゃあ、なんだよ？　誰かの診療記録でも見たいのか？　関係を持った亡霊マニアが性感染症にかかってないか、調べようとしてるのか？」

「違う、そんなことじゃない。聞いてくれ、クイン、どうも話の切り出し方をしくじったようだ――」

「ぼくの話を聞いてないんだな、バーンズ。きみの望みがなんであろうと、ぼくの知ったことじゃない。くり返す。ぼくの、知った、ことじゃ、ない。きみは司令官を怒らせすぎて、挽回の仕方がわからなくなっているんだ。ぼくから見れば、その状況は当分変わらないと思う。司令官はきみを死体の穴（サイクラー）に押しこむことはできない。なにしろきみは、司令官の最大の心配事を左右する手段を持っているんだからね。結構なことだ。きみにとってはいいことだ――が、ぼくにそんなお守りはない。この星にいるほかのみんな――きみ以外のみんな――と同じだ。後ろ暗いことをしてバレたりしたら、ぼくは終わりだ。それどころか、もし後ろ暗いことをしたのがきみのためだとわかったら、司令官はきみを始末できないイライラから、ぼくを二回殺すかもしれない。つまり、早い話が、答えはノーだ。忘れてくれ。あっち行け。消えろ。なにを探しているのか知らないが、どこかよそで探してくれ。わかったか？　それとも、あの警備兵たちを呼んで、きみをこのテーブルから物理的に引き離してもらおうか？　彼らときみとのあいだにどんな問題があるのか知らないが、彼らが入ってきたとき、ピンときた。喜んできみを痛めつけてくれるだろうって」

「うーん……」

クインはいっぽうの眉を上げ、俺はいつのまにか考えていた――クインは本気で、あの連中に俺を痛めつけさせるつもりなのか？

その答えを突き止めるのは、やめたほうがよさそうだ。

「ＯＫ、クイン。話はわかった。じゃあな」


「ちょっと待って」ナーシャが言う。「つまり、ストレートに頼んだわけ？『やあ、ミスター・ブロック。悪いが、きみが培養槽から違法に引っぱり出したエクスペンダブルから保存した記憶を、俺に違法ダウンロードしてくれないか？もちろん、そんな記憶データが存在していることは人にしゃべるな、しゃべったら殺す、と司令官から言われてるだろうことはわかってる。それでも頼む。ちょっとのぞかせてくれないか』って？」

「いいや」と俺。「そんなふうに言ったわけじゃない。ていうか、俺の言おうとしていたことの要点をまとめれば、だいたいそんなところだが、俺のほうがはるかにうまく話せただろう」

俺たちはいま自室に戻り、ベッドで身を寄せ合っている。ナーシャはすわって、壁に立てかけた枕にもたれている。俺のほうは、彼女の膝を枕にして丸くなっている。いまは中途半端な時間だ。深夜勤務が入っていないかぎり、食事には遅すぎるが就寝するには早すぎる。ミズガルズにいた頃は、この時間帯は散歩に出かけたり、観劇やクラブにくりだしたり、動画を観たりしていたものだ。だが、ここでは？

「結局、頼むことすらできなかった。肝心の質問にたどりつく前に、追い払われちまったよ」

ナーシャはクスクス笑い——それは気に入らないが——同時に、無意識に俺の髪をかき上げてくれて、それはうれしい。「一言もしゃべらせてもらえなかったってこと？　どうしてそうなるの？　あれだけの時間を二人ですごしてきたんだから、あなたたちはてっきり友だちになると思ってたのに」

俺は頭を動かしてナーシャを見上げた。にやにやしている。

「どうやら、クインと俺は友人じゃないらしい。そういえば、記憶のアップロードがどんなに奇妙なものか、話したことあったっけ？　その半数は死ぬ直前のアップロードだったであろう事実は、べつにして。あれはどうしても好きになれない。アップロードしなきゃならないときは、毎回パニックに近い不安に襲われた。出血していたり、流れる血で窒息しそうになっていたり、放射線中毒で死にかけたりしていないときでも、毎回不安になった。だからきっと、長年クインに八つ当たりしていたんだろう。そして前回は、格別ひどかったようだ。俺がシックスだったときさ。こっちはまったく覚えてないんだが、クインのほうは忘れていないらしい」

「いい教訓になったんじゃない、ミッキー。人に感じよくして損はないってこと」

俺はナーシャの脚を噛んだ。すると頭の後ろを思いきり叩かれて、一瞬視界がぼやけたが、彼女はげらげら笑っている。

「とにかく」俺は言う。「どうやらクインは、アップロード中の俺がろくでもないやつになることに気づいていて、それが気に入らないらしい」

「ふーん。でも、ミッキーがしたいのはアップロードじゃないでしょ？　ダウンロードよ」

俺はまた彼女の膝に頭をあずける。「ああ、しかも、そっちのほうがもっと悪い。俺はいままで、ダウンロード中に意識があったことはない。ダウンロードをするのは、通常、空っぽの頭にデータを流しこむときだけだ。活動している頭にダウンロードするのも可能だってことは知っている。ミズガルズでは、そうやって強制的に学習させていた。といっても、しょっちゅうしていたわけじゃない。なにしろ、とてつもなく不快だし、ときには永久に精神を病んじまうこともあるからな」

ナーシャの手が俺の頭から落ちる。「永久に精神を病む?」

「ときには、だよ。すでにある記憶の上から新たな記憶データを流しこむのは、気弱な人間には向いてないと思う」

「それでも、あなたはダウンロードしたいの?」

俺は転がって仰向けになる。「いや、したいわけじゃない」起き上がって、後ろに体をずらし、ナーシャと肩を並べてすわる。「この話はもうしただろ? もしコロニー存続のためには、マーシャルの断頭台に俺の首を差し出すしかないとしたら、たぶん俺はそうする。このドームにいる連中のほとんどは、俺にとってはどうなろうと知ったこっちゃないが、きみの身にはどんな不幸も起こってほしくない。キャットや、ベルトだって。それでも、知っておきたい。確かめておきたいんだ。もし、あの爆弾をここに持って帰ってきたあとで、これが全部、マーシャルがまた俺を言いなりにさせるための茶番だとわかったら、最悪なんて言葉じゃ足りないからな」

ナーシャは俺の手を取り、俺の肩に頭をあずける。

「わかってるわ、ベイビー。信じて、わたしも同じ気持ちよ」

004

その夜、エイトの夢を見た。

もっと正確に言うと、エイトに、な、っ、て、い、る、夢を見た。

俺の見る夢のほとんどは、奇妙で短い。だが、こいつは違った。この夢は写真みたいにリアルで、夢というより記憶に近い。俺は迷路みたいなムカデの巣にいて、終末兵器を背負ってうろうろとさまよっている。

地下に張りめぐらされたトンネルは、俺の記憶どおりだ——岩盤を掘った何本ものトンネルが交差し、可視領域の光子はなく真っ暗闇だが、赤外線センサーで見れば、かすかに光っている。俺は曲がりくねったトンネルを奥へ進んでいく。片手で爆発装置のトリガーコードを握り、なにを探しているのか、さっさとコードを引いておしまいにするべきじゃないのかと悩みながら歩いている。数分おきにセヴンが連絡してきて、こんなことやめようと説得してくる——が、俺はマーシャルに言われたことを信じていて、これがすんだら培養槽からナインを出してほしいと思っている。

俺は本当に、エイトにやめるよう説得したのだろうか？　現時点では、思い出せない。

最終的に、俺はアーチ形の入口をくぐり、ムカデの託児所を見下ろす岩棚にいた。まさに悪夢の穴。ドームの半分ほどの空間に、どこからともなく放たれるにぶいオレンジ色の光に照らされて、無数のムカデがうごめいている。数千匹、数万匹のムカデが折り重なって這い回り、壁にも天井にもはりついている。俺は静止画像を撮り、セヴンに送る。やるなら、いまだろ？　いましかない。トリガーコードを握る手に力をこめる。そして……。

目が覚めた。

「ミッキー？」ナーシャがささやき、彼女の唇が俺の耳をかすめる。「大丈夫？」

「ああ」俺は暗闇で寝返りを打ち、ナーシャと額を触れ合わせる。「俺、寝言を言ってたか？」

「言ってないわ。ただ荒い呼吸をして、ぴくぴくしてた。悪い夢でも見てたの？」

「そんなところだ」俺は手を伸ばしてナーシャの頰に触れる。彼女は俺の手に自分の手を重ね、もぞもぞと身を寄せる。「エイトになって、ムカデの迷宮をさまよってた」

「えっ、うわ。それで……」

「なんだよ？　死んだのかって？　いいや、その直前に目が覚めた」

ナーシャはキスしてくれた。「よかった。夢に出てきそうな死に方なら、すでにさんざんしてきたんだもの。エイトの死のことまで悩むことないわ」

俺は仰向けに転がり、ため息をつく。「それにしても妙だった。ぜんぜん夢らしくなかったんだ。まるで……」

ナーシャは俺の腹の上に腕を滑らせ、俺の胸に頭をのせる。「まるで、なに？」

「現実。まるで現実だった。自分の記憶をたどっているようだった。自分の身に起こったことを見ているようだった」

「うーん。実際、似たようなものでしょ？」

俺は彼女を引き寄せる。「この話はもうしたよな。俺はエイトじゃない。エイトは俺じゃない。俺と同じ外見で、同じしゃべり方をして、俺の持ち物にべたべた触るってだけの他人だ」

「そうかもね」ナーシャの声で、すでに眠りに落ちそうになっているのがわかる。「あなたの脳は納得してないみたいだけれど」

翌朝、ベルトから通信が入った。退屈していて、ハイキングにでも行かないかという。

俺は瞬きしてオキュラーに勤務表を呼び出す。

空白。

おかしい。今日はトマトの世話が入っていたはずだが。

明日の予定をチェックする。

空白。

明後日は？

空白。

こいつは驚いた。ニヴルヘイムでは、三日連続で休みが取れるのは死んだときだけだ。

人事をになうAIに問い合わせてみる。〇・五秒で返ってきた通知によると、俺の勤務予定表は、マーシャル司令官の指示により無期限で空白になっているという。

上等じゃないか。配給カロリーまで取り消されていないかさっと確認してから、ベルトのところへ飛んでいき、俺はハイキングへ行くと返事をした。


「無期限の休暇？　最高じゃないか」

俺はちらっとベルトに目をやる。循環式呼吸装置（リブリーザー）の奥にある表情は読めないが、口調にバカにした響きはない。

「そうかな？　俺には、脅迫に聞こえるんだが」

俺たちの登ってきた斜面はシダ植物に覆われている。ベルトは斜面から突き出す割れた岩の塊によじ登ると、ふり向いて俺に手を貸して引っぱり上げた。ベルトは、俺がムカデの巣に背負って入ったものよりでかいバックパックを背負っているのに、どういうわけか俺のほうが息が荒い。

「わかんねえな」ベルトは隣に俺を引っぱり上げながら言う。「俺はいま、基本的に無期限の休暇中みたいなもんだ。けど、脅迫されてる気はしないぞ」

二人で岩の塊の端にすわって脚をぶらぶらさせながら、ドームの方角を眺める。ベルトはどうだか知らないが、俺は水のボトルしか持ってないのに、呼吸を整えるのに数分かかった。少なくとも俺にとっては、なだらかな坂でさえ、酸素濃度が十パーセントに満たない大気のなかでリブリーザーをつけて登るのは、結構な運動だ。

ともあれ、すばらしい天気だ。三十ヵ月前に着陸したときと同じ星とは思えない。黄色いボールみたいな太陽が、白い雲をちりばめたピンクがかった青い空に浮かんでいる。ここからドームまでの地域は緑と紫の植物に覆われ、ところどころで花崗岩や小さな灌木が顔を出している。ドームそのものは、ここから見るとおもちゃみたいだ。逆さまにしたボウルのまわりに、透きとおった妖精の塔が並んでいるように見える。こんな日は、ここを好きになりそうになる。

あいにく、こんな日はいつまでもつづくわけじゃない。

「おまえなら、きっとこれを気に入るだろう」俺は言う。これというのが休暇のことか、山登りのことか、一生――それがどのくらいの長さかはそのうちわかる――この星から出られないという事実を指しているのかは、自分でもわからない。「だが、おまえと俺とじゃ、置かれている状況がまったく違う、ベルト。おまえが無期限の休暇中なのには理由がある。その理由がなくなれば、いつもの任務に戻される。俺の場合は、そうじゃない」

「うん」とベルト。「確かにそうかもしれない。それに俺の知るかぎり、マーシャル司令官は積極的に俺を殺したがってるわけじゃないしな」

俺はため息をつく。「それも確かだ。たとえマーシャルから殺したいと思われていなかったとしても、拠点コロニーじゃ、死ぬまでもらえる基礎給付金なんてものはない。それくらい、誰だって知ってる。働かざる者、食うべからずってことだ」

「で、マーシャルのやつ、おまえの配給カロリーを減らしたのか？」

「いや、まだだ。いま現在の俺の仕事は、例の爆弾を取り返すことだけだとほのめかしているんだろう」

「そうか」とベルト。「たぶん、そういうことだろう。で、いつ取り返しに行くんだ？」

「こう訊いたほうがいいんじゃないか？　取り返しに行く気があるのかって」

ベルトはこっちを向いて俺を見ると、やれやれと首をふってから、またドームのほうへ目を戻す。「昨夜、ダーニーと食事したんだ。彼女によれば、反応炉自体は問題ないらしい。昨日フル点検したら、全部正常だったってさ。けど、全体の八パーセントしか稼働させてないんだ。その理由を教えてもらおうとしたけど、正直、彼女が知っているとは思えない。訊き出せたのは、これだけ——現在の業務を維持できる必要最低限まで、燃料の使用を減らせと指示されたんだと」

「あんまり役に立たないな」

「ああ」とベルト。「かもな。実際、燃料不足におちいってると考えていいんじゃないか。けど、そうだな、マーシャルがおまえを操ろうとしているとも考えられるよな。おまえがそこまで気にしているとなると」

「そうなんだよ——だから、真実がどっちなのかわかるまでは、爆弾を取り返しに行く気はない」

ベルトはベストのポケットからプロテイン・バーを出すと、包みをはがしてから、リブリーザーをひょいと上げ、ひと口でバーの半分をかじった。残りを俺に勧めてくるが、これはサイクラー・ペーストをぎゅっと固めただけのものだし、ペーストのほうは思い出したくないくらい口にしてきた。俺は首を横にふる。ベルトは肩をすくめ、口のなかのものをのみこむと、残りのバーを口に押しこんだ。

「うーん」ベルトは頬ばったまま話しだしたものの、喉を詰まらせ、しばらく黙って水のボトルを開け、プロテイン・バーの残りを喉の奥へ流しこんだ。「ふうっ。これって……あんまりうまくないよな」

俺はあきれる。「わかりきったこと言うなよ」

「とにかく、さっきのつづきだけど、おまえはマーシャルに反応炉のことを話したとき、あいつの反応は本物だと感じたって言ってたよな。こないだ、おまえが通路でもう一人のおまえを見かけたって事実と、俺がダーニーから聞いた情報とを合わせてみると、かなりまずいことが起きている可能性が濃厚だと思わないか？　事態は本当にマーシャルの言っているとおりなのか？　そいつはわからない。けど、ほかにありえそうなことを突き止めるのは、難しいだろ？」ベルトはそこで言葉を切り、ドームのほうへ目を向けた。リブリーザーの奥でベルトのあごが動いているのが見える。筋肉がふくらんだり緩んだりしている。ベルトはようやく、こっちに向き直った。「なあ、ミッキー。おまえが例の爆弾を取り返しに行きたくない理由はわかった。正確な状況を知りたい理由もわかった――けど実際、現時点で、おまえは問題を先送りにしているだけだ。しばらく、それをつづけることもできるだろう。ほら、そこまでこだわりたけりゃ、気候が変わってコロニーが実際にめちゃくちゃになりはじめるまで待っていればいい。マーシャルは、おまえをいびりたいってだけで、みんなが死にはじめるのを放置したりはしないだろう。もし反応炉が奇跡的にだんだんフル稼働に戻っていったら、そのときに答えがわかる」

「ほう。で、フル稼働に戻らなかったら？」

ベルトは肩をすくめる。「そのときは、おまえは急いでムカデの友だちのところに行って、例の爆弾を取り返してくることになるだろう。おまえが本当に好きな誰かが死んじまう前に」

俺たちはいま、その爆弾の隠し場所からほんの一キロほどのところにいる。十五分あれば、そこまで行けるだろう。さらに一時間あれば、ドームに帰れる。爆弾をマーシャルにわたして、おしまいにできる。けど、そのあとは……。

マーシャルは本当に俺を殺すだろうか？　現時点では、正直、わからない。

そろそろ行こうぜと言おうとしたとき、ベルトが訊ねた。「ナーシャはどう思ってる？」

俺は首を動かしてベルトを見る。「なんについて？」

ベルトはあきれた顔をする。「俺の新しい髪形だよ、ミッキー。ロマンティックなポエムのこと。カフェテリアのトマトの値段のこと。あれ、なんの話だったっけ？」

「うん。爆弾の話だ」

「それだ、ミッキー。爆弾のことだ」

俺は肩をすくめる。「複雑なんだよ。ほら、ナーシャは俺と同じくらい、マーシャルに俺を死体の穴に押しこむチャンスをあたえたくないと思ってる」

「けど？」

「けど、うん、電気の切れた暗いドームで飢え死にするのもいやだと思ってる」

「つまり」とベルト。「俺たちが話してたふたつの選択肢とほぼ同じだな。彼女はどっちに傾いてる？」

「ナーシャはまさに俺と同じ意見だと思う。もし自分の命かコロニーかって状況なら、俺はするべきことをする。だが……」

「彼女は確信がほしいわけだ」

「ああ」と俺。「ナーシャは確信がほしいんだ」


その岩にすわったまま、リブリーザーを循環する饐えた空気を吸いながら、俺は血中酸素濃度が正常値レベル近くまで回復するのを待っている。ナーシャならなにを望むのか、時間をかけて真剣に考えた。彼女は俺を愛している。それは知っている。彼女は、俺がひどい目に遭うことは望んでいない。

といっても……。

ナーシャは、俺が死ぬところを見たことがある。死んでいく俺の手を握っていてくれたことが、三回ある。毎回、二、三時間後には新しい元気な俺が現れた。彼女はそのことを考えずにはいられないんじゃないのか？　いくら、爆弾を持ってくるかどうかは俺次第だとか、この二年間俺が殺されずにすんだ唯一の理由を失ってほしくないとか言っても、彼女の脳裏にこういう思いがないわけはない。俺がやれば——ふらりと出かけて爆弾を持って帰り、マーシャルにわたせば——その後マーシャルになにをされたとしても、少なくとも、翌日には新たな俺がナーシャの前に戻ってくる可能性はある。少なくとも、俺がコロニー全体の存続より自分自身の生存を重く考えていることを、彼女は身勝手極まりないと思ってないわけはないだろ？

やっと移動を再開すると、ベルトは俺を丘の上まで引っぱっていき、てっぺんを越えて裏側を途中までくだっていった。もうドームはすっかり見えない。この星に着陸した直後、徒歩で氷の割れ目を調査していた頃より、はるかに遠くまで来た。なにかプランがあるのか、それともただぶらぶらしているだけなのか、ちょうどベルトに訊こうと思ったとき、地面から突き出した岩を回ったところで、俺は景色に見入ってしまった。はるかかなたまで広がる景色は、遠くが大気にかすんでいる。十メートル前方で、地面がとぎれていた。俺は端まで歩いていく。最初の五十メートルくらいは、ほぼ垂直の崖になっている。その下はとがった岩でできた急な斜面が長くつづき、三、四百メートルくらい先でまた平らな草地になる。推測するなら、ここはそう遠くない昔に、凍結解凍サイクルによって斜面が割れ、かなり巨大な岩の塊が谷へ落下した場所だろう。

その頃、ここで見てみたかったものだ。この世の終わりみたいな光景だったに違いない。

「わお」俺は声を上げる。「いい眺めだな。なんで、いままでここを知らなかったんだろう？」

ベルトは俺を見てにやりとする。「ムカデ退治では、こっちに来たことはなかったんじゃないか。けど俺は、この星に着陸したくらいの頃からずっと、このあたりを飛行している。いい眺めだろ？」

俺は崖の縁にすわり、かがんで足の下をのぞいてみる。ミズガルズにはもっと広大ですばらしい景色がたくさんあったが、これはこの星でもっともすばらしい光景のひとつだ。

「真面目な話、ベルト、きれいだな。まさか、おまえがいい景色を見るために一日ハイキングするようなタイプだとは思わなかった。いや、誤解でうれしいよ」

ベルトは鼻を鳴らした。さらに、バックパックが地面に落ちる音がした。ふり向くと、ベルトはバックパックを開けてなにかを引っぱり出そうとしている。「冗談だろ？　ここに来た目的は、景色を楽しむことじゃないぞ、ミッキー」

ベルトはいまや、両手で細い金属棒の束をつかんでいる。俺の見ている前で、金属棒を引っぱり出して組み立てはじめる。最終的に、大きな骨組みができあがった。端から端まで七、八メートル、下部にでかい三角形の持ち手が付いている。

「ベルト？　なにをしてるんだ？」

彼はこっちを見ると、にやりとして、持ち手をつかんでその物体を持ち上げた。「おいおい、ミッキー。こいつがなんだか、わからないのか？」

俺はもう一度じっくり見てから、首を横にふる。「正直に言うぞ？　わからない」

ベルトはため息をついて、骨組みを下ろすと、バックパックから折りたたんだ布を引っぱり出す。その布を骨組み全体にほぼ広げおわったところで、俺はようやくベルトの作っているものがなにかわかった。

「ハンググライダーか？」

ベルトは最後になにやら取り付けてから、また顔を上げた。「当ったりー！　じゃあ、おまえにいちばんに試乗させてやろう」

俺が〝悪い冗談はよせ〟というようなことを言おうとすると、ベルトは笑って首をふった。「ちょっとからかっただけさ、ミッキー。おまえにこいつを操縦させるわけないだろ。おまえをここに連れてきたのは、この瞬間を後世に伝えるべく記録してもらうためだ」

いまでは骨組みから吊り紐がぶら下がっている。三角形の持ち手のすぐ後ろだ。ベルトは三角形をくぐり、ハーネスを両脚の付け根まで上げて腰の位置でしっかり締めてから、一組のカラビナで吊り紐につなぎ、グライダーを両肩にかついだ。

「専門的には」とベルト。「こいつはハンググライダーとは言えない。動力付き超軽量飛行機だ」そして自分の両側に見える、骨組みに取り付けられた二枚の金属製の円盤を指す。「小型のカシミール効果駆動装置をなんとか手に入れたんだ。一度の充電で二、三時間しかもたないが、空中で装置が停止したとしても、いつでも昔ながらの方法で飛行できるだろ？」

「そんなもの、どうやって……」俺は言いかけたところで口ごもり、首をふって、もう一度口を開く。「ハンググライダーなんか、どこで見つけたんだ、ベルト？〈ドラッカー号〉に乗りこむとき、マーシャルに積載重量に制限があるとか言われて、俺はタブレットをひとつ持ちこませてもらえなかったんだぞ。まさかそいつを、はるばるミズガルズから積んできたんじゃないよな？」

ベルトは声を上げて笑う。「見つけた？　違う違う、ミッキー。作ったのさ。翼桁（スパー）と布は、緊急ビバークセットに入っていたものだ。駆動装置は、いつも乗ってる飛行機のなかを漁って見つけた小型ドローンから取り出した。すごいだろ？」

「おまえが作ったのか。いつ？　いつ、そんなことをする時間があったんだよ？」

ベルトのにやにや笑いが大きくなる。「昨日の午後さ」

訊きたいことはまだある。〝どうして、こいつがほんとに飛ぶと思うのか？〟から〝イカれてるのか？〟まで、山ほど。ところが、どれも口から出せないうちに、ベルトはヒューと歓声を上げたかと思うと、助走をつけて崖から飛びたってしまった。

ずっと前、ミズガルズにいた頃、ジャン・ラーセンという男のドキュメンタリーを見た。俺の学生時代に、一連のバカげたことをしてちょっとした有名人になったやつだが、回を重ねるごとにバカの度合いが上がっていった。最初にしたのが、キールナの繁華街にあるビルからパラシュートで降下するベースジャンプだ。次が、ウィングスーツを着ておこなう離れ業。飛行しながらせまい隙間を通り抜ける、地面に激突しそうになるまで非常用パラシュートを開かない、等々。結局、準軌道輸送機がもっとも高い高度に達したときに——北海の百八十キロ上空から——ソロジャンプに挑んで命を落とした。手作りの熱シールドが機能せず、流れ星と化してしまったのだ。

ともあれ、いつだったか、彼は脳検査を受けたことがある。さまざまな種類の恐怖を引き起こす刺激にさらして、脳をスキャンする。その結果が、普通の人の脳と並べて表示された。普通の人の恐怖を感じる中枢は激しく反応し、燃えるようなオレンジ色と赤色を示したが、ジャンの脳は無反応。なんの変化もなく、冷静で、青く表示されていた。ちょうど恐怖を感じる中枢で、なにかの回路がつながっておらず、脳内のその部分が機能していなかったのだ。

俺はときどき思う。ベルトとジャン・ラーセンは、生まれたときに引き離された兄弟なのかもしれない。

たっぷり一秒、たぶん二秒、で確信した——俺はいま、親友が死ぬところを目撃しようとしている。ベルトは真っ逆さまに、石ころみたいに落ちていく。そのまま岩にぶつかるベルトの姿を想像するだけの時間がたった頃、グライダーが風に乗った。まだ落下してはいるが、その速度はだんだん遅くなり、やがてグライダーは地面と平行になって崖から草地上空へと舞い上がる。ついに、グライダーとベルトの体の見分けがつかないくらい遠ざかると、ベルトはグライダーを左に傾けて上昇を始めた。

三十分くらい上空ですごし、危険度が上がっていく技を立てつづけに試すと、最後に宙返りで大きな輪を描き、俺の頭上約二十メートルをかすめ、後ろの突き出した岩を通りすぎたところに着陸した。二、三秒後、また歓声が聞こえてきた。俺を呼んでいる。

「ミッキー！　いまの、見たか？　完全な上方宙返りをキメてやったぜ！　っしゃあああ！　もっと早くやってみりゃよかった！」

突き出した岩を回っていくと、三、四十メートル先の地面にベルトの姿が見えた。ベルトはハーネスをはずし、ふり向いて両手でガッツポーズをして見せると、かがんでグライダーの分解に取りかかった。俺はベルトの横まで歩いていく。

「すごかった」ベルトは顔を上げずに話す。「マジで信じられねえ。さっき俺がやったことは、人間が手術ナシで鳥になれるってことにいちばん近かったと思う」

「死んでいたかもしれないんだぞ」と俺。「わかってるだろ？」

ベルトはうるさそうに手をふる。「いいや。俺にはうまくいくとわかってた。まあ、機体がさっきの宙返りに耐えられるかどうかは、確信がなかったけど――」

「耐えられなかったら、どうしてたんだ？」

ベルトはちらりと俺を見上げるあいだだけ手を止める。「耐えられなかったらって、なにが？」

「機体がさっきの宙返りに耐えられなかったら、どうしていたのかと訊いてるんだ」

「あー」肩をすくめるベルト。「そのときは、死んでただろう」布を丁寧にたたんで脇に置き、翼桁(スパー)の分解に取りかかる。「けど、死ななかった。おまえも見ただろ？　こいつは俺の新しい偵察機だ、ミッキー。使ってるカシミール効果駆動装置にかかる電力は実質的にゼロだから、司令官が反対する理由もない。こいつがちゃんと飛べるとわかったことだし、ドームの屋根から電力を使って飛びたつこともできる。きっと最高だぞ」

俺は反対することもできる。反対するべきだ。こいつは手作りの、事実上テストもしていない航空機だ。確かに、ベルトが三十分だけ試運転するにはしたが、もし本気でこいつを通常の偵察任務に使いはじめるとなると、あいつにとっていい結末が待っているとはとうてい思えない。

いっぽうで、こんなにうれしそうなベルトを見るのは、いつ以来だろう……。思い出せないほど遠い昔だな。

「頼む、ミッキー。こいつをしまうのを手伝ってくれ」

ベルトの笑顔は伝染する。俺は笑い、ため息をつくと、ベルトにバックパックを持っていってやった。

ちょうど丘のてっぺんを越えたところ、ドームが見えるくらいの距離に戻ってきたところで、あのムカデを見かけた。

先に見つけたのは、ベルトだ。ベルトは俺の前を歩いていて、というか跳びはねながら、ナーシャにもちゃちゃっとグライダーを作ってやれるかなというようなことを話していた。それで俺がちょうど、バカなことはやめろとたしなめようとしたとき、ベルトがいきなり立ち止まり、俺は彼の背中にぶつかりそうになった。

「なんだよ？」俺が言いかけると、ベルトはいっぽうの手でそれを制し、もういっぽうの手で指さした。そこに、いたのだ。八十メートルくらい先に。そいつは岩の上でとぐろを巻き、首をもたげていた。巨大なタイプではないが、〈補助者〉と呼ばれるザコでもない。体長はおよそ三メートル、茶色と金色の斑点がある体節が五、六個連なり、先頭の体節に直角に位置する二対の大あごがある。そのとき、ムカデは俺たちに背を向けてドームのほうを見下ろしていた。

「ミッキー」ベルトが声をひそめる。「あれが見えるか？」

「ああ。見える」

「あれと話せるか？」

俺はベルトを見上げた。皮肉のひとつも言ってやろうとしたところで、思い出す。ベルトは、俺がこの二年間、ムカデたちと定期的に連絡を取り合ってきたと思っているのだ。俺がムカデと交渉していると思っている。それが真っ赤なウソだと知っているのは、ナーシャだけだ。

　さてと。がっかりさせることになりそうだ。

「さあな」俺は答える。「ちょっと試してみるか」

　俺はベルトの前に出た。ムカデはいまや動いている。頭をゆっくりと前後に揺らしている。もし本当に俺がこいつとコミュニケーションを取っているとしたら、どんなふうに見えるだろうか？　俺は歯を食いしばり、目を細め、わずかに身を乗り出してみた。

「大丈夫か？」ベルトが訊ねる。「腹でも下してるみたいだぞ」

　俺はさっとベルトをにらんでから、顔の力を抜き、ムカデに向き直る。冗談半分で、瞬きして視界にチャット・ウィンドウを開く。

ミッキー7：もしもーし？

ミッキー7：こいつを見てるか？

ミッキー7：見てるなら、言っておく。俺たちはここに戦いに来たんじゃない。ただ通りたいだけだ、いいな？

　ムカデの動きが止まった。

頭を回して、こっちを向く。

「あいつ、おまえに話しかけてるのか？」ベルトが小声で訊く。「なんて言ってる？」

俺は無視して、ムカデと見つめあう。そのあいだに、もしムカデが襲いかかってきたらどうするかを考える。逃げる、よな？　小さいタイプのムカデなら、逃げきれる自信がある。だが目の前のこいつの場合、そこまでの自信はない。

さいわい、その答えを解明する必要はなかった。たっぷり十秒たってから、ムカデは岩の後ろにひょいと引っこんでいなくなったのだ。

もう戻ってこないと確信できるまで充分待ってから、ベルトがふうっと息を吐き、俺の肩をぴしゃりと叩いた。「やったな、ミッキー。あいつになんて言ったんだ？」

俺はベルトをふり向き、循環式呼吸装置（リブリーザー）の奥でにやりと笑う。

「本気で訊いてるのか、ベルト？　知らないほうがいいと思うぞ」

005

ユニオンのテクノロジーには、いいところがたくさんある。テクノロジーのおかげで、人類は風に運ばれる種のように、銀河の渦状腕へ散らばっていくことができる。星間空間の凍てつく真空でも、暖かく（たいていは）安全でいられる。人間の出すゴミを再利用し、どうにか食べられるものを作りだせる。ニヴルヘイムのような惑星でも、正直とても人間が生きていけるとは思えない場所でも、生存可能にしてくれる。だが、ユニオンが製造するほぼすべてのガジェットやなにかには、とりわけ重要なある特徴がある。

バカでも使えるようになっていることだ。

ニヴルヘイムに持ってきたほとんどすべての装置には、ＡＩが搭載されており、ほぼ誰でも扱えるようになっている。俺たちの移動法を考えれば、これは絶対に必要なことだ。

コロニー建設ミッションの一般的な総乗員数は、大人二百名足らず。彼らが責任を持って、数千人分の凍結胚の保護と世話をする。乗員には、いずれ充分に機能する技術社会を形成するのに必要なあらゆる職種が含まれていなくてはならない——行政官、医師、弁護士、エンジニア、農業技術者、等々。

エスプレッソマシンの仕組みにくわしい人間を連れていく余地は、あまりない。そういう機械は、ほぼ自動でなくてはならない。

その原則は、ニヴルヘイムのほぼすべての装置に当てはまる。農業の専門家、エンジニア、医療技術者といった人々は、自分たちの使う装置がなんのためのものかわかっているし、願わくはそれをいつどう使うかもわかっていてほしいものだが、その場合、そういう装置を動かす作業は、たいてい「動け」と指示を出すだけのことだ。つまり、おもな制限要因は専門性ではない。その装置を使う適切な承認を得ているかどうかだ。

というわけで、技術的には、クインにダウンロードを手伝ってもらう必要はない。ヘルメットのストラップの締め方くらい、俺でもわかる。アップロードの場合、俺が固定されてからクインが実際にすることは、認証パッドに親指を押しつけて作動するよう指示することだけだ。

つまり、事実上、クインの親指があればいい。

「無理よ」ナーシャが言う。「無理だってば、ミッキー。いくらあなたのためでも、人の指を盗むつもりはないわ」

「そこをなんとか」俺はナーシャの肩に頭をあずけ、彼女を見上げる。「たかが親指一本じゃないか。なにも、手を丸ごと盗んでくれと言ってるわけじゃない」

俺たちがいるのは、ベルトが昨日の午後ハンググライダーで飛びたった見晴らしのいい高台だ。ナーシャにこの場所を見せたかった。ベルトと違って、彼女なら〝自殺に便利な場所〟よりマシな評価をしてくれると思ったのだ。ミズガルズにいた頃、俺はバックパックを背負って、よくいろんなところへ出かけていた。自然のなかを歩き回り、こんな場所を見つけては、腰を下ろしてあれこれ考えたものだ。俺のそういう部分を、ナーシャにちょっと見せてやりたかった。

もちろん、誰かに話を聞かれる心配のないところに連れてきたかった、ってのもある。

「真剣な話」とナーシャ。「こんなことがうまくいくと思う、ミッキー？　わたしがピンキングばさみを持って、背後から彼に忍び寄るでしょ？　チョキンとやって、親指を奪って、逃げる？」

「いや、そんな細かいところまでは考えてなかった」

ナーシャは循環式呼吸装置（リブリーザー）の奥でげらげら笑い、首をふると、後ろに両肘をついた。

「ミッキー、あなたがいまこの星にいることを思えば、細かいところまで考える能力がどの程度かは訊かなくてもわかるってば」

確かに、こいつは一本取られた。

「ねえ」ナーシャはつづける。「ダウンロード・システムのロックについては、実際、どれくらい知ってるの？　彼の親指は丸ごと必要なのかってこと。それって指紋認証？　DNA探知式？　その両方？」

俺は肩をすくめる。「さあな。わかってるのは、ダウンロードを始める前に、クインが必ず親指をパッドに押しつけていたってことだけだ」

ナーシャはあきれ顔になる。「ほんと、おバカさんね、自覚はある？」首を反らし、雲ひとつないピンクがかった青い空を見上げる。「もし指紋認証だけだったら、たぶん……なんだろう……彼の親指の指紋をどうにかしてスキャンすればいいんじゃない？　親指の指紋さえ手に入れれば、小型のバイオプリンターで偽物が作れるかもしれない」

「うーん」下のほうで、崖の表面からなにかが飛んだかと思うと、二メートルほどのクモの巣みたいな翼を広げ、上昇して遠くへ飛んでいった。「あれは……」

ナーシャがまた起き上がって、こっちを見る。「あれって、なんのこと？」

俺は、草地の上空を遠ざかっていく黒いVを指さす。

「ニヴルヘイムで見る最初の空飛ぶ生き物だ。見えるか？」

「見えるわ。でも、話に集中しない？」

「してるよ。俺が集中していることのひとつが、この星には俺たちの知らないことが山ほどあるってことだ。というわけで、あれはなんだったんだ？　タランチュラとコウモリを交配したら、あんな姿になりそうだよな。俺たちが気づいていないものが、ほかにどれだけあると思う？　ああいうのを見れば見るほど、マイコ・ベリガンの仮説に基づいて自殺行為に等しい仕事をするのがいやになる」

ナーシャは小首をかしげる。「仮説って？　例えば？」

「なんだろう。例えば、これからまた寒くなって、ずっとそのままになるとか。あの反物質爆弾を取り戻す必要があるとか」

「それは仮説じゃないってば、ミッキー。科学的事実よ。この星は、わたしたちが来たときはまるで雪の球だったでしょ？　またあんなふうにはならないと考える理由が、どこにあるの？」

「さあな。じゃあ、またあんなふうに**なる**と考える理由って、なんだよ？」

ナーシャの目が険しくなり、話し方がゆっくり慎重になる。「三十年分の観測データよ、ミッキー。三十年間ミズガルズからこの星を観測してきたデータと、わたしたちがここに来てから二年間ベリガンたちがつづけてきた環境モデリング、さらに二年前あれだけ寒かったという基本的な事実から考えれば、いつかまた絶対に寒い季節が来る。それが惑星の仕組みだもの。あなたの言ってることはめちゃくちゃよ、ベイビー」

「ミズガルズからの三十年分の観測データから、当局がこの星を温暖な環境と判断したのを忘れたのか？」

首をふるナーシャ。「当時の観測は正確だったわ。彼らは原因の説明をミスっただけ。それくらい知ってるじゃない、ミッキー」

「はいはい。で、今度は予測をミスらないと誰が言える？」

ナーシャは両脚を体の下で折り曲げると、後ろに揺れてから、勢いをつけて立ち上がった。「聞いて。わたしは力になろうと思ってここに来たけど、そうやってふざけるつもりなら、もう行くわ」

「いや、待ってくれ」俺は彼女の手をつかむ。ナーシャは手をふりほどこうとおざなりの努力をしてから、ため息をつき、またすわってくれた。「悪かった。ただ……」

「ただなんなの、ミッキー？」

ただこの件に関しては、ふざけていたいんだ。俺は未知の問題への解決策なんか、ほしくない。クインの親指を盗むかなにかして、マーシャルの話が真実だとわかったら、俺は例の爆弾を掘り出してマーシャルに差し出さなきゃならなくなるんだから。

だが、そんなことは言えない。

「ただ、ときどき話が脱線して、ほんとはなにを話そうとしていたのか忘れちまうんだ。だが、もう集中している。作り物の親指があればいいんだろ？　それなら、ピンキングばさみはいらないって話だろ？」

ナーシャは肩をすくめる。「どうかしら。ダウンロード・システムのセキュリティがどれくらい厳しいかによるわ」

「あんなものに厳重なセキュリティを敷くわけないだろ？　末期の放射線中毒になった気分がどんなものか知りたくてたまらない、なんてやつがいるわけじゃなし」

「そうね、言われてみればそうかも。わかったわ。あなたはクィンの指紋がついた物を手に入れて。わたしは偽の親指を作る方法を考えてみる」

ナーシャはまた立ち上がると、俺の片手を引っぱって隣に立たせた。

「了解」と俺。「もし、うまくいかなかったら？」

「うーん、そのときはピンキングばさみを用意することについて話し合いましょう」

ドームへの帰り道、俺はあのムカデにほとんど再会したい気分だった。ムカデは俺の通信に返事をくれたわけじゃないが、昨日遭遇したとき、なんとなくつながりのようなものを感じたのだ。ともあれ、ムカデの姿はない。だが丘を越えてドームへ向かってくだりはじめる頃には、あのクモの巣コウモリが飛んでいくのを確かに見かけた。頭上のかなり高いところを飛んでいて、明るいピンク色の空についた黒い染みにしか見えなかったが。

クインの親指の指紋を手に入れるのは、驚くほど簡単だった。カフェテリアを二時間ホームレスみたいにぶらついていればいいだけだった。二日前から無職になった俺には、なんの問題もない。14時00分を回った頃、クインがランチをとりにやってきた。いちばん奥の席にすわる。俺のいるところから、これ以上ないほど離れている。カフェテリアにはほかに数組のグループがまばらにすわっているが、俺やクインにそれほど注意を払っている人間はいないようだ。クインは食べ、毎日の摂取が推奨されているビタミン／プロテイン・スムージーを飲むと、立ち上がってトレイをベルトコンベアに返却する。コンベアにのせられたトレイは、調理システムの奥へ運ばれていく。俺はただ、クインが背を向けてからトレイが消えるまでのあいだにコンベアに近づき、慎重に彼の飲んだスムージーのカップを取って、医療用サンプルバッグに放りこめばいい。あとは逃げるだけだ。

すべてがとんとん拍子に進んだのは、通路まであと二歩のところまでだった。

「ミッキー？　なにしてるの？」

俺は立ち止まってふり向いた。キャットがほかの警備兵たちとテーブルをかこんでいた。彼女はまじまじとこっちを見ている。

「あっ、やあ、キャットじゃないか」

俺はそのまま行こうとするが、キャットはもう席を立ってこっちへ歩いてくる。俺はかろうじて通路に出た瞬間、後ろからキャットに袖をつかまれた。

「ちょっと、どういうつもり、ミッキー！　待ちなさいよ」

アドレナリンが全身を駆けめぐり、一瞬、腕をふりほどいて走りだそうかと本気で考える。

「キャット、悪いが片づけなきゃならないことが――」

キャットは上着のポケットを指さした。そこには、さっきクインの使ったカップを押しこんである。「そうよ。あなたが片づけなきゃならないのは、誰かのトレイから盗んだスムージーのカップでしょ。いったい、なにしてるの？」

俺は口を開け、迷ってから、また閉じる。キャットが半歩詰めよる。「わかってるでしょうけど、あたしにはあなたにこの件について訊ねる法的な資格があるのよ」

それが本当かどうかは確信がないが、彼女がしたいと思えば絶対にしてのける人物であると知っているくらいには、付き合いが長い。

「クインの指紋のついた物が必要だったんだ。それで、カップを拝借した。用がすんだら、すぐ返すよ」

キャットは首をかしげる。「クイン・ブロックの指紋が必要だった？　いったいなんのために？」

俺はため息をつく。「偽の親指を作るためさ」

キャットはたっぷり五秒間俺を見つめてから、やっと口を開いた。

「わかった。ちなみに、ヴードゥー人形だか媚薬だかなんだか知らないけど、あなたが作ろうとしているもののせいで司令官に呼び出されても、あたしが味方するなんて期待しないでよね」

俺は無理に笑ってみせる。キャットは最後にじろりと見てから、背を向けてカフェテリアのなかに戻っていった。俺はその場に三十秒くらい、半信半疑でたたずんでいた――ひょっとしたらキャットが仲間を連れてきて、カップを盗んだ件で俺を牢へ引きずっていくんじゃないか。だが、彼女は戻ってこない。というわけで、俺は心のなかで肩をすくめて立ち去った。

「で、それが例のやつか？」

の親指

「そう、これが例のやつ」とナーシャ。

　俺は手のなかで作り物の親指をいろんな角度から見てみる。

「クインの親指に似てないじゃないか」俺はナーシャの手を見て、それから作り物の親指の後ろ側を見る。「きみの親指みたいだ」

　ナーシャは俺の手から親指をひったくった。「聞いて、ミッキー、これがわたしにできた最善なの。クイン・ブロック本人の親指をコピーするわけにはいかなかったから、自分の親指をコピーしたの。さんざんお願いして、二回は脅迫までしなきゃならなかった。そうでもしなきゃ、プリンターのある部屋で二十分間一人にしてもらって、これを作るなんてできなかったと思う。その親指でダメなら、あなたには運がなかったってことよ」

　俺はナーシャを見つめる。彼女も俺を見つめている。

「悪かった」結局、俺は謝った。「きれいな親指だよ、ナーシャ。ていうか、これまで俺が作ってもらった親指のなかで、たぶん最高のやつだ。ありがとう」

　最初のうち、ナーシャの鋭い視線がゆるまなかったので、俺は二、三秒考えた——謝るふりをやめて、ひれ伏すか。ところがそこで彼女がほほえみ、俺はベッドに突き飛ばされた。「はい、よくできました。感謝の気持ちを忘れちゃダメよ、ベイビー」

　ナーシャはさっと大きな一歩で二人の距離を詰めてくると、ベッドによじのぼり、俺の上にかがんだ。俺は彼女を引き寄せ、両腕で包みこむ。彼女は転がって横向きで向かい合うと、すばやくキスしてから、顔を離して俺を見た。

「これをすれば、本当にあなたの知るべきことがわかると思う？」

俺は目を閉じる。ふたたび目を開けたときには、彼女の顔から笑みが消えていた。

「さあな。もし連中が本当に俺のコピーを反応炉に送りこんでいるとしたら、そのときはわかるかもな」

ナーシャが額を俺の額に押しつける。「じゃあ、もしわからなかったら？」

俺はため息をつく。「わからなかったときは、まあ、ふりだしに逆戻りだろうな」

ナーシャは俺を押しやって仰向けにすると、俺の肩と首のあいだに自分の頭をのせた。このドーム全体が一日の八十パーセントは体臭みたいな匂いがするのに、どういうわけか、彼女の髪はジャスミンの香りがする。

「ところで」俺は訊ねた。「どうやったんだ？」

ナーシャは俺の胸に腕を伸ばす。「どうやったって、なにを？」

「アレを作らせてもらうための説得だよ。いったいどんな理由があれば、警備セクションに通報されずに人間の親指を作らせてもらえるんだ？」

ナーシャはもう少し深く顔をうずめる。「ロサレスよ。前からの仲良しで、ミズガルズを出てからずっとシングルなの。やり方なら、彼女が知ってる」

「へえ」俺はナーシャの背中をなでたところで、ふと気になった。「ちょっと待った、なにか聞き逃したようだ。彼女はなんのやり方を知ってるって？」

ナーシャは頭を起こす。にやにやしている。

「わたし、彼女にあれは大人のおもちゃだって言ったの」


大学一年生のときに取っていた古代哲学概論の内容はあまり覚えていないが、ひとつだけ頭に貼りついていることがある。ソクラテスの死刑にまつわる話だ。彼はドクニンジンから抽出した毒を飲むよう命じられていた。というのも、どうやら古代ギリシャ人は青酸カリを入手できなかったらしいのと、ソクラテスほどの人物を一般人のように刺し殺すわけにはいかなかったからだ。ソクラテスは日没までに毒を飲むよう言いわたされた。友人たちはみんな、可能なかぎり一分でも長く毒を飲むのを待ってほしいと望んだが、当のソクラテスは？　さっさと飲み干してしまう。どうせしなくてはならないのなら、先延ばしにしたってなんの意味もないだろ？

作り物の親指を使って、自分の脳みそをフライにしちまうかもしれないことに対して、俺が感じていることも基本的にそんなところだ。先延ばしにしてもしょうがない。俺たちは――ナーシャと俺は――短い仮眠を取り、ちょうど真夜中過ぎに起きて、医療セクションへ向かった。

医療セクションは最下階で、サイクラーからあまり遠くないところにある。俺たちは黙って向かった。ナーシャはまるで重大な用事があるかのように歩いていき、俺はその後ろにつづき、下を向いて左右に目を走らせる。たぶん、脱走した犯罪者みたいに見えるだろう。医療セクションの入口まで来ると、ナーシャがふり向いた。「いま、あの親指を使う?」

俺は首をふる。「その必要はないと思う。俺にはアップロードの無制限アクセス権があった。誰かがわざわざ俺を閉めだす手間をかけていないかぎり、まだ通用するはずだ」

俺はナーシャの前に出て、自分のオキュラーをスキャナーにかざす。ドアが横へするりと開いた。俺たちが入ると、ドアは後ろですると閉まる。さらにふたつのドアと短い通路を進んだところに、再生ルームがある。ウォークイン・クローゼットより少し大きいくらいの部屋に、いろんな装置がびっしりと並んでいる。床の半分を占めるのは培養槽だ。その灰色の金属製の棺おけは、ほぼあらゆる種類の有機物を量産するようプログラムできるが、俺の知るかぎり、実際は俺のコピーしか作ったことはない。あとは椅子が一脚――俺の額、両手首、両足首を固定するストラップが付いている――と制御卓で、室内はいっぱいだ。椅子の座面には超伝導量子干渉素子（SQUID）アレイが鎮座し、ケーブルが床に垂れ下がっている。

「つまり」ナーシャが言う。「ここね？」

「ああ。ここが魔法の部屋だ」

俺はヘルメットをつかみ、両手でひっくり返して、頭にかぶった。内側に並ぶ接触子が頭皮にこすれる。ケーブルを扱ったことはないが、クインが扱うところをさんざん見てきた。ケーブルは二本で、どっちもマイクロファイバーを編んだものだ。一本は赤で、一本は緑。ケーブルは制御卓に接続する。制御卓には差込口が二カ所あり、そのすぐ左にはすべてを作動させる指紋認証パッドがある。

差込口はまったく同じ見た目だ。

どっちのケーブルをどっちの差込口に差せばいいんだ？

「ミッキー？」ナーシャが訊ねる。「ここに来て自信がなさそうに見えるんだけど。自分のしようとしてること、ちゃんとわかってる？」

「ああ、もちろん」

俺は二本のケーブルの先端を見る。まったく同じだ。差込口を見る。まったく同じ。

ひょっとして、どっちでもいいのか？

心のなかで肩をすくめ、俺は赤いケーブルを上の差込口に押しこみ、緑のケーブルをもうひとつに押しこんだ。最悪の場合、どうなるかって？　脳みそがからっと揚がっちまう。たぶん、それが考えられる最悪のケースだ。

俺は椅子にすわった。

「よし。固定してくれ」

ナーシャの顔が不安そうになる、というか恐怖に近い。

「本当に大丈夫なの、ミッキー？　なんだか、電気椅子で処刑するみたいに見えてきたんだけど」

俺は無理に笑ってみせる。「大丈夫だって。ずっと定期的にやってきたことさ、ナーシャ。さあ、始めよう」

そして、ナーシャは取りかかった。まず俺の足首、次に手首、それから額をストラップで固定し、ヘルメットの正面でバックルを締める。

「これでいい？」

俺はストラップをぐいっと引っぱってみる。

「よし、問題ない」

ナーシャがかがんでキスをする。

「愛してるわ」

「うん、わかってる」と俺。

ナーシャは体を起こすと、ポケットから例の親指を引っぱり出す。

「これがうまくいくか確かめる心の準備はできた？」

俺は目を閉じる。

「よし、やってくれ」

006

ここらで、生体記憶ダウンロードに関するおもしろい話を紹介しよう。十一年前、あるいは七光年ちょっと航行する前、もしくは俺が六回死ぬ前、教官のジェマ・アベラにこう訊ねたことがある——なんで俺は、図式やら手順やら技術仕様書やらの勉強をして時間をムダにしているのか？　記憶のダウンロード・システムがあるじゃないか。とにかく培養槽行きになるたびに、俺はそいつを使っている。わざわざ勉強しなくたって、そういうことを知っていたほかの使い捨て人間（エクスペンダブル）の記憶を、アーカイヴから引っぱり出してくるだけでいいじゃないか？

「それはいい質問ね」ジェマは言った。これは彼女の口癖だが、返ってくる答えからすると、俺の質問の九十パーセントはまったくのゴミだとわかる。俺たちは物置きのなかで——当時、ジェマが俺のために教室に仕立ててくれていた——小さい金属製のテーブルに向き合ってすわり、タブレットを開いていた。「記憶のダウンロードについて学んだことをよく考えてから、なぜわたしたちがそういうことをしないか説明してくれる？」

俺は天井をあおぐ。「頼む、さっきのがアホな考えだったなら、はっきりそう言ってくれ」

「わかった。アホな考えよ」

教官は俺を見て、口角を上げただけの気取った笑顔を作る。

「そんなひと言で済ませられないことくらい、わかってるだろ。なぜアホな考えなのか、教えたくてたまらないくせに」

破顔一笑するエマ。「わたしのこと、本当によくわかってるのね、ミッキー。あれがアホな考えである理由は、記憶のアップロードとダウンロードは、個々の記憶を選択できないからよ。頭から特定の記憶――例えば、反物質反応炉の図面とか――を選びとる方法はわかっていないし、特定の記憶を頭にぽんと入れる方法もわかっていない。すでにあれこれ知っている人物からダウンロードしておいた記憶をあなたにダウンロードすることは可能だけれど、その場合、あなたの頭に入ってくるのは、その人物の技術的な知識だけじゃない。彼の好きなアイスクリームの味。彼の初めてのキス。彼の人生でいちばん恥ずかしかったこと。彼のあらゆる記憶がついてくるのよ、ミッキー――彼の人格が丸ごと、あなたの頭に入ってくるの。しかも、悲しいことに、あなたの頭のなかにはすでに自分自身の人格がある。彼の記憶はあなたの記憶と知識に重ねられるから、最悪の場合、混乱をきたすでしょうけれど、ダウンロードでは記憶よりはるかに多くのものが入ってくる。その人の世界観、見解、偏見まで。もし世界の仕組みについてのそういった基本的信条が、自分の持つ基本的信条と相容れないものだったら、どうなると思う?」

「ああ、そういうことか。そりゃ問題かもしれないな」

ジェマは笑った。「かもしれない? 頭のなかに一人の人格しかいなくても、世の中という大空を飛行するのは充分大変なのよ。後席パイロットになりたい人なんていないわ」

俺はにっこりする。彼女もにっこりする。俺がそろそろ反物質ロケットの話に戻ろうかと言おうとしたとき、教官は言った。「一度だけ、実際に試したことがあるの」

「試した? うまくいくとは思えないな」

ジェマはにやりとして、椅子の背にもたれた。「それは、あなたの言う〝うまくいく〟がなにを指すかによるわね。あれは六年くらい前、わたしがここの教官になってちょうど一年たったときだった。流星塵に衝突されて、緊急修繕作業をする人が必要になったの。場所は、いくつもある原子炉のうちの一基に近いところ。問題は、衝突で放射線遮蔽材に穴があき、その穴がとんでもなく高温だったこと。物理学セクションは生還できるだろうと言ったけれど、修理中に浴びるであろうガンマ線量をよしとする技術者は一人もいなかった。

「当時、わたしたちのところにいたエクスペンダブルは、ドーラン・ガウスという男性だった――ちなみに、本物のプリンスよ。性的暴行で二度目の有罪判決を受けたあと、ダイバージョン・プログラム（罪を認めた者を刑事司法手続き以外の方法で取り扱うこと）でうちに来たの。わたしと講習中のあるとき、彼は……、いいえ、こう言うだけにしておきましょう――わたしは彼の大脳皮質が丸焼けになろうがたいして気にならなかった。わたしたちは主任技術者の記憶をすべてアップロードして、それをドーランにダウンロードしたの。結果は興味深いものだったわ」

「その〝興味深い〟は、すこぶるうまくいって、誰もが本当に満足したって意味じゃなさそうだな」

教官はそこで笑った。ジェマの笑い方は最高だった。ヒンメル宇宙ステーションですごした時期の数少ない懐かしい思い出のひとつだ。

「それでね」彼女はつづけた。「ドーランは修理を完了して、穴は無事ふさがったから、司令官はおおむね満足していたでしょう。けれど、ドーランは……わたしの知るかぎり、それ以来、頭のなかに二人の人物が同居する状態になった。しかも、彼のなかのヤホントフ主任の部分が、ドーラン・ガウスの部分を心の底から嫌っていたの。初めのうちは、よく眠れない程度だった。でもしばらくすると、彼は自傷行為をするようになった。つねに注意を払っていないと、両手がじわじわと上がってきて首を絞めようとするの。ダウンロードからおよそ一週間後、彼は寝ているはずの時間に、小さなフォークで片目をえぐりだしてしまった。それからは、彼が眠るときは鎮静剤で落ち着かせ、拘束しなくてはならなくなったわ。そして約一ヵ月後、彼は下着姿でエアロックから出ていってしまった」

ジェマは俺を見た。俺も教官を見た。

「つまり、教官が言いたいのは、これは本当にいい考えじゃないってことか？」

教官は肩をすくめた。「必ずしもそういうわけではないわ。あなたはドーラン・ガウスとは違う。あの男は怪物だったし、ヤホントフの人格がガウスの人格と同じ頭のなかにいたがらなかったのもよくわかる。その表れ方は驚異的で、このケースは科学雑誌に大きく取り上げられることになったほどよ。しばらくは、次のエクスペンダブルにも同じ手順で実験してみようという話すら出ていたけれど、生命倫理学者から却下されたわ——とはいえ、根本的な問題はわかりきっていた。わたしが言いたいのは、だいたいこんなところ——うまくやっていけるか確認もせずに、他人を自分のアパートメントに住まわせたりしないでしょ？　自分の頭のなかに他人をまねく場合も、せめてそういう確認くらいはするべきじゃないかってこと」

というわけで、ナーシャがクインの偽の親指を認証パッドにぐいぐい押しつけているとき、俺はこんなことを考えていた——これまでのほかのミッキーたちは、俺のことを嫌うだろうか。彼らが俺を嫌う正当な理由なんかない、とは言えない。なにしろ、俺はエクスペンダブルを辞めたんだ。もし辞めていなかったら、俺が反応炉に送りこまれて、マーシャル司令官とリンがやらせたがったことをさせられていただろう。そして、彼らのうちの少なくとも一人は、死んだ俺に代わってミッキーを引き継いでいたはずだ。彼らから見れば、俺ほど最悪な責任逃れもいない——死ぬのを拒否したエクスペンダブル。俺はこの二年間、ウサギの世話やトマトの収穫をしたり、ナーシャといちゃついたりしてすごしてきた。彼らの一生はおそらく、培養槽から出て、放射線を浴び、血を流して終わりだっただろう。俺が彼らの立場だったら、ある晩、俺の就寝中に俺の手を使って殴ってやりたいと思うに決まっている。

やっぱり、これはあんまりいい考えじゃないんじゃないか？　ナーシャにやめるように言うべきかもしれない。ちょうどそんなふうに思いはじめたとき、彼女が言った。「いま、なにか起きてるはずなんだけど？」

俺は目を開ける。ストラップで固定されているせいで、首があまり動かず、彼女が見えない。「認証パッドに親指を押しつけたか？」

「ええ。いま、やってる」

ダウンロード中に意識があったことはないが、絶対こんなふうじゃないはずだ。

「すまない」俺は謝る。「そもそも指紋認証じゃないのかもしれない。どうしようか？」

ナーシャはため息をつく。「じゃあ、ピンキングばさみを手に入れなきゃならないようね」

俺の後ろで、ドアがするりと開いた。

「ピンキングばさみ？」

「あっ、まずい」とナーシャ。「あら、クイン」

俺はまた首を動かそうとするが、ストラップがきつく締められていてヘルメットはびくともしない。だが、そんなことはどうでもいい。クインがやってきて、俺の前にかがんだ。

「ミッキー？　いったい、こんなところでなにをしてるんだ？」

「あ。やあ、クイン。その、なんだ……そっちはなんでここに来たんだ？」

クインは俺をにらむ。「きみが呼んだんだよ、バカ。この施設を監視しているＡＩから、きみがアップロードに来たと連絡が入ったんだ」そして、ナーシャを見上げる。「それは親指か？」

「本物じゃないわ」ナーシャはそれをポケットに滑りこませた。

「真面目な話、なにをしているんだ？」クインは立って、俺の後ろへ歩いていく。「ケーブルのつなぎ方が間違ってるよ。これはダウンロードのつなぎ方だ。まったく、なんなんだ？　自分の脳みそを丸こげにしたいのか？」

拘束を解くカチっという音が聞こえて、頭が自由になる。クインが俺の頭からヘルメットをはずし、ケーブルをしまってから、またしゃがんで俺の手首と足首のストラップをはずす。

「聞いてくれ」と俺。「おかしな状況に見えるのは、わかっている。だが……」

クインは立ち上がって俺を見下ろす。「だがなんだ、ミッキー？　二年ぶりにアップロードしたかったのなら、なぜぼくにそう頼まなかった？　知っているだろうが、それがぼくの仕事だ。そしてもし、本当にダウンロードしようとしていたのなら……うらむ、きみには助けが必要なようだ、としか言えないね」そして、ナーシャのほうを向く。「それからきみ、ナーシャ・アジャヤ。きみは本当にこの男を好きだそうだね？　それなら、こんな……なんだか知らないが、こんなことをさせないよう説得するべきだった。ところがきみは……ぼくは、きみたちがここでなにをしているのか、さっぱりわからない。それに真面目な話、さっきのアレは親指か？」

ナーシャの顔に暗い雲がかかりはじめる。ここらであいだに入らないと、人が殴り殺されるのを見せられることになりそうだ。俺は立ち上がり、二人のあいだに割って入った。

「まあまあ、クイン。あんたの言うとおりだ、俺はちゃんとあんたに頼むべきだった。だが、じつは──頼もうとしたんだよ、このあいだ、カフェテリアで。覚えてるか？　あんたは俺に質問すらさせてくれなかった」

クインは一瞬、ぽかんとする。

「カフェテリア？　アップロードなんか頼んでこなかったじゃないか。きみが欲しがっていたのは、ドラッグだ」

俺は天井をあおぐ。「いいや、クイン。俺はドラッグなんかいらないし、あんたにちゃんとそう言った。それに、アップロードも望んじゃいない。俺がしたかったのは、ダウンロードだ」

クインは俺を見て、それからナーシャに目をやり、また俺を見る。

「ダウンロード？」

「ああ。ダウンロードだ」と俺。

「あの……どういうことだ、ミッキー？　いったいぜんたい、どうした？　すでに記憶のある大脳皮質にダウンロードしたいというのか？　しかも、自分自身の記憶を？　いったいどんな理由があったら、そんなことをしたいと思うんだ？　若年性認知症の症状でもあるのか？　二年前に財布を置いた場所を忘れたとか？　凍えてケツが取れそうだったときのことを、しみじみ思い出したいのか？　なんなんだ？」

俺は首をふる。「自分自身の記憶がほしいわけじゃない、クイン」

「きみは……」クインは口ごもって、もう一度ナーシャに目をやってから、俺に目を戻す。

「あっ」

「いま現在、俺は何体目まで培養槽から出てきた？　ナイン？　テン？　もっとか？」

クインはため息をつく。「これを話したら、おそらく司令官に殺されるだろうけど、きみには知る権利があると思う。きみが辞めてから、ぼくたちは培養槽からきみのコピーを二体出した――五日前、二時間以内に二体出した」

「わかった。俺はどっちかの記憶がほしい。二体目のでいいか――ミッキー10（テン）かな？」

クインはすまなそうに肩をすくめる。「残念だが、ミッキー、それはできない」

「でも、ミッキーの記憶でしょ」ナーシャが言う。「あなたたちは彼の体を使って、ずっといろんなことをしてるじゃない。ミッキーに借りがあるはずよ、クイン」

クインが彼女のほうを向く。「第一に、ぼくは、ミッキーの体を使ってなにかをしたことはない。司令官とリンがここに来て、ミッキーのコピーを出してくれと言えば、ぼくは彼らに指示されたことをする。それがぼくの仕事だ。コピーがそのドアから出ていけば、もうぼくの管轄外だ。第二に、ぼくはきみに反対しているわけではない、わかるか？　ぼくはほかのコピーの記憶をダウンロードしない、、とは言っていない。ダウンロードできない、、と言ったんだ。じつは、二体とも、ここにアップロードに戻ってくることはできなかったんだよ。司令官が彼らになにをさせたかは知らないが、ぼくとしては、彼らがその作業中、あっというまに死に至ったと推測することしかできない」クインは俺に向き直った。「気の毒だが、ミッキー、きみにダウンロードできる記憶データはない」

俺はナーシャの目を見る。彼女はポケットから例の親指を出して、クインに差し出した。

「証明して」

クインは眉根を寄せる。「はあ？」

「クインにそいつは必要ない」俺は言う。「ちゃんと自分の親指があるだろ？」

「あっ、それもそうね」とナーシャ。

クインは横歩きでナーシャを通りすぎて制御卓へ行くと、自分の親指を認証パッドに押しつけた。表示パネルが点灯する。「きみはこれの見方を知ってるね、ミッキー？」

俺はそっちへ移動して、クインの横に立つ。彼はダウンロード可能なデータのメニューを表示していた。いちばん新しいタイムスタンプは、二年以上前——俺が最後にアップロードした時刻、つまり、ベルトが俺をムカデの巣に放置して培養槽からエイトが出てくる六週間前だ。

「わからないな。連中は、俺が死ぬ前に必ずアップロードさせてきた。なんなら、〇・九cの速度で流れるイオンビームが後頭部に当たったときでさえ、連中はなんとか俺にヘルメットをかぶせるまで、死なせてくれなかったってのに」

クインは肩をすくめる。「さっきも言ったように、ナインとテンはきっと即死だったんだろう」

「たぶんね」とナーシャ。「それとも、司令官がミッキーのコピーたちにさせたことを記録に残したくなかったのかも」

俺は首をふる。「どうでもいい。ここに二人のデータはないんだ。くだらないことで睡眠の邪魔をして悪かった、クイン」

クインは俺とナーシャを交互に見ている。本心から気の毒に思っているようすだ。俺は長年まともに関わってこなかったが、もうちょっと彼と親しくなろうとしてみるべきだったかもしれない、という気分になってきた。

「いいや、どうってことないさ」クインは答えた。「正直、ここにダウンロードできるデータがなくてすまない、とは言えない。きみを凶暴なサイコ野郎にした責任を取らされるのは、いやだからね。しかし、きみの必要としているものをあたえられなくて申し訳ないと思っている。きみの言うとおりだ。司令官たちがきみの体でなにをしているのか、きみには知る権利があると思う」

「ありがとよ。ほんとに、クイン、感謝してる」

俺はクインの肩をポンと叩いて、帰ろうと背を向ける。ナーシャと一緒にドアから出ようとしたとき、クインが言った。「そういえば、その親指――それにはぼくの指紋がついているんだよな？　それを使えば、ぼくがいなくてもダウンロードできると思っていたのか」

ナーシャが立ち止まり、半分ふり向く。「できるかもって」

「できないよ。当然じゃないか。これほど慎重に扱うべき機械のセキュリティを、指紋認証ですませるバカがいると思うか？　しかし、一応――それをもらっておこうか」

ナーシャは俺を見る。俺は肩をすくめた。

「わかった」ナーシャはポケットから例の親指を引っぱり出し、クインへ放る。

「ありがとう。正直、これでなにができるかはわからないけど、きみたちにぼくの指紋のついた親指を持ってぶらぶらされるのも妙な感じだし」

もっともな言い分だ。俺はナーシャの手を取り、出ていった。

「さて、どうしようか？」

俺たちは自室に戻って、薄暗いなか、汗ばむ裸で横になっている。

「わからない」とナーシャ。「壁にぶつかっちゃった感じね」

「ベルトは、ただ季節が変わるまで待てばいいと言っていた。そのとき、もし連中が電力使用量を引き上げたら、司令官の話は大ぼらだったとわかる。もし、そうならなかったら……」

「もし、そうならなかったら」とナーシャ。「死者が出はじめる」

そのとおりだ。みんな死ぬ。

「反物質爆弾の場所はわかっている。せいぜい二時間もあれば、持ってこられる。いま、そうする必要はない。本当にまた寒くなるまで待ってもいい」

「じゃあ、もし爆弾を持ってきても問題が解決しなかったら？」

俺は肩をすくめる。「それで解決しなけりゃ、俺たちはおしまいだな」

「そうかもね。でも、いま解明しておけば、次善の策を考える時間が稼げるかもしれないでしょ。いつ雪が舞いはじめてこのコロニーが滅びるのか、突き止めるのよ」

その言葉に、たっぷり十秒間沈黙がつづいた。

「きみは俺にあの爆弾を取りに行ってほしいのか」ようやく、俺は言った。

ナーシャはいっぽうの肘をついて体を起こし、俺を見下ろす。

「違うわ、ベイビー、あなたに行ってほしいわけじゃない。これ以上、マーシャルの言われるままになってほしくない。でもミッキー、わたしたちはこのコロニーのために途方もない犠牲を払ってきた。あなただって、このコロニーのためにとてつもない犠牲を払ってきたわ。ミッキー4(フォー)、5(ファイヴ)、6(シックス)、そして8(エイト)のしてきたことも……もしこの場所が機能しなくなったら、もしみんな死んでしまったら、そういうことが全部ムダになってしまうのよ。そんなこと、わたしは望まない。あなたが死の危険に身をさらす姿をさんざん見せられたうえに、結局それがなんの意味もなかったことになるなんて、いやなの」ナーシャはかがんでキスをする。「それに、暗闇で飢え死にを待つのもいや」

うん、それもそうだ。

「ねえ」ナーシャは転がって体を離し、頭の下で両手を組む。「あなたがあの爆弾を持って帰ってきてくれたら、わたしが必ずみんなに知らせる。ミッキーがやってくれたんだって、あなたの活躍でみんなの命が助かったんだって。そのあとでマーシャルがあなたを始末すれば、コロニーのなかに反逆の芽が生まれることになる。前に言ってたじゃない、ベイビー――司令官はろくでなしだけど、バカじゃないって。彼がいくらあなたを殺したがっていたとしても、もしあなたが爆弾を持ち帰ってきたら、あなたを始末するわけにはいかなくなると思う」

俺はため息をつく。「きみは俺の命をそれに賭けたいわけだ？」

ナーシャは頭を動かして俺を見る。「わたしたちの命を賭けたいの。もし警備兵が捕まえに来たら、彼らはまずわたしを倒さなきゃならないわ」

それはもちろん、よくあるセリフだ。たいてい、最悪の事態が来れば、そんな言葉はむなしく響くだけだ。それでもなぜか、ナーシャの場合は当てはまらない気がする。急に自分が恥ずかしくなった。ナーシャは俺が死体の穴に押しこまれるのを眺めてから、ミッキー11（イレヴン）とゼロからやり直せればそれでいいのかもしれない、なんて考えていた自分が。べつに、彼女が本当に俺を守れるなんて幻想を抱いているわけじゃない。ナーシャは見た目と態度に反して、実際のところ、戦いの女神というタイプじゃない。

とはいえ、本人がそれを知っているかはわからない。ナーシャは司令官のよこした警備兵が俺を捕らえるのを止めることはできないかもしれないが、そのために死んでもかまわないと思っているふしがあるのは否定できない。俺は彼女の肩の下に腕を這わせて、引き寄せた。

「わかった」とささやく。「やるよ」

ナーシャは片手で俺の頬をなでる。「あなたはいい人だわ、ミッキー。あのろくでなしには、あなたに指一本触れさせない」

俺は目を閉じて、息を吐く。まあ、いずれわかるだろう。

目覚めると、美しい朝だった。眠っているあいだに雨が降ったようだが、ナーシャと俺がメインロックから出てきたときには、太陽は淡いピンクの空をなかほどまでのぼっていた。俺はナーシャに目をやる。循環式呼吸装置(リブリーザー)の奥の表情はよく見えないが、ずっと俺に触れているようすからして、彼女は俺が消えてしまうのを恐れているんじゃないかという気がしてきた。

「無理してついてこなくていいんだぞ」

ナーシャの目が険しくなる。「バカなこと言わないで」

なら、いい。

二年前に彼女に爆弾の隠し場所を見せた日以来、俺はあそこには行っていない。行きたいとは思っていた。一度ならず、こんな夢から目覚めたこともある——入植者の誰かがたまたま見つけ、うっかりトリガーコードを引いてしまい、コロニーが消滅する白い閃光が俺の見る最後の光景になる。それでも行かなかったのは、マーシャルに行動を追跡されている心配があったからだ。

それで、ふと思った——ちょうどいま、マーシャルが俺を追跡しているとしたら？　爆弾はもともとムカデたちのところにはなく、ずっと積み上げた石の下に隠してあったと知ったら、司令官はどうするだろうか？

あまり考えなくてもわかる。マーシャルは俺を殺すに決まっている。

それはもちろん、どうすることもできない——が、それでも、俺はやってみる。まずは、ドームの北に連なる山地へ向かう。爆弾のありかではなく、ベルトが見せてくれた崖のある方向へ進む。斜面に生えるシダは膝まであり、八本脚の小さなトカゲのような生き物がそこらじゅうにいて、俺たちの足元からささっと逃げたり、地面から突き出した岩にぴょんと上がってこっちを観察したりしている。最初の丘を越えてドームが見えなくなったとたん、俺は斜面を逆方向へ進み、爆弾の隠し場所を目指した。自分のスパイ工作に悦に入っていると、ナーシャが言った。「ドローンにつけられてることは、知ってるわよね？」

俺ははっと彼女を見る。「なんだって？」

「ドローンがつけてきてるの。マーシャル司令官があなたの企んでることを知りたければ、ドームのてっぺんに立って双眼鏡をのぞく必要はないのよ。あなたに追跡用ドローンを仕向けるだけでいい。こうしているいまも、司令官はわたしたちを追跡してるかもしれないってこと。やだ、司令官がそうしたいと思えば、この会話も聞こえてるってことじゃない」

俺は上を向き、ぐるっと一回まわる。頭上にはなにもいない。うっすらと白い雲がいくつか浮かんでいるだけだ。ナーシャはため息をつく。「ドローンを探してるわけ？」

「ああ。こんなにすっきり晴れてるんだ。一機でも飛んでれば、見えるだろ？」

ナーシャは腰のホルスターからバーナーを抜くと、遠くに狙いを定めた。「あの丘のてっぺんが見える？」

俺は彼女の指さす方向に目をこらす。少しかすんでいるが、彼女の示すてっぺんははっきり見える。「うん。それで？」

「オキュラーの倍率を最大にして、あの斜面にある岩をひとつ選んで――そうね、幅一メートルくらいの岩を。それをわたしに指し示して」

おっと。ここでナーシャのしようとしていることがわかった。

「あの斜面までの距離は」とナーシャ。「わたしの武器についてるレンジファインダーによると、およそ三キロ」

「そうだな。三キロといやあ、マーシャルが俺たちを追跡させているかもしれないドローンの飛行高度ともだいたい重なる」

ナーシャは一本の指でこめかみをトントンと叩く。「標準的な偵察用ドローンは半径一メートル未満で、底の部分は下からだと空のように見える迷彩が施されているの。いまも上空を一ダースくらい飛んでるのに、わたしたちが知らないだけかも」

「げっ」俺たちはもう少し進む。「ほんとに飛んでると思うか？」

ナーシャは肩をすくめる。「たぶん、飛んでないと思う。正直、マーシャルがあなたの行き先を気にするとは思えないもの。あなたが爆弾を持ってきさえすれば、どこへ行ったかなんてどうでもいいんじゃないかしら」

うん、おそらく彼女の言うとおりだろう。俺たちは歩きつづける。

俺が爆弾を隠しておいた場所は、あまり変わっていなかった。地面から突き出した巨大な花崗岩の根本近くにある、氷に削られた溝だ。俺たちは岩だらけの斜面をゆっくりとくだっていく。目印の岩があった。そこから二十メートル上に……

そこから二十メートル上には、岩棚の下にぽっかりとあいた空っぽの穴があった。

急に、心臓の鼓動がうるさいほど響きだす。

「ミッキー？」

俺は返事をしない。

ナーシャがつついてくる。

「ミッキーってば？　隠し場所はどこ？」

俺は首をふる。「場所なんかどうでもいい」

ナーシャは俺を引っぱって正面から向き合う。そして俺の表情を見て、目を見開いた。

「場所なんかどうでもいい」俺は言う。「いま重要なのは、ここにはないってことだ」

007

ドームまでの長い道のりを、俺たち——ナーシャと俺——は黙って歩いてきた。もうすぐ着く。ドーム周囲の警戒ゾーンまで、あと二、三百メートルというところで、ナーシャが言った。「だから、バカげた考えだって言ったのに」

俺は立ち止まる。ナーシャは数歩歩いてから、こっちをふり向いた。

「なにが？」俺は訊き返す。「あの爆弾を探しに行くことか？」

ナーシャは循環式呼吸装置（リブリーザー）の奥で目を閉じ、ため息をつく。「そうじゃないってば、ミッキー。爆弾を探しに行くことじゃない。そもそも爆弾をあんなふうに隠しておいたことよ。二年前に言ったでしょ、あなたがあれを見せてくれたときに。なんといっても、あれは終末兵器なのよ！　なのに、あなたはまるで海賊のお宝みたいに、積み上げた石の下に隠したりして。もう、いい結末を迎えられる望みはなくなったわ」

「いや、いや、いや。あの日のことなら俺も覚えている、ナーシャ。確かに、きみは間抜けな考えだと言った。俺も、間抜けな考えだと言った。ただ、俺にはあれよりマシな考えは思いつかなかったし、きみも思いつかなかったじゃないか」

ナーシャは言い返そうとしたが、思い直して首をふる。「わたしには、なにが起こったのかわからない。もしあれを見つけたのが人間だったら、その人はマーシャル司令官に持っていったでしょう。あるいは、うっかり爆発させてしまったのかも。ねえ、マーシャルがずっとあなたをからかっているだけって可能性は、本当にない？」

俺はしばらく考えなくてはならなかった。

「あるかもな。とはいえ、理由は？　俺を苦しめるためだけに、そこまでするか」

「わからない」とナーシャ。「わたしには――」

「俺のウソを暴こうとしているとか？」

「うーん」ナーシャは頭のてっぺんにあるストラップの下に指を差しこみ、頭を掻いてから、リブリーザーの密閉を直した。「場合によるわね」

「場合って？」

「マーシャルがいま、あなたになにをしようと考えているのかによると思う。もしあなたを死体の穴(サイクラー)に押しこもうと考えているとしたら、あなたがこの二年間例の爆弾のことでみんなを騙(だま)していたと証明するのは、ＰＲの観点から見てプラスになるかもしれない。ユニオンその他に対する裏切り者ってことになるでしょ？」

俺は肩をすくめる。「かもな。だが、もしマーシャルが爆弾を持っているとしたら、すでに俺のウソはバレてるんじゃないのか？」

「確かに。それもそうね」俺たちのあいだで、地面からひょろ長い脚が六本、にょっきりと出てきた。その得体の知れないものが完全に姿を現すより早く、ナーシャがバーナーを引き抜き、消滅させせる。「でも、考えてみて。マーシャルは先週、あなたのコピーを培養槽から二体出したんでしょ？　その二人をなにに使ったの？」

彼女がバーナーをホルスターに納めるのを、俺は見つめていた。こんなにすばやい動きはほかに見たことがないかもしれない。しかもナーシャは、自分の右手がしていることに気づいてすらいないように見える。

「それを、なんだ……記憶のダウンロードで、突き止めようとしたんじゃないか」

「ええ。でも、うまくいかなかったでしょ。だから推測するしかないじゃない。あなたが辞める前、司令官から最後に命じられたことはなに？」

おっと。そうだった。

「例の爆弾から反物質を反応炉に戻せって言われた」

ナーシャは一本指でこめかみをトントン叩いてから、また前を向いて歩きだす。少しためらい、俺もあとにつづいた。

ベルトは俺のデスクチェアにどすんとすわると、両手で髪をかき上げた。「冗談だろ」

ナーシャは首をふる。「それが違うのよ」

「あれを隠したのか」

「ああ」俺は室内を行ったり来たりしている。といっても、九十パーセントが物で埋まっている三×四メートルの空間では、満足に歩けない。「隠した」

「積み上げた石の下に。この星でいちばん危険なブツを、石ころの山の下に隠しただと」

ナーシャはため息をつき、両足をベッドに引き上げ、壁にもたれる。「そうよ」

「そして放置していた。二年間も……ありえねえ」

「はいはい」と俺。「わかってるよ。確かにやらかしちまったかもしれないが、あのときはほかにいい選択肢がなかったんだ」

「で、あれはなくなっていた」

ナーシャがまた、ため息をつく。さっきより大きい。「しつこいわよ、ベルト。あなたをこの件に巻きこんだのは、ミッキーにどれくらいバカか教えてほしいからじゃない」

ベルトの矛先が、今度はナーシャに向けられる。「こいつがどれくらいバカかって？

自分はどうなんだよ、ナーシャ？　きみは最初から、このことを知っていたんだよな？　俺の理解が正しけりゃ、きみは二年前、ミッキーからあれを埋めた場所を教えられている。いったいぜんたい、なにを考えていたんだ？」

「ミッキーに生きていてほしいって考えてたのよ」ナーシャの声は、氷のように冷たかった。「あなたとわたしの立場の違いは、たぶんそこでしょうね」

ベルトの目が険しくなる。彼は反論しかけたが、最後まで言えるわけのないことを言いだす前に、俺が止めた。「聞いてくれ、ベルト、これが俺の期待していた状況じゃないってことには、三人とも同感だろ。確かにあれは失敗だった、いいか？　だが、ナーシャの言うとおりだ。俺たちが考えなきゃならないのは、これからどうするかだ。二年前にどうするべきだったかってことじゃない」

ベルトはその件についてまだ言いたいことがあるようだったが、少しためらってから、大きく息を吸いこんで、息を止め、それから吐いた。「わかった、わかった。そのとおりだ。いまは、おまえのバカな行動で俺たち全員が暗闇で凍え死ぬことになる経緯に気をもんでる場合じゃない。そんなことより、死を回避できる方法がないか考えよう」

「そうよ。もし司令官が例の爆弾を持っているとしたら――」

「マーシャルが持ってるもんか」とベルト。

「それはわからないでしょ」

「いいや」ベルトは説明する。「わかる。ミッキーがまだ生きてるじゃないか。もしマーシャルが爆弾を持ってるなら、ミッキーはいまごろ、七十キロのサイクラー・ペーストになってるさ」

「でも――」

「まったく」ベルトはつづける。「二人とも、考えすぎなんだよ。マーシャルは冒険映画に出てくる最凶の悪役じゃないんだぞ。おまえがあいつを怪物だと思ってるのは知っている、ミッキー。おまえの立場から見りゃ、怪物かもしれない。けど、マーシャルは筋金入りの司令官でもある。このコロニーを存続させることに心血を注いでいる。もし爆弾を持ってるなら、そのなかに入っている反物質を反応炉に戻せとおまえに命じているはずだ。そしておまえが断れば、おまえをサイクラーに押しこんで、培養槽から新しいおまえを引っぱり出し、そいつに反物質を反応炉に戻せと命じているだろう。マーシャルが絶対にしないことは、おまえと不毛な心理戦をくり広げて貴重な時間をムダにすることだ。つまり、おまえがまだ生きてるってことは、マーシャルは絶対に爆弾を持ってないってことだ」

「そういうことは全部、わたしたちも考えたわ」ナーシャが言う。「でも、思い出して――マーシャルは今週、培養槽からミッキーのコピーを二体出してるのよ」

ベルトは肩をすくめる。「ミッキーがそう言ってる根拠は、たった一度それらしきものを見たってだけだろ。未確認生物だって、もうちょっとマシな証拠がある」

「違うの」とナーシャ。「少なくとも、その部分は確証が取れた。クイン・ブロックが、五日前に二、三時間の差で二体のコピーを出したって認めたの」

「へえ」ベルトは椅子の背にもたれて、あごを掻く。「そいつはおもしろいな。けど、それで状況が変わるか？　ていうか、クインはその二体を司令官がなにに使ったのか話したのか？」

俺は首をふる。「それは知らないってさ。だがクインは、マギー・リンが司令官と一緒だったとも言っていた。もしマーシャルがこの最悪の状況について本当のことを話していたとすると、反応炉自体が受けたなんらかの損傷に対処しようとドタバタしていたのかもしれない。といっても、いまのところ、マーシャルが俺に真実を話したと全面的に信じてるわけじゃないけどな」

「かもな」ベルトは少しのあいだ黙っていたが、やがて頭をふった。「いいや。やっぱ、そうは思えない。もしマーシャルが例の爆弾を持っていて、すでにミッキーのコピーを使って反物質を反応炉に戻したんなら、おまえを生かしておく理由なんかないだろ？　俺はやっぱり最初の意見を支持する。ミッキーが生きているという事実が、マーシャルが爆弾を持っていない証拠だ」

ナーシャはベルトを見て、それから俺を見る。俺は肩をすくめた。ベルトの主張には説得力がある。

「わかったわ」ナーシャは言った。「マーシャルは爆弾を持ってない。じゃあ、誰が持ってるの？」

「そうだな」とベルト。「わずかだけど、コロニーの誰かが見つけたのに、マーシャルにわたしてないって可能性もあるんじゃないか」

「なぜ？　どうして、そんなことするのよ？」

ベルトは肩をすくめる。「それが爆弾だと知らなかったから？　自分のためにとっておきたかったとか？　マーシャルに強要しようと企んでるとか？　わかるわけないだろ、ナーシャ。しろって、マーシャルに強要しようと企んでるとか？　ウイスキーを作るようサイクラーを調整しろって、マーシャルに強要しようと企んでるとか？」

俺はただ、そういう可能性もあると言ってるだけだ」

「ありえないわよ」ナーシャは言い返す。「そんなこと、あるわけない。もしコロニーの誰かが爆弾を見つけていたとしたら、いまごろは司令官に返しているか、うっかりわたしたち全員を爆死させてるかのどちらかだわ」

「よし」と俺。「マーシャルは爆弾を持ってない。ほかの誰も持ってない。じゃあ、どこに……」

俺の声はだんだん小さくなって、とぎれた。ベルトはにやにや笑いながら、頭の後ろで両手を組んでいる。

「この二年、おまえはマーシャルになんと言ってきた、ミッキー？　ムカデどもが爆弾を持ってる、だよな？　おめでとう、相棒。どうやら、あのムカつくムカデどもは、ついにおまえを正直者にしてくれたらしい」

ミッキー7：もしもーし？
ミッキー7：まだ聞いてるか？
ミッキー7：あれからずいぶんたってるが……。
ミッキー7：頼むよ。
ミッキー7：話があるんだ。

「あなたと一緒に行くわ」

俺がひっかき回していた備品ロッカーから頭を出すと、ナーシャがそこで腕組みをして立っていた。

「俺はどこへも行かないよ。ただ──」

ナーシャはあきれ顔になる。

「荷物でぱんぱんのバックパックに、ふたつの循環式呼吸装置(リブリーザー)が床に転がってるじゃない、ミッキー。あなたがここでなにをしてるのか、ほかにどう考えればいいわけ？」

俺はため息をつく。「朝飯のあと、司令官に呼び出されたんだ。交渉の進捗(しんちょく)を訊かれた」

「そう。で、いまあなたが遠征の準備をしていることとどう関係があるの？」

「俺はマーシャルに、交渉はデリケートな局面にあると報告したんだ」

「それで？」

「そしたらマーシャルのやつ、こういう重大な交渉は顔を合わせておこなうのがベストだってさ」

ナーシャはにやりと笑った。「ムカデに顔なんてあった？」

俺はまたロッカーに手を突っこんで、プロテイン・バーの箱をひとつ引っぱり出し、バックパックに詰める。「それはどうでもいい。大事なのは、俺はこれからムカデの迷宮へ行くが、きみは招待されてないってことだ」

ナーシャは首をふると、俺の探っているロッカーの隣のロッカーを開けてリブリーザーを出し、次に武器の棚へ行って線形加速器を下ろす。

「真面目な話、きみは連れていけないよ、ナーシャ」

ナーシャは線形加速器を背中に吊るし、バーナーをつかむ。「ええ。聞こえてる」

「俺はムカデと二年話してない。ひょっとすると、ムカデたちは俺を見たとたん、八つ裂きにするかもしれない」

「充分ありうる話ね。その装備はなに？」

その言葉に、俺の手が止まる。

「あなたが行くところは、歩きでせいぜい半日の距離でしょ。どうして、旅にでも出るような準備をしてるの？」

「あっ。いや。もし、すぐ八つ裂きにされずにすんだら、実際に交渉することになると思って。その場合、ムカデが食事を用意してくれるとは思えないし」

「ふーん、一理あるわね」

ナーシャはロッカーからバックパックを出し、ひとしきりロッカーをひっかき回してから、スムージーのチューブを六本出してバックパックにしまう。

「ナーシャ。やめろ」こっちを向いた彼女の目は険しく、口は真一文字に引き結ばれていた。「いいか、こいつが失敗に終わる可能性はかなり高い、わかるよな？　きみは連れていけない。きみは使い捨て人間（エクスペンダブル）じゃないんだぞ」

「あなただってエクスペンダブルじゃないわ」とナーシャ。「忘れたの？」

なんと、本当に忘れていた。彼女に言われるまで、俺はエクスペンダブルを辞めたことをすっかり忘れていたのだ。アップロードをしなくなって、もう二年たつ。俺が死んだあと、たとえ司令官が培養槽から新しい俺を引っぱり出すことになったとしても、そいつはもう俺じゃない。

ナーシャは表情をやわらげた。半歩近づき、俺の肩に触れる。「あなたはエクスペンダブルじゃないのよ、ベイビー。もう、ただのミッキー・バーンズなの。つまり、もうわたしのために死ぬ必要はないってこと」彼女は俺の首の後ろに手を回し、たがいの額が触れるまで引き寄せた。「もう、わたしのために死ぬことはないの」俺にやさしくキスしてから、耳元に口を寄せる。「わたしも一緒に行く。そのことで、これ以上バカなことを言ったら、その両脚をへし折るわよ。そうすれば、どっちも行けなくなる」

ムカデの巣には、俺の知っている入口が二カ所ある。そのうち近いほうが、二年前の夜、どうせ死ぬからとベルトに置き去りにされたとき、脱出してきた穴だ。ドームから南へたった二キロの距離で、例の爆弾の隠し場所からそう遠くないところにある。もうひとつは、最初に落下してムカデの巣に迷いこんでしまったときの穴だ。もし航空機が使えたら、それで行っただろう。地下トンネルの広がり具合から、そっちのほうが中心部に近いという強い印象を受けたからだ。だが、航空機は使えない。コロニーの飛行機は、追って通知があるまでは使用禁止だし、ナーシャがいくつか慎重に質問してみた結果、コロニーを救うための遠征であっても飛行禁止の例外は認められないということだった。

というわけで、俺たちはメインロックを出て、歩きだした。

気温は昨日より少なくとも十五度低く、太陽は上空を覆う薄い雲についた薄黄色の染みにしか見えない。俺は食料と水とサバイバルキットの入った二十キロのバックパックを背負っている。ナーシャのほうは、手持ち式のバーナー二丁とロングバレルの線形加速器一丁、そしてあらゆるタイプの弾薬——俺はそんなにいろいろあるとは知らなかった——を携えている。ムカデたちが俺たちを襲うと決めたら、そんなものがどれほど役に立つと思っているのだろうか？　ともあれ、それだけの武器があれば、ナーシャは心強いんだろう。

俺は、ナーシャがいれば心強い。

ドームのまわりの警戒ゾーンを出て、最初の丘のてっぺんにさしかかったとき、ナーシャは言った。「ところで、ちょっと訊くのが遅いのはわかってるんだけど、具体的に、どんな作戦で行くの？」

俺はちらりとナーシャをふり向く。「ムカデの巣に入っていく。でかいタイプのムカデを見つける。そいつに爆弾を返してくれと頼む」
五、六歩、黙って歩く。
「わかった。それはざっくりとした内容よね。もっとくわしい作戦を考えてあるんでしょ？」

「いいや」

「いつもこんな感じなの？」

俺は足を止め、ふり向いてナーシャを見る。「どんな感じだよ？」

「こんな感じよ」彼女は俺に向かって腕をふる。「クラゲみたいにただゆらゆらと漂って、なにもかもうまくいくといいなあと思ってるのかってこと」

俺は肩をすくめる。「まあ、そんなところかな」

「それで、いつもうまくいくわけ？」

「うーん、いつもってわけじゃない。ゆらゆら漂うように生きていたら、この星に来ることになっちまった、覚えてるだろ？　いまのところ、放射線を浴びること二回、寄生虫による死は、肺と腸と脳がそれぞれ一回、仕上げに生体解剖でゆっくり死ぬこと一回」俺はリブリーザーの奥で笑う。「だが、そのいっぽうで、きみに出会えた——つまり、勝ちか負けかで言うと、勝ちだと思う」

俺たちは歩きつづける。ドームが後ろに見えなくなった頃、ナーシャが訊いた。「ミッキーはほんとにムカデと話せるのよね？　そこはウソじゃないわよね？」

「話せた。正直、いまも話せるかどうかはわからない。昨夜、やつらと連絡を取ろうとしてみたが、返事はなかった」

「ふーん。じゃあ、もし話せないってわかったら？」

「さあな」と俺。「手話でも試すか？　ハンドパペットとか？　ダンスで表現するってのはどうだ？」

ナーシャに突き飛ばされ、俺はバックパックの重みでよろける。「わたしを今日、死なせるつもり？」

俺はため息をつく。「そうならないことを祈ってる、ナーシャ。本当に、心から、そうならないでほしいと思っている」連れていけないと言ったのには、それなりの理由があるんだ、とつけたすのはやめておく。俺の脚をへし折るというナーシャの言葉を真に受けているわけじゃないが、試したくはない。

一時間ほど歩くと、消えた爆弾の隠し場所へつながる溝の上に来た。ここで止まって、いまいる位置を確認しなくてはならない。俺たちがいるのは、岩だらけの急な斜面で、あちこちに緑の茂みが点在している。俺が探しているのは、正確には道じゃない。だが、もう少し歩きやすいルートがあったはず……

おっ、あった。二メートルの積雪に覆われていないと、ようすがかなり違って見えるが、確かに古い林道のようなものが低木のあいだを曲がりくねって上へ延びている。それをたどって五百メートルかそこら進めば、斜面にあいた穴が見つかるはずだ。

「あと少しで着く」俺は言う。「ひき返すなら、これが最後のチャンスだぞ」

「もうっ。また、バカなことを言いだすのはやめて」

じゃあ、行こう。

ムカデの巣の入口は、俺の記憶より近かった。かなり近くて、危うく見逃すところだった。見つけたのはナーシャで、俺たちの歩いているところから二十メートル上にある。おまけに、俺の記憶より小さい——穴の直径は、最大でも一メートルほどしかない。

「ここであってる?」とナーシャ。

「ああ」と俺。「とにかく、そう思う」

ナーシャはしゃがんで、穴をのぞきこむ。「ここに入っていくのが、本当にいい考えだと思う?」

「そんなわけないって、どれだけ説明すればわかってもらえるんだ」

ナーシャはウエストポーチからライトを出し、それを右肩に留めて、点灯する。

「俺が先に行くべきだ」

ナーシャは首をふる。「あなたは外交官なのよ、忘れたの？　用心棒が先に行く」そして二丁あるバーナーのうちの一丁を抜き、照準器のレーザーを穴のなかへ向ける。

俺は半歩下がって、肩をすくめた。「ＯＫ。まあ、ムカデたちは一人を食って、もう一人を逃がしてくれるわけじゃないしな。お先にどうぞ」

ナーシャはこっちを向いてウィンクしてから、バーナーで敬礼の真似をして穴に入っていった。

008

人類と異星の知的生命体との交流の歴史は、情けないほど浅い。ユニオンには現時点で四十八の惑星が加入しており、その範囲はざっと六光年にわたる。そうした惑星のほぼすべてが、人類が現れる前から、少なくともかろうじて住める状態だった。とはいえ、せめて二、三の惑星では、進んだ技術を持つ先住生物が人類を待ち受けていたんじゃないか、と思うだろ？

それが、そうでもないんだな。

ロング・ショットには知性を持つ先住生物がいるが、俺の知るかぎり、彼らと実際に有意義な方法で交流があったことはない。彼らは基本的に樹上で生活する頭足類――イカみたいなもの――で、生息地は人を寄せつけないたったひとつのジャングルにかぎられている。ジャングルがあるのは、その星でひとつしかない大陸の中央に位置する高地だ。人間は海岸に着陸して以来、人類の傾向にもれず、ほぼずっと海の近くにとどまっていた。先住生物とコンタクトを取ろうと何度か努力はしたものの、先住生物のほうはあまり関心を示さなかったため、どうにもならなかった。

ロアノークにも知的生命体がいたが、彼らと交流することはなかった。というのも、人間が彼らの存在に気づいたときには、全滅させられていたからだ。

ユニオンに加盟する星で確認されている高度な知的生命体は、ほぼそれだけだ。もう一種類いる可能性があるが、そのことはあまり話題にされない。その大きな理由は、夜はちゃんと眠りたいからだ。エデンと同じ回転方向へ十二光年進んだところに、地球を照らす太陽とほぼ同じ質量の黄色矮星があった。その星の周囲を——生命居住可能領域(ゴルディロックスゾーン)のど真ん中を——回っていたのが、岩だらけの小さな惑星だ。エデンからの観測データは、酸素と窒素を含む大気と充分な量の水蒸気があることを示していた。人類離散(ディアスポラ)の最初の千年間で、人類が特定できたおそらく最高の植民地候補だろう。エデンの善き人々はその星を、彼らが送りだす初のコロニー建設ミッションの目的地に定めた。彼ら自身がエデンに着陸して、わずか百年あまりのことだ。

十二光年はかなりの長旅だが、無謀なほど長いわけじゃない。どの報告を見ても、旅は可能なかぎり順調だった。実際、俺たちと違って、例えば、彼らは光速に近い速度で石にぶつかることもなければ、仲間を宇宙船の外に送りだして致死量の放射線を浴びさせる必要もなく、深宇宙のさまざまな神に生贄として誰かを犠牲にする必要もなかった。彼らはきっかり予定どおりに方向転換し、減速段階に入り、新たな故郷となる惑星系のオールトの雲（（太陽）系の外側を卵の殻のように取り巻く無数の微小な天体群）を通過しようとしたとき……消えてしまった。

なにがあったのか、はっきりとはわからない。だが彼らが継続的に発信していたデータによると、彼らは死ぬ瞬間までなにもおかしいとは思っていなかった。壊滅的な破壊にさらされたわけではないのは、確実だ。もしそんな状況になっていたなら、残りの燃料備蓄がほぼ確実に爆発しただろうし、そういう爆発は十二光年離れた星からでも観測できたはずだ。

その四百年後、エデンから入植した人々の住むアカディアが、新たなコロニー建設を目指して同じ星に遠征隊を送りだした。

彼らの宇宙船もまったく同じように、旅のまったく同じ時点で消えた。

コロニー建設は失敗。それでも二隻の植民船は、ただ消滅したわけじゃない――とにかく、ひとりでに消えたわけじゃない。その惑星系に暮らす何者かが、来訪者を望んでいないのだと結論づけないほうが難しい。

その結論を受け入れるなら、正体はわからないながらその先住者の技術が人類よりはるかに進んでいる、しかもその差は人類の技術とアリ塚ほどもある、という結論に達しないほうが困難というものだ。

二隻目の宇宙船が消えたあと、その星に〈弾丸〉を送りこむことについて、大雑把な話し合いがあった。その星はユニオンの支配する範囲のど真ん中に存在しているうえに、先住者には明らかに人類に危害を及ぼすだけの力がある。だが、さいわい、冷静な人々の意見が通った。人類はその星の生物をそっとしておいた。その理由は、人類は自分たちが侵入者であることをわかっていたし、その星の先住者にこっちの宇宙船を善良と考える理由はないことも、彼らに自分たちの住む惑星系を守る権利があることも理解していたからだ、と言いたい。道徳的な判断からだった、と言いたい。

だが、そんな理由じゃなかった。人類がその星に手を出さなかったのは、その星の先住者がどうやって二隻の宇宙船を消したのかさっぱりわからず、心底恐ろしかったからだ。

要するに、俺にはここで役立つような歴史的知見も経験もあまりないってことだ。俺の知るかぎり、俺は異星の知的生命体と接触する人類初の使者だ。

この使命をしくじらずにすむことを、心から祈っている。

俺の記憶では、前にここに下りてきたときは暑かった。

「どうして、前もって教えてくれなかったの？」ナーシャが言う。循環式呼吸装置（リブリーザー）の周囲に細かい水滴がついている。「わかってたら、防寒着を持ってきたのに」

前回俺がここに来たときは、もちろん外は氷点下で、それなりの格好をしていた。いまのここの気温は、おそらくそのときとまったく同じだが、体にぴったりしたスキンスーツ一枚と作業着だけでは、明らかに寒い。

「すまない。だが、俺もきみよりマシな服装をしてるわけじゃない」

地下トンネルに入って、もう一時間近くになる。表面がつるつるしたトンネルと自然の岩層らしきものが混在するトンネルを、だんだん地下深くへと進んでいく。まだ、住みからしき痕跡は目にしていない。そのとき、交差点にさしかかった。上へ伸びる粗削りの小さめのトンネルに、それより大きいトンネルが二本、俺たちから見て右と左に伸びている。ナーシャが後ろに体を反らし、肩に留めたライトで小さいトンネルを照らした。

「これは地上へつながってると思う？」

俺は肩をすくめる。「たぶんな。でかいタイプのムカデは通れないから、小さいムカデたちの非常口か、ひょっとしたら通気口かもしれない」

「ふーん」ナーシャは二本の大きいトンネルのほうを向く。「どっちへ行く？」

俺は自分のライトでいっぽうのトンネルを照らし、次にもういっぽうを照らす。「さっぱりわからん。どっちも、かなり不吉に見える」

「ムカデはまだ話しかけてこない？」

「まだ、連絡はない。この先もないんじゃないか。あれから二年たっている。ムカデたちがミッキー6から外した通信装置は、いまごろ故障しているかもしれない」

ナーシャはため息をつく。「ダンスで会話とかいうのはさておき、もし彼らと話せなかったら、この交渉は一瞬で終わることになるわよ」そして壁に近づくと、手を上に伸ばし、一本の指で浅い溝をたどっていく。溝はバネのような螺旋模様を描いて下へ伸び、次第に薄くなって床から一メートルほどのところで消えている。「ムカデたちは、このトンネルを作るのに機械を使ったと思う？」

俺は彼女の隣へ行く。「ムカデが自分たちと機械を区別しているのかは、わからない。小さいタイプのムカデは、明らかに機械とのハイブリッドだ。でかいタイプもハイブリッドだったとしても、驚かないね」

ナーシャは俺の腰に腕を回す。「真面目な話、ミッキー——もしムカデと話ができなかったら、どうなるの？　あるいは、ムカデに話す気がなかったら？」

「その場合、俺たちはおしまいだろうな。それもあって、きみをこんなところに連れてきたくなかったんだ」

ナーシャは頭の横を俺の頭の横にくっつける。「もしそういう展開になったら、どっちみち全員おしまいでしょ？　いますぐじゃなくても、また寒い季節が来れば」

俺はため息をつく。「ああ、そうなるだろうな。だが、おそらく死因は寒さじゃない。もし俺たちが感じよくお願いして爆弾を返してもらえなかったら、司令官が力ずくで取り返そうとするのは必至だ。あいつがドームのなかで、ただすわって死を待つわけがない」

「ええ。マーシャルは手をこまねいているタイプじゃないものね。彼ならうまくやれると思う？」

「きみのほうがよく知ってるだろ。俺たちの最大の利点は飛行機だが、ムカデが地下トンネルから出てこないかぎり、なんの役にも立たない。ムカデたちを開けた地上におびきだす必要がある。といっても、どうすりゃいいのか俺にはわからない。ここ地下トンネルでの戦闘に関しては、俺たちにはたくさんの線形加速器があるし、もっと作ることもできるだろう。線形加速器の使い方を知ってる人間は、何人集められる？」

ナーシャはこっちを向く。「あなたは線形加速器の使い方を知ってるでしょ、ミッキー」

「ああ、だが……」

そのとき俺は、彼女の言いたいことがわかった。

「マーシャルはそんなことしない」

ナーシャは小首をかしげる。「そうかしら？」

「あいつが宗教的理由からコピー人間に反対していることはさておき——そんなもの、コロニー存続の危機となれば、すぐ忘れちまうさ——培養槽から俺のコピーを一体出すたびに、コロニーの貴重なエネルギーから七千キロカロリーが消費されるんだぞ。カルシウムとリンと微量元素だって消費する。コロニーの備蓄を完全に使いはたすまでに、俺のコピーを何体作れる？」

「マーシャルは備蓄を使いはたすことなんて、気にもしないってば。爆弾を取り返せば、また莫大なエネルギーが手に入るんだもの、そうでしょ？　そうなれば、一カ月間、毎日サイクラーを動かすことも可能になるんだから」

そうなれば、コロニーを救ったミッキーたちへの報酬は、ただちに栄養素と微量元素に戻されることだ。

「そいつは気が滅入るな。本当にマーシャルがそんな道を進むと思うか？」

「マーシャルがそれでうまくいくと思ったら？　もちろん、突き進むでしょ」

「で、うまくいくのか？」

「さあね」とナーシャ。「この地下には、何匹のムカデがいるの？」

俺はエイトの死の直前に送られてきた静止画像を思い出す。「膨大な数だ。マーシャルがミッキーを何体引っぱり出して戦わせようと、どうにもならないと思う」

「それでも司令官は、とにかく試してみるでしょうね」

「ああ」と俺。「試すだろうな」

ナーシャは身を乗り出してくる。「もしそうなるのなら、わたしは今日、あなたと一緒に死んでしまってもいいかも。そこまでするようなコロニーで生きていたいとは思えないもの」

俺は腰に触れているナーシャの手に自分の手を重ね、ぎゅっと握る。彼女はまたため息をつくと、背筋を伸ばして、壁から数歩下がった。

「これがいい気がする」右のトンネルを指すと、ナーシャは俺の肩をぽんと叩き、そっちへ向かって歩きだす。俺は最後にもう一度、岩に刻まれた溝をちらりと見てから、彼女についてトンネルを下りていった。

ミッキー7：もしもーし？
ミッキー7：こいつを読んでくれているといいんだが。俺たちは話をしに来た。
ミッキー7：いま、地下トンネルにいる。連絡を取りたい。

ミッキー7：重要な話だ、俺たち双方にとって。
ミッキー7：もしもーし？
ミッキー7：聞こえるか？

二十分ほどたった頃だろうか、最初のムカデに出くわした。だんだん上り坂になっていくトンネルを歩きながら、さっきの交差点にひき返したほうがいいんじゃないかと考えているとき、ナーシャが向けたライトの光のなかに、そいつが現れた。俺たちの前方、約二十メートルの距離だ。小さいタイプのムカデで、体長一メートルくらいの乳白色の体に十二本の脚。先頭の体節に、いかにも鋭そうな一対の大あごがついている。ナーシャは小声で悪態をつき、線形加速器を抜こうと肩ごしに手を伸ばしたが、俺がその手を押さえて小声で止める。「待て」

ムカデは後ろの三つの体節で立ち上がる。頭をゆっくりと前後に揺らす姿は、攻撃をしかけようとしているコブラのようだ。

「ムカデたちはこういう小さいタイプが死んでも気にしないって、言ってたわよね？」ナーシャは小声で訊くと、肩ごしにゆっくりと線形加速器を引っぱり、両手でつかんだ。

「小さいタイプのムカデは、一匹一匹に独立した知性があるわけじゃないと言ったんだ」

俺は普通の声で答える。俺たちがここにいるのは明らかにばれているのに、声をひそめたって意味はない。「だからといって、目の前のこいつをばらばらに吹っ飛ばしても敵意があるとみなされないってわけじゃない。想像してみろよ、家に誰かが入ってきて、きみに近づいて小指の先を切り落としたら？　きみはそいつを殺人犯とは呼ばないだろうが、相当ムカつくだろ」

「わかった」とナーシャ。「確かにそうね」線形加速器を抜くのをやめ、また背中のホルダーに納めると、両手を下ろした。「じゃ、どうする？」

「さあな」俺は大きく息を吸い、少しのあいだ息を止めてから、ゆっくりと吐く。ムカデの頭の動きが止まった。

俺はゆっくりと一歩前に出る。

「ミッキー？　なにするの？」

「俺たちはこのために来たんだろ。話をしようとしてるんだ」

俺はもう一歩進む。ムカデは身じろぎもしない。ナーシャが俺の横に来た。

「ムカデが襲いかかってきたら、わたしが倒してやる。交渉だろうとなんだろうと、知ったこっちゃないわ」

「そいつはもっともだ」俺はさらに二歩、ゆっくりと近づく。

ムカデは起こしていた上体をどすんと下ろした。ナーシャが息をのむ音がして、線形加速器を構える音が聞こえた。ところが、ムカデは襲いかかってこない。その場でぐるりと回って、トンネルを引き返しはじめる。二、三メートル進んだところで頭を上げ、体をひねってこっちを見る。

「ついてこいと言ってるんじゃないのか」ナーシャの返事を待たず、俺はゆっくりと着実にムカデのほうへ歩いていく。俺がムカデとの距離を六、七メートルまで詰めると、ムカデはまた前を向いて進みだした。

「OK」後ろからナーシャが言う。「どうやら、始まったみたいね」

俺はムカデから目を離さない。それでも、彼女がまた武器をしまうのが音でわかる。数秒後、彼女は俺の横を歩いていた。

「もし、ムカデたちが俺たちと話すのは望まないと判断したら、いくらそいつをぶっぱなしてもここから脱出するのは無理だろう。わかってるよな?」

ナーシャが俺の肩にぶつかってきた。「武器を持ったわたしがどんな状況から脱出できるか知ったら、驚くわよ。でも、あなたの言いたいことはわかる。ムカデたちがほんとにあなたを八つ裂きにしようとしてこないかぎり、わたしはいい子にしてると約束するわ」

俺は彼女の手を取った。「ありがとう、ナーシャ。これはいい兆候だよな?」

「たぶんね」とナーシャ。「もしかしたらムカデは、餌のお肉に自分でキッチンまで歩いてほしいだけなのかもしれないけど」

ムカデが俺たちをどこへ連れていこうとしているのかは知らないが、やたらと遠い。闇のなかを辛抱強く歩くこと数日、と言いたい気分だが、オキュラーによると、実際は二時間あまりしかたっていない。あちこちで、ほかのムカデにも出くわした。たいていの場合、ムカデたちは、まるで俺たちがいないかのような行動を見せる。そのうちトンネルの交差点に行き当たり、ぞろぞろとつづく——少なくとも数百匹はいる——ムカデの流れが、俺たちの行く手をふさいだ。俺たちを案内してきたムカデはささっとトンネルの壁面を這い上がり、天井をつたってムカデの流れの上を通過すると、向こう側の床にぽとりと落ちて、また先へ進んでいく。俺はナーシャのほうを見た。

「悪いけど、あれはできないわ」

俺たちの案内役は進むスピードを上げはしないが、待ってもくれない。

「あいつを見失っちまう」

「かもね。あなたはどうしたい？」

俺は一歩前に踏み出し、ムカデの流れの端に近づく。

「ミッキー？　なにしてるの？」

「仮説を試すのさ」俺はもう一歩近づき、突進する一匹のムカデの前に右足を出してみた。

ムカデは俺の足をさっと迂回して、進みつづける。

「よし、行くぞ。このムカデたちは無害だ」

俺は二歩目を踏み出し、さらに三歩目を踏み出す。これで完全にムカデの川のなかに入った。ムカデたちはときどきブーツをかすっていくだけで、こっちに構うことはない。さらに二歩進んで、ムカデの川をわたりきった。案内役のムカデは、俺の肩に留めたライトの光でかろうじて見えるところにいる。たぶん、五十メートルくらい前方だ。俺は後ろをふり返った。ナーシャは動いていない。

「ナーシャ？　来いって。大丈夫だから」

ナーシャは首をふる。俺は片手を差し出した。

「普通に歩けばいい。ムカデのほうがよけてくれる」

「そんなわけない」とナーシャ。「こいつらが人間の体にどんなことができるか、この目で見たことがあるのよ」

俺は後ろを見た。案内役の姿はもう見えない。

「ナーシャ、頼む。行くしかないんだ」

彼女はまた首をふる。声はまだ冷静だが、目はこれでもかというほど見開かれている。

「あなたは行って、ミッキー。あとで追いつくから」

神よ、助けてくれ――実際にそんな言葉が、一瞬、頭に浮かんだ。

あくまでも一瞬だ。

「いいや」俺は言う。「大丈夫だ。こいつらの数がこれ以上増えることはありえない」

そのとおりだったが、百パーセント正しいわけでもないことがわかった。二分かそこらたったところで、ムカデの奔流はゆっくりと細い流れに変わり、やがて一匹もいなくなったのだ。最後の一匹が通りすぎると、ナーシャはトンネルを横ぎってきた。

「ごめんなさい、ミッキー。わたし……」

ナーシャの声がかすれ、俺はふと気づいた。彼女が怯えるところを見るのは、これが初めてかもしれない。

「気にするなって」俺は彼女に手を伸ばす。ナーシャは俺に手を取られるままになり、やがて俺を抱き寄せた。

「こんなところで死ぬのは、絶対にいや」ナーシャは俺の耳元でささやく。

「そいつはいい判断だ。死なないようにしよう」

彼女は俺をぎゅっと抱きしめてから、手を放して後ろに下がった。「わたしたちの友だちは、待ってくれてると思う？」

俺は肩をすくめる。「それを知る方法はひとつしかない」

ナーシャは俺の手に触れ、一緒に歩きだした。


結局、友だちは待っていてくれなかった。

五分歩いたところで、道が三つに分かれているところにぶつかった。

「さっきのムカデが、そもそもわたしたちを案内していたわけじゃなかったとしたら？」

ナーシャはライトで三つのトンネルを順番に照らしていく。「たまたま現れたムカデが、たまたまトンネルを進みだしただけで、わたしたちはそんなやつに二、三時間もついて回ってただけだとしたら？」

「だとしたら、俺たちはおしまいだろうな」

「でしょうね」ナーシャは右のトンネルを指す。「もしわたしがムカデのボスだったら、このトンネルを進むと思う」

彼女は直感も優れている。そのトンネルを百メートルくらいくだっていくと、また交差点にぶつかった。そこで、一匹のムカデが俺たちを待っていた。俺たちはそいつのほうへゆっくりと進み、三メートルほど手前で足を止める。

「それ、さっきのムカデ？」とナーシャ。

俺は彼女を見て、ムカデに目を戻す。「どうしたらわかるんだよ？」

彼女は言い返そうとしたが、やがて首をふった。ムカデはそこにたたずんだきり、動かない。「死んでるのかしら？」

「さあな」俺は一歩進み、さらに一歩進んだ。これで、ムカデの大あごから俺のブーツまでの距離は約一メートル。

「つついたほうがいいかな？」

「お願いだから、やめて。体のパーツが全部そろってるあなたのほうが好きだもの」

俺はムカデの前にしゃがんだ。

「ふむ。こいつは本当に死んでるのかもしれないな」俺はムカデにそろそろと手を伸ばす。ムカデはまったく動かない。ムカデに反応はない。

「ミッキー？」とナーシャ。

俺は一本の指でムカデの大あごに触れる。するとムカデは起き上がり、こっちに飛びかかってきた。俺は手を引っこめながら、すでに飛びのいていた。あ、死ぬわ、と不意に確信したとき、なにかがビュンと耳元をかすめたかと思うと、ムカデの前から三つの体節が爆発し、金属片がバラバラと飛びちった。俺は思いきり尻もちをつき、あわてて一、二メートル下がってから、ナーシャのほうを向く。彼女は俺の後ろに立ち、両手で線形加速器を構えていた。

「ナイス」言いかけたところで、俺はこみ上げてきた苦いものを飲みこまなくてはならなかった。「ナイスショット。あせったよ、ナーシャ。俺まで死んでたかもしれないんだぞ」

「かもね」とナーシャ。「でも、死ななかった。それに、あのままだったら、そのムカデは確実にあなたを殺してたわ。わたしは、ムカデたちにとっての小指を切り落としたことになるのよね？　これで戦争状態に入ったってこと？」

俺は立ち上がる。なんとかお漏らしをせずにすんだのがわかり、ほっとする。「どうだろうな。そうでないことを祈るよ。俺たちはかなり深いところにいる。前にも言ったように――線形加速器をぶっぱなしながら脱出するなんて、不可能だと思う」

「たぶんね。だからって、試すこともできないわけじゃないわ」

俺のオキュラーに通信が入った。

スピーカー1：通信、確立。

スピーカー1：これ以上、〈補助者〉を破壊しないでくれ。

「ミッキー？」ナーシャが訊ねる。「大丈夫？」

俺は片手を上げて制した。「たぶんな。やつらが話しかけてきたようだ」

ミッキー7：どこにいる？

スピーカー1：そのまま、まっすぐ進め。二十〈翻訳不能〉。

「こっちだ。とにかく、こっちだと思う」

俺たちは死んだムカデをまたいで、トンネルの奥へ進んだ。二百メートルくらい行ったところで、急角度で左に曲がり、やがて比較的広い空間に出た。円形競技場のような空間の真ん中で、重量貨物宇宙船ほどもあるムカデがとぐろを巻いている。ナーシャはライトでムカデのあちこちを照らした。

「うわ、ウソでしょ。あれって――」

「あれが、ムカデたちのボスだ」

ミッキー7：来たぞ。おまえがスピーカー1か？

　巨大ムカデがもぞもぞ動くと、それより小さいムカデが——たぶん長さ三メートル、立ち上がった高さが一メートルくらいのやつが——でかいムカデのとぐろの隙間から這い出してきた。

「ちょっと違うな」出てきたムカデがしゃべった。二対の大あごの奥に、普通のまるい口ではなく複雑な構造の口が見える。

　ムカデはベルトの声で話す。

「からかってるんでしょ」とナーシャ。

「からかっちゃいない」ムカデはささっと這って、俺たちの前に出てきた。「正式には、この構造物は〝最近われわれの巣に侵入してきた生物に対するスピーカー〟だ。けど、スピーカーでかまわない。やっと会えて光栄だよ、ミッキー」

009

「意味はわかる」俺は言う。「まあ、バカげた意味ではあるが」

「わからないわよ」とナーシャ。「わかるわけないでしょ。どうして、このムカデがベルト・ゴメスそっくりの口調で話すわけ？」

「ムカデたちは俺の通信を盗聴してたんだ。連中にとって人間との接触はそれだけで、ベルトは俺が外で通信するほぼ唯一の話し相手だからな」

「当ったりー」とスピーカー。「俺の話す語彙、口調、抑揚の九十三パーセントは、おまえの受信した信号から学んだものだ。俺たちはそれを標準的な話し方だと推察した」

「違う」ナーシャは両手で額をさする。「それは標準的な話し方じゃない。ミッキーにはもっと友だちが必要だわ」

俺はむっとした顔でナーシャを見てから、ムカデに向き直る。「おまえは、俺たちが見かけたやつだよな？　二日前、ドームの見える丘で」

「それも当たりだ」とスピーカー。「おまえたちの巣を観察していた。俺たちは以前、おまえの仲間は最終的に出ていくか死に絶えるかするだろうと予測していた。けど、月日がたつにつれ、どっちの可能性もだんだん薄れてきた。それで、対話を始める方法を考えていたんだ」

「じゃあ、あのとき、なにか言ってくれればよかったじゃないか。そうすりゃ、だいぶ手間がはぶけたのに」

ムカデの頭からしっぽまで、さざ波が走った。肩をすくめたのか？「俺を見たとき、おまえがうれしそうじゃなかったからだよ。わかってくれ――俺たちはこの構造物の製作にかなりの労力を注ぎこんだ。特におまえたちの発声器官は、とてつもなく複雑だ。誤解のせいで、一からやり直すはめになる危険はおかしたくなかったのさ」

「一理あるわね」とナーシャ。「冬にあんなことがあったから、わたしたちはドームにムカデが近づくことに、ちょっとぴりぴりしてるの」

スピーカーは後ろの体節で立ち上がり、頭が俺たちの頭と同じ高さに来るようにすると、二対の大あごを大きく開いた。ナーシャはすばやく半歩下がって、左右の手をそれぞれバーナーへ伸ばす。俺はすかさず両者のあいだに割りこんだ。

「やめないか！　だめだ。そういうことはナシだ。俺たちがここにいるのは、話し合いのためだろ？」

「すまない」そう言って、スピーカーは起こした上体を地面に下ろす。「ここでおたがい、優位性を示したほうがいいと思ったんだ。こっちの勘違いだったか？」

　俺はナーシャをにらみ、彼女が武器から両手を離すまで待ってから、スピーカーに目を戻す。

「ああ。完全な勘違いだ。俺たちがここに来たのは、優位性を示すためじゃない。そうだよな、ナーシャ？」

「そうよ」ナーシャは答え、腕組みをする。

「おっ、これが〝ナーシャ〟の一体か？」とスピーカー。

「ナーシャの一体（ア・ナーシャ）じゃなくて、ナーシャ（ザ・ナーシャ）よ」彼女は言い返す。「ミッキー？　どうして、このムカデはわたしのことを知ってるの？」

「俺たちが言語モデルを構築するのに利用していた通信のなかで、〝ナーシャ〟はしょっちゅう話題にのぼっていた」スピーカーは説明する。「ちなみに、俺たちが期待していたものとは違うと言わざるをえない」

「あら、そう」とナーシャ。「じゃあ、いったいどんなものを期待してたの？」

「なあ、それはいま関係ないんじゃないか――」俺は言いかけたが、スピーカーにさえぎられた。

「おまえたちの会話から、〝ナーシャ〟とは戦闘タイプの〈補助者〉だろうと推測していた。覚えているだろうが、おまえたちが初めてここに来たとき、こっちの〈補助者〉がそっちの〈補助者〉を数体破壊しただろ。その大半はいろんな種類の武器を持ち、金属製の外骨格があった。俺たちは〝ナーシャ〟をそれに似たタイプだろうと考えていたんだ。ただし、もっと大きく、もっと危険な存在だろうって」

「うーん」とナーシャ。「少なくとも、半分は合ってるわね」

「こんなこと話したってしょうがないだろ」俺は言った。「本当に、なんの役にも立ちゃしない」

「ミッキーはわかってないのよ。この件は、あとで話しましょう」

話を元に戻さないと。

「スピーカー」俺は訊ねる。「俺が前にここに来たことがあるのは、知ってるよな？」

「質問の意味がはっきりしないな」とスピーカー。「おまえそっくりの〈補助者〉なら、数回ここに来ている。そのうちの二体は、俺たちが分解した。残りの二体は逃がしてやった。おまえは後者の二体のうちの一体だと言ってるのか？」

「まず、そいつらは〈補助者〉じゃない。そのことは、前にここに来たとき説明しただろ。

俺たちに〈補助者〉ってタイプはいない。一人ひとりが、独立した知性を持つ存在なんだ。俺たちは全員、おまえたちが〈最高〉と呼ぶ存在だ」

「それは言い間違いだ」スピーカーは言う。「あるいは、こっちの勘違いか。俺たちが襲った連中は〈補助者〉だった」

俺は首をふる。「いいや、言い間違いじゃない。俺たち人間には、そっちの言う〈補助者〉は存在しない。俺たちは、一人ひとり全員が〈最高〉だ。これ以上、どう説明すりゃいいんだ？」

「いや、まさか」とスピーカー。「ありえない。そんなことは受け入れられない」

「どうして？」ナーシャが訊く。「なにがそんなに難しいの？」

スピーカーの全身に震えが走った。「そんな話が本当のわけがない。もし本当だとしたら、俺たちはそっちの〈最高〉を殺してしまったことになる。もしそうなら、おまえたちがここに来た目的は、話し合いのわけがない。俺たちはおまえたちの武器を見たことがある。おまえたちはそれをここに持ってきているだろう、報復として俺たちを殺すつもりだろう」

俺は考えてみた——実際、以前はそのつもりだったと言ってみようか。

いや、やっぱり黙っておくのがいちばんだろう。

「わたしたちは」ナーシャが口を開く。「すごく寛大ってことになるわね」

スピーカーは立ち上がって、ナーシャのほうを向く。「そんな話は信じない」

「なあ」と俺。「そこはどうでもいいんだよ。大事なのは、俺が前にここに来たことのある人間の一人ってことだろ。実際、おまえたちが逃がしてくれた二人というのは、どっちも俺のことだ」俺は胸と腹に巻いたストラップのバックルをはずし、肩からバックパックを下ろすと、ムカデと俺たちとのあいだに勢いよく放った。「俺が前回ここに来たとき、これに少し似たバックパックを背負っていた。覚えてるか？」

スピーカーは床に上体を下ろした。

「前回、おまえは二体いた。俺たちが分解した一体と、逃がしてやった一体。分解した一体は〈補助者〉だった。おまえがそう言った」

俺は怒鳴り返したい衝動をぐっと抑える。本題からはずれるわけにはいかない。「それはどうでもいい。いま重要なのは、バックパックのことだ。覚えてるか？」

「もう一体は〈補助者〉だと言ったことを、否定するのか？」

「頼むから、本題に集中しないか？　バックパックのこと――俺たちにとって重要なのは、そっちだ」

「おまえは、もう一体は〈補助者〉だったと言った。あれは、俺たちが分解した最初の一体とすべてがそっくりだった。どうしたら、そっくり同じ〈最高〉が複数存在できるんだよ？　バカバカしい」

「わたしたちは、あなたたちとは違うのよ」ナーシャが言い返す。「ほら、見て。明らかに、ぜんぜん違うでしょ？　なのに、どうして同じ社会構造を持ってると思うわけ？」

「いいや。俺たちはそっちの〈最高〉を殺しちゃいない」とスピーカー。

「殺したんだってば」とナーシャ。「あなたたちはシックスを殺した。エイトを殺した。ゲイブ・トリチェッリと、ブレット・デューガンと、トム・ギャラハーと、ロブ・ジャックスと、ジリアン・ブランチを殺した。べつにそのことを説明してほしくてここに来たわけじゃないけれど、あなたたちが彼らを殺したのは事実よ」

　俺はナーシャのほうを向く。彼女の両手は、また二丁のバーナーをつかんでいる。スピーカーは大あごをリズミカルに開いたり閉じたりしている。

「バックパックの話に戻ろう」俺は言う。

「いいや。いま、その話はできない。考える時間が必要だ」

　スピーカーはそう言うと、その場でぐるりと回り、あいかわらずこの空間の真ん中を占めている巨大なムカデのところへすばやく戻っていった。巨大なとぐろがひょいと上がり、スピーカーはそのなかへ消えた。

「戻ってくると思う？」

俺は肩をすくめた。俺たちはこの空間に入ってきたときの入口に近い壁ぎわで、トンネルの冷たい石の床にすわっている。俺は自分のバックパックにもたれ、ナーシャは俺にもたれている。彼女は循環式呼吸装置（リブリーザー）を一瞬はずしてプロテイン・バーをかじると、残りのプロテイン・バーを左の肩ごしに差し出した。俺はその半分をかじり、咀嚼して、のみこんだ。あの大きいムカデが姿を消してから、一時間以上になる。

「もし戻ってこなかったら、どうするの？」

「さあな。連絡を取ってみることはできるかもしれない。ほら、スピーカーが現れる前にしていたみたいに」

「じゃあ、試して」

「えっ、いまやるのか？」

「そうよ」とナーシャ。「こんなところで夜明かししたくないもの」

「ムカデたちの協力がないかぎり、いまさら手遅れだ。来た道を引き返すにしても、ここから地上までは相当遠い――それに近道が見つかったとしても、外はすでに暗くなっているだろう。しかも、出口の場所によるが、ドームまで少なくとも二時間は歩かなきゃならない」
ナーシャはまた頭をこっちに傾けて、俺の頰に頰を寄せた。
「連絡してみて、お願い。ね？」
はいはい。俺は瞬きして、視界にチャット・ウィンドウを開く。

ミッキー7：もしもーし？
ミッキー7：聞こえるか？
ミッキー7：バックパックについて、どうしても話し合う必要があるんだが。
ミッキー7：もしもーし？

ナーシャに、どうやら無線封止中らしいと言おうとしたとき、通信が入った。

スピーカー1：聞こえてる。
スピーカー1：まだ話せない。

「残念。連中はまだ考え中らしい」

ナーシャは不満げにうなると、前にかがんで、額を両の拳に押しつけた。

「これはまずい作戦だったのよ、ミッキー。こんなところに来るべきじゃなかったんだわ」

俺は彼女に両腕を回して、引き寄せる。「かもな。だが、もうここにいる。いまは、どうなるかようすを見るしかない」

これまで俺たちは——ナーシャと俺は——こんな時間を驚くほどたくさんすごしてきた。いやな場所をうろついて、抱き合いながら、なにか恐ろしいことが起こるのを待ったものだ。俺たちが待っていたのは、たいてい俺が恐ろしい死に方をすることだったが、何度かはナーシャの招集だった。

航行中、石ころがぶつかって宇宙船の船首に穴があいたとき、初代のミッキー・バーンズがその修理中に放射線で全身が油で揚げられたみたいになっているあいだ、ナーシャは回転木馬（人工的に重力を発生させた運動施設）に閉じこめられていた。といっても、そこは最悪の場所ってわけじゃない。〈ドラッカー号〉内部の四分の一は致死量の放射線にさらされていたし、不運な数人は宇宙船前方のちょうどまずい場所にいたせいで、俺と似たような死に方をすることになった。ただし、俺よりゆっくりと苦しんで死んだ。回転木馬は宇宙船の胴体をぐるりとかこむリングで、船首とエンジンのちょうど真ん中あたりにあり、そこもざっと四分の一のスペースが放射線にさらされていた。ただし、どの四分の一が放射線にさらされるかは、リングの回転とともに刻々と変わる。ナーシャは避難にかかった四十五秒のあいだに二度、放射線遮蔽のないゾーンを通過した。その結果、合計およそ百五十ミリシーベルトの放射線を吸収したと考えるのが、もっとも可能性が高い。百五十ミリシーベルトといえば、消化管障害や多少の脱毛を引き起こすには充分だが、死に至るほどではない。

とにかく、すぐに死ぬわけじゃない。

四年くらいたった頃、ナーシャは頭痛に悩まされはじめた。

これまでわざわざ言ったことはないかもしれないが、ナーシャはすさまじく強い。痛みが猛烈になるまで、非ステロイド系抗炎症薬（ＮＳＡＩＤ）すら飲もうとしなかったのだ。医療セクションの世話にならなかったのは、言うまでもない。最終的に、俺が誰かに相談しようとナーシャを引きずっていったときには、平衡機能に障害が出ていて、船内の普通の照明にもほとんど耐えられないほどだった。勤務中の医療技術者が彼女をひと目見るなり、二、三質問して、頭部をスキャンした。十分後、彼はタブレットとタッチペンを使って、ナーシャの左側頭葉のある部分を見せた。

ユニオンの医療科学は、多くの面でかなり驚異的だ。バイオプリンターで、遺伝子的に適合する新しい臓器を意のままに作れる。肝不全やアテローム性動脈硬化症や肺疾患で死ぬ人間は、もういない。人類離散（ディアスポラ）前の暗黒時代にたくさんの人々の命を奪ってきたほかの百もの病気で死ぬことは、もうない。とはいえ、これは魔法じゃない――そして交換不可能な唯一の臓器が、脳だ。

　その後、ナーシャは医療セクションの連中に連れていかれ、べつのもっと大きいスキャナーにかけられた。デジタル生体検査と呼ばれるものだ。問題は明らかに、その塊が良性の神経膠腫（こうしゅ）なのかどうかということだった。良性なら、電子顕微鏡を使った超微細手術（ナノサージェリー）で治療できる。悪性の場合――地球からエデン、そしてミズガルズまで、あらゆる医学研究施設が千年以上にわたって、壁に頭をガンガン打ちつけたくなるほどの苦労を重ねてきたにもかかわらず――治せない。

　俺は医療セクションでナーシャとハンモックに揺られながら、彼女が生きられるのか死ぬのかわかるのを待った。二人ともしゃべらなかった。俺は彼女の腰に手を回し、彼女は俺の肩に頭をあずけて、ただそこに浮かんでいた。医療技術者がタブレットを手に戻ってくると、ナーシャは俺の耳元に口を寄せてささやいた。「もし悪い知らせだったら、わたしのそばにいる必要はないのよ」

　彼女は医療技術者の顔を見ることができなかった。俺はできた。彼は笑っていた。

「悪い知らせじゃないぞ」俺はナーシャにキスをした。「もしそうだったとしても、俺はかまわずそばにいる」
俺はそう言った。真実はどうだったかって？
俺がはるかにひどい状態だったとき、ナーシャはずっとそばにいてくれた。
いまのところ、真実がどうなのか確かめる機会がなくて、よかったと思う。

ナーシャが眠っているとき、俺は巨大ムカデの動く音に気づいた。肩に留めたライトをつけてみると、とぐろのいちばん下が持ち上がり、スピーカーがささっと這い出してきた。俺は瞬きして、視界にクロノメーターを出す。02時00分。ナーシャの下で少し体勢を変えてみると、脚に血流が復活してうめき声を堪えなくてはならなかった。腰は痛くてたまらないし、バックパックのフレームが肩甲骨にめりこんでいる気がする。おまけに、湿った石の床にすわっていたケツは、冷たい水分が染みこんでびしょびしょだ。ナーシャが身動きして、なにやらつぶやくと、俺の首と肩の境の柔らかいところにぐりぐりと頭を押しつけてくる。俺はため息をつき、彼女をもう少しそばに引き寄せた。

ミッキー7：悪いが、こいつで通信してもいいか？　ナーシャが眠ってるんだ。
スピーカー1：話したくないのか？

ミッキー7：もしよかったら、通信にしたい。
スピーカー1：けど……。
スピーカー1：俺の名前はスピーカーだ。
スピーカー1：それと、おまえたちの発声器官がどれだけ複雑なものかって話はしたか？
スピーカー1：それを再現するのに、どれだけ苦労したかって話は？
ミッキー7：わかってる。ただ――

またナーシャが身動きした。俺に体重をかけて、頭を起こす。

「ミッキー？　いま何時？」

「おっ」スピーカーが言う。「ザ・ナーシャはもう眠ってない。口で話せるよな？」

ナーシャは上体を起こして、スピーカーに目をこらした。

「うわ、またあなた」

「そうさ」とスピーカー。「誰だと思ったんだ？」

ナーシャは体を伸ばしてあくびをしてから、俺にもたれた。

「爆弾のありかは、もう聞けた？」

げっ、まずい。

「爆弾?」とスピーカー。

「バックパックだよ」俺は言う。「俺たちが探してるのは、バックパックだ」

「いいや」スピーカーは言い返す。「爆弾とバックパックは同じ言葉じゃない。爆弾という言葉は知っている。おまえたちの通信にしょっちゅう出てきた。武器の一種だろ、違うか?」

「あっ」ナーシャは両の拳を額に押しつける。「ごめんなさい」

スピーカーの前から三つの体節が地面から持ち上がり、二対の大あごがギリギリと音を立てる。俺はナーシャの下から出て立ち上がろうと思った。これは全力で戦うか逃げるかするべき事態だよな。そのとき、ムカデが訊ねた。「ミッキー? 教えてくれないか――俺たちは友好関係にあるんだよな?」

思いがけない質問だ。

「俺たちは、ええと」言いかけたところで、俺はちょっと考えなくてはならなかった。

「友好関係にあるのかもしれない。そうでありたい」

「おまえたちの仲間は、ここに到着したとき脆弱だった。巣が完成する前は弱かった。俺たちはそっちを攻撃しなかった。そっちは明らかに危険をもたらしたのに、だ。俺たちの地下トンネルに下りてきたときのおまえは弱かった。俺たちはおまえを殺さなかった。ここから逃がしてやった。こっちの善意は証明されただろ？」

「ああ。そう思う」と俺。

「なら、俺たちは友好関係にあるはずじゃないのか？」

「ああ。友好関係になりうる」

「友好関係にある味方ってのは、たがいに正直なものだよな？」とスピーカー。

「そうあるべきだな」俺は心のなかで小さくため息をつく。

「同感だ。じゃあ、頼むから正直に話してくれ」スピーカーは言う。

「爆弾よ」ナーシャが答えた。「わたしたちが探してるものは、爆弾なの。それも信じられないくらい強力な爆弾で、少なくとも半径十数キロ以内のあらゆる生物を殺すだけの威力がある。地下で爆発させたとしてもよ。わたしたちはそれを引き取らなきゃならない。なぜって、あなたたちがうっかり起爆して、自分たちだけでなくわたしたちまで殺してしまう恐れがあるから。いろいろごめんなさい。でも、それが真実なの」

スピーカーの頭が前後に揺れ、二対の大あごがぶつかりあう音がたっぷり五秒間つづいた。

「サンキュ」ようやく、ムカデは言った。「正直に話してくれて、感謝する」そして起こしていた上体を地面に下ろすと、向きを変えて、巨大ムカデのほうへ急いだ。「ここで待っていてくれ。検討する必要がある」

巨大ムカデのとぐろが持ち上がり、スピーカーはその奥へ消えた。

「ふうっ」とナーシャ。「危ないところだったわね」

「もっとうまくやれたのに。なにやってるんだ、ナーシャ」

彼女は肩をすくめる。「だから、ごめんなさいって言ったじゃない。まだ寝ぼけてて、頭がちゃんと回ってなかったの、わかるでしょ？　でも実際、あれでよかったのかもよ。どっちみち、はっきり言わなきゃならなかった。ムカデたちはバカじゃないわ、ミッキー。わたしたちがこんなところまでおやつの詰まった袋を探しに来たなんて、信じるわけがない。これで、すべての事実がさらけだされたことになるわね」

「ああ。そうかもな。こっちの事実は、俺たちが二年前、とてつもない威力の爆弾を持ってここに来たことだ。いまごろ、ムカデたちはその件について検討しているだろう。どういう結果になると思う？」

「さあね」とナーシャ。「もし悪い結果になったとしても、いまのわたしには、スピーカーに炸薬弾を二発お見舞いしてから、奥の巨大ムカデを線形加速器でマガジンが空になるまで撃ちまくるくらいしかできることはない。そんな結果にならないといいわね」

目覚めると、漆黒の闇だった。体じゅうが痛い。俺は瞬きして、視界にクロノメーターを出す――07時30分。そんなに長く眠っていたのか。とはいえ、体が血のめぐりも気にしなくなるほど疲れきっていれば、そんなこともあるのかもしれない。ナーシャは起きてすわっていた。数秒後、ナーシャの肩に留めたライトがつき、彼女が自分のバックパックを漁るのが見えた。

「なにがいい？　スムージー？　プロテイン・バー？　それとも両方？」

俺の胃袋がゴロゴロと警告を鳴らす。最後にまともな食事をしてから、二十時間以上たっている。

「とりあえず、スムージーをもらおう。それで大丈夫そうだったら、プロテイン・バーを試してみる」

「好きにすれば」ナーシャはスムージーのチューブをこっちに放った。俺はチューブをキャッチし、ひねって開けると、なかのどろどろを口にひねりだす。それをかなりの努力でのみこんでから、水のボトルをバックパックから引っぱり出すと、口に残ったじゃりじゃりしたものを水で流しこんだ。

「あれから五時間たっている」俺はスムージーをもうひと口ふくんだまま言う。「いまごろ、あいつら、俺たちを殺すか殺さないかを話し合ってると思わないか？」

「たぶんね。ムカデって眠るの？」

俺は肩をすくめる。「プロテイン・バーをくれないか？」

こっちもスムージーと同じくらいひどい代物だが、この先待っているであろう八つ裂きかドームまでのクソ長い歩き――あるいは、その両方――の前に、固形物を食べておいたほうがいい気がしたのだ。ナーシャは水を一本飲み干し、空きボトルをバックパックに押しこむと、立ち上がった。

「すぐ戻るわ。おしっこに行ってくる」

ナーシャのライトが上下に揺れながらトンネルの壁ぞいに遠ざかっていくのを目で追っていた俺は、光が止まったところで目をそらした。彼女がまだ戻らないうちに、巨大ムカデの体が動き、スピーカーが現れた。俺とナーシャのあいだで立ち上がり、頭を前後に揺らしたかと思うと、彼女がまだ壁ぎわにしゃがんでいるところへ向かって動きだす。スピーカーが半分ほど進んだところで、ナーシャが怒鳴った。「来ないで！　こっちは取り込み中なの、変態！　ミッキーのところへ話しに行って」ムカデは迷っていたが、やがて俺のほうへ這ってきた。

「やあ」俺のところまで来ると、スピーカーは訊ねた。「ヘンタイって、なんだ？　初めて聞く言葉だ」

　これには、ちょっと驚いた。俺とベルトの通信を二年間傍受していたのに、知らないとは。まあ、いい。

「友好を示す言葉さ」俺は答える。「こっちの要求に対して結論は出たのか？」

「難しい質問だ。俺たちの理解が正しけりゃ、おまえと〈補助者〉は、とてつもなく危険な武器を俺たちの住みかに持ちこんだことになる」

「だから、エイトは〈補助者〉じゃないってば」ナーシャが向こうから口をはさむ。「それに、〝変態〟は友好を示す言葉じゃない」

「それでも」スピーカーは言い直す。「おまえとその……」

「友だち」とナーシャ。

「わかった。おまえと友だちは、俺たちの住みかに破滅をまねくものを持ちこんだ」

「そのとおりだ」俺は言う。「だが、こっちが爆弾を持ちこんだとき、そっちはすでに俺たちの仲間を六人殺していた。俺の友だちも殺したんだぞ。にもかかわらず、俺は爆弾のトリガーコードを引かなかった。あのとき俺は、おまえたちを殺すこともできたのに、そうしないことを選んだんだ。それには大きな価値があるはずだろ？」

「それは認める」スピーカーは答える。「けど、答えてくれ。あれからずいぶんたつのに、なぜいまごろ爆弾を取り戻したがる？　気が変わったんじゃないのか？　いまは、俺たちを殺したいと思っているんじゃないのか？　こっちに血の債務があることは、不本意ながら認めよう。けど、当時の俺たちは、なにをしているかわかっていなかったんだ。俺たちはおとなしく殺される気はない」

ナーシャはもう戻ってきて、俺の横に立っている。

「あなたたちを殺したいなんて、思ってないわ。もし思ってたら、殺すこともできた。わかってると思うけど、わたしたちの武器はそれだけじゃない。その爆弾を返してほしい理由は、うっかり爆発するのを防ぐためなの」

「おお」とスピーカー。「それはよかった。ありがとう。それなら説得力がある」

俺たちは話のつづきを待った。ナーシャがこっちを見て、俺は肩をすくめる。彼女はスピーカーに向き直った。「それで？」

ムカデの頭が前後に揺れる。「それでって？」

「それで、爆弾を返してくれるの？」

ナーシャがあきれた顔をするのがわかる。

「ああ、はいはい。きっと返していただろう」

「返していただろう？」俺は言う。「返そうの間違いじゃないのか？」

「すまない」とスピーカー。「使い方が間違っているかもしれない。おまえたちの文法は、べらぼうに複雑だからな。仮定の話をしていたんだ。もし俺たちが爆弾を持っていたら、おまえたちに返していいただろう――けど、俺たちは持ってないから、返せない。このほうが、わかりやすいか？」

010

なにをやってもうまくいかず、宇宙はわざと俺をもてあそんでいるに違いないと痛感させられる日を経験したことはないか？

俺は立ち上がった。ナーシャの目がさっとこっちを向く。循環式呼吸装置（リブリーザー）の奥の表情は見えないが、一週間分のカロリーを賭けてもいい、そこには〝殺してやる〟と書いてあるはずだ。

「爆弾を持ってない？」ナーシャの声は低く、落ち着いている。俺は彼女の手が二丁のバーナーへ伸びているのに、気づいた。

「持ってない」スピーカーは答える。「もし持っていたら、おまえたちにわたしていただろう。これが俺たちの結論だ」

「あなたたちは爆弾を持ってない」とナーシャ。「わたしたちも持ってない。じゃあ、教えて、スピーカー……誰が爆弾を持ってるの？」

「南にいる友人たちが持っている」

「あなたたちの……」ナーシャは言いかけたが、そこで首をふった。「どうしてわかるの？」

「俺たちが彼らに爆弾をわたしたからさ」

二丁のバーナーを握るナーシャの手に、力が入る。

「わたしたちの爆弾を友人にあげた？」

スピーカーの頭が揺れる。「〝友人〟という言葉が、ぴたりと当てはまるわけじゃない。俺たちの言語にはちょうどいい名詞があるが、どう翻訳すればいいかわからないんだ」

ナーシャは俺のほうを向く。俺はため息をつき、両の拳を目に押しつける。

「おまえたちは、あの爆弾をそいつらにやったのか」俺は言う。「まったく……なんで、そんなことを？」

「彼らは、おまえたちの物を要求してきたんだ」スピーカーは答える。「ちょっとした貢物として。さっき言ったように、彼らを表す言葉として〝友人〟はふさわしくない。俺の理解が正しけりゃ、〝クソ野郎〟のほうが近いかもしれない。彼らとの関係はずっと不安定で、しばしば敵対することもある。おまえたちがこの星に来てからは、俺たちがおまえたちに接触することに対して、彼らはますますいきり立っている。俺たちが彼らへの攻撃に有利になるようなものを、おまえたちから手に入れるかもしれないと恐れているんだ。〈補助者〉が何体も奪われた。数々の脅迫があった。おまえたちの爆弾を調べたら、俺たちにはわからない物質がいっぱい詰まっていた。謎めいた物質に興味を引かれたが、あの内容物は通常の物体とは相互作用を引き起こさないようだったから、俺たちは無害と判断した。それで、ちょうどいい貢物になりそうだと思って」

「ちょうどいい貢物?」ナーシャが訊き返す。「しょうがないわね、あなたたちはあれがなにか知らなかったんだもの。でも、さっき自分でこう言ったわよね。あのなかには、あなたたちが理解できない物質が入っていたって。その物質が危険かもしれないって、本当に一度も頭をよぎらなかったわけ?」

スピーカーは体節をもうひとつ地面から持ち上げ、さらに高くなって大あごを開いた。これはさすがに、威嚇の体勢だと思う。

「なぜ、俺たちがそんなふうに考えなきゃならないんだ? あれが、なんなのか。こっちは知りようがなかったんだぞ。だが、そっちは知っていた。おまえたちは、あれがなんなのか正確にわかっていた。あれがとてつもなく危険な兵器と知ったうえで、そのへんの穴に置いていったんだ。それも、深い穴じゃない。誰も傷つける心配のない安全な穴じゃない。俺たちの玄関前に置いていった。誰に見つかってもおかしくない場所に置き、その上に石ころを積んで放置していった。とてつもなく危険な兵器をそんなふうに放置していくのは、よっぽどのバカだけじゃないのか？　そっちが俺たちには理解できないテクノロジーを持っているのは知っている。そっちが、俺たちにはできないことができるのも知っている。それで俺たちは愚かにも、おまえたちはそこまでバカな生き物ではないと思いこんでしまったんだ。つまり俺たちは、あれを無害な物に違いないと考えた。それが俺たちの責任か？」

「わかったわ」とナーシャ。「ええと。あれが無害な物じゃないってことは、もうわかったでしょ。そういうことだから。取り返してきてちょうだい」

「俺たちが？　取り返す？　なんで、俺たちがそんなことを？　あんな物はいらない。あれがなにかわかった以上、手元からなくなってうれしいし、ここからできるだけ遠くにやれたことを喜んでいる。なぜおまえたちがあんな物を取り返したがっているのか、理解できない――けど取り返したいんなら、自分で取り返すことだな」

ナーシャは腕組みをして、小首をかしげる。「へえ、友好関係ってそんなものなんだ？」

「俺たちは〝友好関係〟って言葉を誤解していたかもしれない。そっちはまるで、自分たちが〈最高〉で、俺たちが〈補助者〉であるかのような口をきく。これが〝友好関係〟ってものなのか？」

　ナーシャはムカデに一歩近づく。口元に力をこめた表情は、この八年間、言い争いのたびに百回くらい見てきたものと同じだ。「聞きなさい」ナーシャは言った。「わたしたちは、あれを取り返さなきゃならないの。必ずしも武力に訴えたいわけじゃないけれど、そっちが協力しないと言うのなら、こっちはどんな手段を使ってでもあれを取り返す」

　スピーカーは後ろのふたつの体節だけで立ち上がり、俺たちを上から見下ろした。ナーシャの険しい目つきに、俺は一瞬、発砲するつもりだと思った。これであっというまに、二人ともあの世行きだ。ところが彼女は発砲せず、スピーカーも襲いかかってこない。それどころか、ムカデは頭を床からほんの一メートルまで下げ、大あごをリズミカルに端切れよく鳴らして言った。

「待て。戦う前に、こいつを検討してみてくれ、頼む。友人たちはずっと遠くにいる。ここからおまえたちの巣までより、はるかに遠い。もし彼らがうっかり爆弾を起爆させたとしても、おまえたちにも俺たちにも被害はないだろう。しかも、友人たちは爆発で死ぬだろうが、俺たちはそれでぜんぜんかまわない。ひょっとしたら……ひょっとしたらだが、このまま放っておくべきじゃないのか？」

　俺はナーシャに目をやる。彼女は考えているようだったが、やがて首をふった。

「それはおもしろい考えね。でも、もう少し明確に説明させて。わたしたちには、あの爆弾が必要なの。あなたのお友だちから取り返してもらう必要がある。また寒い季節が来る前に、取り返さなきゃならないの」

スピーカーはまた立ち上がる。

「これで二度目だ。俺たちにそっちの指示に従えと強要するのは。そんなこと、するべきじゃない。協力関係にある味方なら、強要しないもんだ。強要するのは、クソ野郎だ」

「なあ」ナーシャが言い返す前に、俺は割って入った。「こいつは言葉の問題かもしれない。ナーシャは強要しているわけじゃなく、これが俺たちにとってどれだけ重要なことか説明しようとしているだけだ。俺たちは脅しているつもりも、強要しているつもりもない。ただ、なんとかしてあの爆弾を取り返したいと言っているんだ。おまえたちと一緒にあれを取り返したい。それが不可能でも、そのことでそっちを責めたりはしない。そっちを攻撃することもないが、俺たちは自力でそっちの友人たちを探さざるをえなくなる。となると、そのとき起こることがおまえたちに影響しないという保証はできない」

「は？」とスピーカー。「いやいや。南の友人たちのところへ行くのは勧めない。彼らは俺たちほど友好的じゃない。おまえたちが最初に現れたときも、それから結構長いあいだも、彼らはおまえたちを皆殺しにしろとかなり強く勧めてきた。これからおまえたちが彼らを探しに行っても、歓迎はされないぞ。ほぼ確実に、ばらばらにされるね。俺たちがあの爆弾を差し出す前は、おまえたちの〈補助者〉を一体差し出せと要求していたくらいだ。彼らはおまえたちの体の内部構造を知りたくてたまらないのさ。というわけで、あらためて言わせてもらうが、あの爆弾は彼らのところに放置しておこうじゃないか。彼らがうっかり起爆すれば、俺たちにとって考えられるかぎり最善の結果になるだろう」

「だめだ」俺は答える。「あいにく、その選択肢はない。ナーシャの言うとおりだ。俺たちはあの爆発装置に責任がある。俺たちはあれを取り返さなきゃならない」

ナーシャと俺のあいだで、スピーカーの頭が前後に揺れ、大あごがカチカチと音を立てる。ナーシャの手は二丁のバーナーに置かれている。

「ここで待ってろ」ようやく、スピーカーは言った。「検討しなくちゃならない」

ふたたび、ムカデは上げていた頭を地面に下ろすと、向きを変えてそそくさと這っていった。

「やれやれ」スピーカーがいなくなると、ナーシャは言った。「いいかげん、うんざりしてきちゃった」

俺は少しのあいだ循環式呼吸装置（リブリーザー）を上げ、両手で顔をさする。「スピーカーがいま交渉している相手は、未知の進んだ技術を持つ異星からの侵略者だ。しかもその侵略者は、大量殺戮とは言わないまでも、それに近いことに関心があるとすでに証明している。用心深くなるのは当然さ」

俺は壁にもたれると、ずるずる下にすべって、またすわりこんだ。ナーシャも隣にしゃがんで壁にもたれ、頭の横を俺の頭にくっつける。「ええ、責めちゃいけないかもね。それでも、この地下トンネルに入ってずいぶんたつのに、爆弾にはぜんぜん近づけてない。ドームを出発したときと、状況はまるで変わってないわ」

「そうかもしれないし、そうじゃないかもしれない。彼がどんな返事を持ってくるか、聞いてみようじゃないか」

「わかった。ところで、これからはあのムカデを〝彼〟って呼ぶわけ？」

「彼でいいんじゃないか？　とにかく、声から判断すると、彼がふさわしいと思う。関係ないが、きみはアメと鞭を使いこなしてたな。ほら、手でずっとバーナーをなでたりして」

ナーシャは肘で俺をこづき、笑いのこもった声で言う。「あなたが気に入ってくれてよかった。でも、そんなことをしていたつもりはないわ。いっとき、本気であいつの尻に風穴をあけてやろうかと思ってた」

「バーナーはムカデたちを苛立たせることしかできないってのは、知ってるよな？」

「知らない」とナーシャ。「二丁の軍用バーナーでムカデの腹側の一点を至近距離で狙えば、確実に相当なダメージを負わせられる。もしダメでも、線形加速器がひかえてる」

彼女の言うとおりかもしれないが、俺はちょっと懐疑的だ。二年前、デューガンをばらばらにしようとしていたムカデたちにバーナーを向けたロブとジリアンがどうなったか、ナーシャは自分の目で見ていない。しかも、そのムカデたちはスピーカーにくらべれば、かなり小さかった。その答えを知らずにすむことを祈りたいものだ。なにしろ、ドームの周囲に配置された砲塔が放つ弾では、巨大ムカデの甲皮をへこますこともできないはずだ。ナーシャの持っている豆鉄砲じゃ、話にならない。それにスピーカーを殺したところで、まったく安心できない。あの巨大なムカデが俺たちを八つ裂きにして、血まみれの肉片に変えるだけだ。

「彼が戻ってきて」ナーシャが言う。「協力するつもりはないって言ったら、どうする？いまわかっているのは、あの爆弾が南のどこかにあるってことだけよね？　この星の九十パーセントは、ここから南にあるわよ。もし彼らもここのムカデみたいに地下に住んでいるとしたら、見つけるのはちょろいってわけにはいかないんじゃないかしら」

「そいつは生ぬるい表現だな。ここのムカデたちがそいつらに、スピーカーが漏らした以上の情報を伝えていないかぎり、俺たちはそいつらと話すこともできないだろう」

「うわ、それもそうね。じゃあ、銃撃する？」

俺はナーシャとくっつけていた頭を起こし、彼女のほうを向く。「きみが真っ先に思いつく解決法が『銃撃する？』以外の状況は、ないのか？」

ナーシャは声を上げて笑う。「銃撃が絶対的に最善のアプローチじゃない状況なんて、ある？」

俺はため息をつき、ナーシャの肩に腕をすべらせ、彼女を引き寄せる。

「だから、きみが好きなんだ。きみには物事の本質を見きわめる真の才能がある」

ナーシャの手が俺の腹をすべって腰で止まる。

「ええ、まったくそのとおりよ」


一時間が経過し、チューブ入りのスムージーをさらに二本飲み、もう一袋分のプロテイン・バーを平らげ、残りの水のほとんどを飲みつくした頃、スピーカーが戻ってきた。俺たちは何日もかかるような遠征の準備はしてこなかった。すぐにも終わってくれないと、ここでの居心地はいまよりさらにひどくなっていくだろう。

「結論が出た」スピーカーが俺たちのところに来て、言った。

俺は話のつづきを一拍ほど待ってから、さっとナーシャに目をやって訊ねる。「それで？」

「それで」とスピーカー。「おまえたちの爆弾が南の友人たちの所有物になった件について、俺たちに責任があるとは認めない。おまえは爆弾を穴に置いていった。とてつもなくバカげた行為だ。それを見つけたのが俺たちだったのは、偶然でしかない。ひょっとしたら、南の友人たちが見つけていた可能性もあった。誰が見つけていてもおかしくなかった。というわけで、現在の状況は、全面的におまえたち自身の責任だ」

ナーシャの目が険しくなり、俺の腕の下で肩が強ばる。俺が彼女の手に自分の手を置いたとき——大きな理由は、彼女の手が武器に伸びるのを止めるためだ——彼はつづきを話しだした。

「おまえたちの爆弾がなくなった責任は、俺たちにはない。とはいえ、そっちの〈非補助者〉たちを殺した血債は認める。この件について、よくよく考えてみた。こっちには、おまえたち種族がここまで奇妙な作りをしているということを知る合理的な方法はなかった。とはいえ、結局のところ、おまえたち種族を数体殺したのは事実だ。というわけで、こう決断した——俺たちには、そっちが南の友人たちから爆弾を取り返すために必要な助けを、できるかぎり提供する義務がある。俺たちとしては、爆弾を取り返すのは賢い選択とは思えないがな」

ひどいことを言ってやろうとすでに息を吸いこんでいたナーシャが、その息をいま静かに吐いている。俺には彼女がリラックスするのがわかった。

「ＯＫ」とナーシャ。「わかったわ。ありがとう。そういう返事が聞きたかったの。そっちは友人たちのところへ話しに行って。わたしたちが例の物をただちに返してもらう必要があると伝えて、それをドームまで持ってきてちょうだい。わたしたちはそこで受け取るってことでいいわね？」

スピーカーの頭が揺れ、大あごがカチカチ鳴る。

「あれをおまえたちのところへ持っていく？　まさか。いやいや、そうは言ってない。そんな提案はしちゃいない。俺たちにできる協力はするといっても、あくまで常識の範囲内でだ。助言はする。案内もする。だが、おまえたちのために戦争をするつもりはない」

俺はちらりとナーシャを見る。彼女の目はまた険しくなっていた。

「あっそ。助言。案内。とても役に立ちそうね」

「ああ」とスピーカー。「役に立つとも」

「ミッキーとベルトの通信を二年間傍受してたくせに、皮肉は習得できなかったのね」

スピーカーの頭がゆらりと俺のほうを向き、ナーシャのほうへ戻っていく。

「ヒニク？」

「それはどうでもいい」俺は言う。「大事なのは、俺たちには助言と案内以上のものが必要ってことだ。そっちは俺たちの仲間を六人殺してるんだぞ。その事実を考えれば、俺たちにはもっと協力を求める資格があるんじゃないのか」

スピーカーはすばやく一メートルほど下がり、頭を地面近くまで下ろして言う。

「交渉したいんだな。もっともなことだ。おまえたちが受ける資格があると思っているのは、どんな協力だ？」

「助言以上のもの」俺は答える。「物質的援助だ」

これがどんな展開を呼ぶか、そろそろわかりそうなものだが、俺はスピーカーの返事に不満のうなりを抑えきれなかった。「検討する必要がある」そう言うと、スピーカーはそそくさと去っていった。

「ところで」ナーシャが言った。「あの生き物がどれくらい賢いか、じっくり考えられた？」

俺は彼女のほうを向く。隣にすわって粗い石の壁にもたれ、最後の水を飲みほそうとしている。

「ムカデのことか？」

ナーシャの表情は見えないが、声であきれた顔をしているのがわかる。「決まってるでしょ、ミッキー。ムカデのことよ」

俺は肩をすくめる。「判断するのは難しいよな。物質的文化はあまり発達していないみたいだろ？　車もなけりゃ、飛行機も家もない。まあ、この地下トンネルを家とするならべつだが。俺たちの見てきたかぎり、武器もない。工場もないし、金属でできた自分たちの体以外には、これといったテクノロジーもない」

「ええ。それでいて、わたしたちの言語をたった二年でしゃべれるようにする——少なくともゴメスのようなしゃべり方ができるだけの——物を作ることができる。同じ期間に、わたしたちはなにを成しとげた？　わたしたちは彼らに言語があるかどうかすら知らない。おまけに彼らは、シックスから奪った通信装置を使ってあなたの頭のなかをのぞく方法を解明するのに、ええと、二週間しかかからなかったのよね？　こっちはムカデを分解して、なにかわかった？　なんにもわかってないんじゃない？」

「公正を期して言えば、俺たちの分解したムカデは、捕らえた時点ですでに半分吹っ飛ばされていた。だが、シックスは生体解剖されたとき、おそらく百パーセント五体満足でぴんぴんしていたはずだ」

「確かに」とナーシャ。「それでも——もし完全に無傷のムカデを捕らえていたら、わたしたちもムカデたちと同じようなことができたなんて、本気で思う？　完全に未知の通信システムを解析して模倣するなんてことが、わたしたちにできたと思う？　通信システムの発する信号を解読して、それを使ってムカデたちの頭のなかを操作する方法を解明できたなんて思う？」

「そんなふうに言われると、可能性はかなり低そうだが」

ナーシャは笑った。「低そう？　完全に無傷のムカデと六週間の時間をあたえられたとしても、生物学セクションはまだ、どっちの端がものを食べるほうで、どっちの端が排泄するほうか解明しようとしてると思う」

「わかったよ。確かにそうだ。ムカデたちの電子工学は俺たちより進んでるし、たぶん生物学もだろう。で、なにが言いたいんだ？」

「電子工学？　生物学？　言語学は？　あれの話し方を聞いたでしょ？　彼らはわたしたちより賢いのよ、ミッキー。それも、はるかに」

俺は首をふる。「人間のできないことができる動物は、たくさんいる。ミツバチは二キロ先にある食べ物のありかを、五秒間のダンスで正確に伝えられる。だからって、ミツバチのほうが人間より賢いってことにはならない。人間とは違うタイプの能力があるってだけの話だ」

ナーシャはこっちを向く。「いつから、そんなにミツバチにくわしいの？」

俺はリブリーザーの奥でにやりとする。「俺の知識を知ったら驚くぞ。ともあれ、そんなことはどうでもいいだろ？　なにもこれから、ムカデたちとチェスをしようってわけじゃなし」

「わかんない。この星では、わたしたちは圧倒的に数が少ない。ムカデたちが繁殖力でわたしたちに勝るのは、確実。もし思考力でも勝るとしたら……」

「俺たちはおしまい？」

「たぶん」とナーシャ。「それか、わたしたちは本当にここで友だちを作る必要に迫られるかも。今度スピーカーが戻ってきたら、もう少し感じよくしてみようと思う」

「あら」巨大ムカデのとぐろが持ち上がり、ふたたびスピーカーが現れると、ナーシャは言った。「今回は早かったわね。どういうことかしら」

彼女の言うとおりだ。スピーカーが消えてから、十分ほどしかたっていない。俺たちは立ち上がり、こっちに来る彼を迎えた。

「というわけで」スピーカーは言う。「検討した結果、そっちの要請に応じることになった。おまえたちのために戦争するつもりはないが、物質的援助は提供しよう」

「戦争してくれとは言ってない」俺は言い返す。「そっちの友人たちと戦いたいわけじゃない。俺たちは誰とも戦いたくない。ただ俺たちの所有物で死者が出る前に、そいつを取り返したいだけだ」

スピーカーの頭が左右に揺れる。「南の友人たちのことをわかってないな」

「どんな援助をしてくれるの？」ナーシャが訊ねる。「なにを提供してくれるの？」

「外交的支援と後方支援だ」とスピーカー。「戦闘支援はしない」

「それじゃ、足りない。そっちの友人たちって、実際は友人じゃないみたいなんだもの。なんていうか、ほんとは敵みたいに聞こえる。もし戦闘になったら、あなたたちにはこっちの味方になってほしい」

「断る。わかってくれ、頼む。これが最終提案だ。もし戦いになったら、俺たちは南の友人たちではなく、おまえたちを相手に戦うだろう。おまえたちには、敵に深刻な被害をあたえるだけの能力があるか疑わしい。だが、南の友人たちにそれだけの能力があることは、つらい経験から知っている」

「よくわかった」と俺。「じゃあ、具体的に、どんな支援をしてくれるんだ？」

「俺だ」とスピーカー。「俺が支援だ。おまえたちが南の友人たちに会いにいくとき、俺も同行する。これが、俺たちにできる最大の支援だ」

ナーシャが俺のほうを見る。俺は肩をすくめた。「なにもないよりは、マシだろ？　少なくとも、あっちのムカデたちと話ができる」

「あの大きいのを連れていけないのは、確かなの？」ナーシャは巨大ムカデを指す。

「確かだ」とスピーカー。「これで話はまとまったか？」

ナーシャはため息をついた。「ええ、まとまったと思う。ようこそ、歓迎するわ」

011

ブラック・ホーネット：ミッキー？
ミッキー7：すぐ横にいるじゃないか、ナーシャ。なんで、通信してるんだ？
ブラック・ホーネット：これ、スピーカーに見えてる？

俺は後ろにちらりと目をやった。スピーカーは数メートル後ろを這っている。たくさんの脚が波打つように動くようすは、生理的嫌悪感をもよおさせる。俺たちが進んでいるのはシダに覆われた日当たりのいい急な斜面で、ドーム周辺までは少なくともまだ一時間歩かなくてはならない。

ミッキー7：見えないと思うが、確信はない。連中が俺たちの通信プロトコルにどこまで侵入しているか次第だ。

ブラック・ホーネット：それを確かめる方法はある？
ミッキー7：たぶん。通信セキュリティを確認する古い方法を試してみよう。
ミッキー7：やあ、スピーカー、こいつを見てるか？
スピーカー1：ああ、見てるよ。
ミッキー7：ほらね。

ナーシャは肩をぶつけてきた。「物知りは嫌われるわよ、ミッキー」

俺はリブリーザーの奥でにやりとする。「きみが知りたかったことを突き止めてやったのに？」

彼女はさっと後ろを見た。「ねえ、スピーカー。少しだけ、わたしとミッキーにプライベートで話をさせてくれない？」

「プライベート？」とスピーカー。「その単語は知らない」

「ミッキーと話があるんだけど、あなたには聞かれたくないの。わかる？」

「おまえが話したいことってのは――秘密なのか？」

「ええ。内輪の秘密」

「その秘密はミッキーには話したいが、俺には話したくないのか？」

「ええ。簡単に言えば、そういうこと」

スピーカーは大あごを大きく開いたかと思うと、ガチっと鳴らした。「友好関係なら、たがいに隠しごとはしないもんだぜ、ナーシャ」

ナーシャは立ち止まってふり返り、ムカデに向き合って腕組みをした。「聞いて、わたしたちはここで軍事機密情報を話し合おうとしてるわけじゃない、わかる？　わたしはただ、ドームに着く前にミッキーと相談しておきたいことがあるの。この話にあなたは関係ない。それがプライベートってこと――わたしたちには関わりがあって、あなたには関わりのない事柄よ」

スピーカーはナーシャにぶつかる手前で止まり、彼女の頭と同じ高さまで立ち上がる。

「どんなプライベートなことを話し合うんだ？」

「それを言ったら」ナーシャはゆっくりと答える。「プライベートじゃなくなるでしょ」

「うん」とスピーカー。「そうなるな」

ナーシャはちらりとこっちを見る。俺は肩をすくめた。彼女はため息をつく。「それで？」

スピーカーは大あごをカチカチと速く鳴らしている。どうやら、混乱しているらしい。

「それで、なんだよ？」

「それで」とナーシャ。「お願いだから、わたしとミッキーにプライベートな話をさせてくれない？」

「おお。いいとも。もちろん」

スピーカーは答えると、上げていた頭部をばたんと地面に下ろし、体をくねらせて斜面を後退する。

「言っとくが」ムカデは下がりながら言う。「こいつはあんまり友好的な気がしないね」

そして五十メートルくらい離れたところで止まり、こっちをふり向いた。

「このくらいの距離で大丈夫だと思う？」ナーシャはささやき声よりわずかに大きい声で訊く。

「さあな」と俺。「通信セキュリティを確認する古い方法を試せってか？」

リブリーザーの上でナーシャの目が険しくなる。「あなたっておもしろい人ね、ミッキー。そんなことばっかり言ってると、いつか殺されるわよ」

「すでに殺されてるよ。五、六回」

ナーシャはため息をつく。「確かに。ねえ、どうするの？　まさか、あれをドームのなかに連れていくつもりじゃないでしょ？」

「俺は――」

「先に言わせて、ミッキー。体長三メートルのムカデを連れてドームに入るなんて、できないわよ。ドーム周辺の警戒ゾーンを歩いてるうちに警備兵がムカデを殺すに決まってるという事実はさておき、ムカデにこっちの情報を収集する機会をあたえるわけにはいかないもの」

俺は彼女と真正面から向かいあい、腕組みをする。「こっちの情報？　本気で言ってるのか？　スピーカーがどんな情報を収集すると思ってるんだ？　閉ざされた環境に百七十人の人間がひしめきあっていると、ついには化学シャワーを何回浴びても履き古した靴下みたいな臭いを発するようになるってこと以外に？」

「わからない」とナーシャ。「スピーカーにどんな能力があるのか、わたしたちはほとんどわかってないじゃない。ほら、ムカデがわたしたちのシステムの操作法をあんなにあっさり習得しちゃって、あなたは少しもぞっとしないの？　例えば、ムカデはどうやってこっちの文字による通信を傍受できたのかしら？　ドームでそんなことができるのは、マーシャル司令官とアムンセンだけよ。もしスピーカーをドームのなかに入れたら、一般通信にまで侵入できるようになるんじゃない？　わたしたちの兵器システムの仕様を盗むこともできるんじゃない？　生命維持システムの仕様も。反応炉の仕様だって。ねえ、ミッキーってば。頭を働かせてよ」

俺は斜面の下にいるスピーカーをちらりと見た。ムカデは前から二つの体節を起こして、いちばん前の脚を一本ふっている。

「OK。きみの言うこともっともだ。で、どうする？」

ナーシャの目の焦点がぼやけ、俺の顔からオキュラーのヘッドアップ・ディスプレイ（視野に情報を表示する技術）に視点を移す。「ここはドームから、およそ三キロ離れているようね。見通し内通信をさえぎる尾根がもうひとつある。いま現在は、ドームからの通信信号は一切入ってこない。スピーカーをここに置いていけば、わたしたちは安全なはず。南へ向かう準備ができたら、またここに迎えに来ればいいわ」

「準備にはちょっとばかり時間がかかるぞ。二、三日ってところかな。マーシャルがこの件にどれくらいごねるか次第だ。スピーカーをこのあたりでぶらぶらさせといて大丈夫だと思うか？」

「ここは彼の惑星だもの。スピーカーはここで生まれ育ったんでしょ？　きっと大丈夫よ」

ブラック・ホーネット：いいわよ、スピーカー。もう、戻ってきて。

スピーカー1：秘密の話はすんだのか？

ブラック・ホーネット：とりあえず、いまのところは。

　俺たちが待っていると、スピーカーは斜面を急いで這ってきた。

「さて」俺たちのところまで来ると、ムカデは言った。「これで、先へ進めるな？」

「そうでもないの」とナーシャ。「ミッキーとわたしは、先へ進む。あなたはここで待っていればいい。必要なものをそろえたら、迎えに来るから」

「けど……」スピーカーは大あごをカチカチ鳴らす。「けど、おまえたちの巣を見てみたい」

「それはそうよね。でも、ここで待ってて。一日か二日で戻るから」

「それは不公平じゃないか。そっちは俺たちの巣を見た。五、六回、見たじゃないか」

「見に行ったわたしたちの仲間六人は、あなたたちに殺されたのよ。わたしたちは、そっちの〈補助者〉を二、三匹ローストしてやっただけなのに」ナーシャは反論する。「人生は不公平なものよ。長くて二日。いえ、三日かも」そして向きを変えて、歩きはじめる。

「せいぜい四日ってところよ」

　スピーカーがこっちを向く。「おまえも同じ意見なのか？」

「悪いな」俺は答える。「なるべく早く戻る。ここで待っていられるよな？」

「おまえたちの巣が見たい」

「見られるさ、最終的には。いまは、ちょっとばかり緊迫した状況なんだ——何人も殺されたから、わかるだろ？　いま、おまえをドームに連れていったら、まずい事態になりかねない。俺たちがあの爆弾を取り返しさえすりゃ、みんないまより機嫌がよくなる。おまえはそのとき訪問すればいい、わかったな？」

　ムカデは俺たちの頭の高さまで起き上がり、ゆらゆらしてから、また地面に下りた。

「わかった。ここで待ってる。あんまり遅くなるなよ。外は好きじゃない」

　別れの挨拶にムカデの甲皮をぽんと叩こうと、俺は手を伸ばしかけたが、すんでのところであの大あごができることを思い出した。「了解、じゃあな。すぐ戻る」

　ナーシャはすでに丘のてっぺんにさしかかっている。俺は最後にもう一度スピーカーを見てから、急いで追いかけた。


　俺はなぜか、ちょっとした歓迎を受けるものと思っていた。だが、そんなものはなかった。俺たちが丘を越えてドームのメインロックへ向かって歩きだしたとき、キャット・チェンがバーナーを備えた見張り塔にもたれていた。警備兵の標準的な黒い服という格好で、戦闘スーツもヘルメットも身に着けていない。彼女が見張りの任務についていることを示すものは、背中に吊るした線形加速器だけだ。

「ちょっと」話ができるくらいの距離に来ると、彼女は訊ねた。「二人とも、どこから来たの？」

「散歩に行ってきただけ」ナーシャが答える。「マーシャル司令官から、わたしたちに目を光らせておけって言われたんじゃないの？」

キャットは声を上げて笑う。「マーシャルがあたしにそんなこと言うわけないじゃん。司令官は、あたしがあなたたち二人と親しいことを知ってるもん。おかげで、あたしは警備上のリスクになってるみたい」そこで、ナーシャをざっと確認する。「それで、武器なんか持ってどうしたの？　極秘任務かなにか？」

「まあ、そんなところかな。入っていい？」

「どうぞ」と言われ、俺たちが通過しようとすると、キャットが俺をつついた。「あとで、極秘任務のこと教えてよね？」

ナーシャがぎろりと彼女をにらみ、キャットはウィンクして背を向けた。

「神さまに誓って言うけど」エアロックが回転するのを待っているとき、ナーシャが釘を刺した。「見つけたらただじゃおかない、もしあなたたち二人が――」

「そんな心配はいらない、俺たちはそんなんじゃないから」

「そりゃそうよね」内部ドアの上にあるライトが緑色に変わり、ナーシャがリブリーザーをはぎとると、ドアがするりと横に開く。そこにはべつの警備兵がいた。ドレイクとかいうやつで、待機室で勤務中だった。奥の壁に押しつけた椅子にだらしなくすわり、生気のない目から、オキュラーで動画を見ているのがわかる。俺たちがエアロックから出ると、彼はちらりと目を上げた。

「ミッキー・バーンズ、司令官が会いたいってよ」

俺は奥の壁ぎわに並ぶロッカーまで歩いていき、バックパックを床に下ろし、装備をしまいはじめる。

「聞こえたか？　マーシャルがおまえに会いたいってよ。いますぐ」

ナーシャは武器を棚に片づけてから、俺のところに手伝いにくる。俺がバックパックからちょうどスムージーの空きチューブの最後の一本を引っぱり出しているとき、ドレイクが立ち上がった。

「おい、どういうつもりか知らねえが——」

ドレイクの言葉はそこでとぎれた。ナーシャが勢いよくふり向いて、彼に二歩詰め寄ったのだ。ドレイクは彼女より十センチ背が高く、体重はおそらく三十キロは重いが、それでも半歩後ずさる。

「ミッキーなら聞こえてるわ。さっさとすわって、またポルノでも見てれば。とにかく、さっきまで仕事をサボってしていたことに戻りなさい、ドレイク。わたしたちは大変な二日間をすごしてきたの。あんたなんかの相手をするために帰ってきたんじゃない」

ドレイクは一瞬あんぐりと口を開けると、あわてて閉め、渋い顔になる。「好きにしろ。ちゃんと十分以内に司令官のオフィスへ行けよ。おまえらの帰還時刻は記録されてる」

そしてまた椅子にどっかりとすわり、腕組みをして目の焦点をぼかした。俺は空になったバックパックをしまい、忘れ物がないかさっと見回してから、ドアへ向かって歩きだす。ナーシャと通路に出て、後ろでドアが閉まりかけたとき、ドレイクがぼそっとひと言つぶやいた。「クソアマ」。それも、ちょうど聞こえるくらいの声で。

「やめとけ」俺はナーシャの腕をつかんだ。彼女は勢いよくドアのほうをふり向いている。

「はあ、冗談じゃない」ナーシャは俺の手をふりほどこうとする。

「なあ」俺はもういっぽうの腕を彼女に回して引き寄せ、ボクシングのクリンチと抱擁の中間くらいの格好になる。「いまはあいつにかまっている暇はない」

ナーシャは俺の耳元で怒りのこもった低いうなり声をもらすと、俺の腕をふりほどき、通路をつかつかと歩きだした。

「わかった」ふり返りもせずに言う。「でも、さっきのは忘れない」

俺は閉まったドアをちらりとふり返り、やれやれと首をふると、彼女のあとからドームの中心へ向かった。

「ミッキー・バーンズ」マーシャル司令官が言う。「ナーシャ・アジャヤ。入れ。すわりたまえ。反物質爆弾はどこだ？」

俺は司令官の机から椅子を引いて腰を下ろし、後ろでドアが閉まる。ナーシャは腕組みをして、壁にもたれている。

「ただいま戻りました、司令官」俺は言う。「前置きもなしですか？」

マーシャルはパンと手を叩き、机に身を乗り出してくる。

「そのとおり。前置きはいらん。このコロニーが来たるべき冬を生きのびられるか否か、報告してもらおう。回りくどい前置きに興味はない」

「わかりました」と俺。「では、司令官、いい知らせと悪い知らせがあります」

「バーンズ」マーシャルは歯を食いしばって言う。「これは冗談ではない」

「はい、司令官。おっしゃるとおりです。謝ります」

「爆弾はありません」ナーシャが言った。

マーシャルの目がさっと彼女へ動き、俺に戻る。「爆弾がないだと」

「はい、司令官」俺は答える。「俺たちは爆弾を持っていません。これが悪い知らせです」

「それで？」

「と言いますと、司令官？」

マーシャルは目を閉じ、大きく息を吸いこんで、吐きだす。

「いい知らせは」と、また目を開ける。「いい知らせを教えてくれないか」

「ああ。はいはい。いい知らせは、爆弾のありかはわかっていることです」

「わかっているのか」

「はい、司令官。わかっています」

「ならば、なぜまだここにいるのか説明してくれ」

「装備が必要なんです」ナーシャが答える。「人員も、飛行機も必要です」

マーシャルの視線は俺から動かない。

「バーンズ、ぜひとも説明してくれ。明確かつ正確に、あの爆弾になにがあったのか話してくれ。さもないと、神に誓って、おまえたち二人とも始末してやる」

俺はさっとナーシャを見て、〝黙ってろ〟と目顔で伝える。彼女は肩をすくめ、まっすぐ前方を見つめる。俺はマーシャルに目を戻した。

「あの、司令官、ご存じのとおり、エイトが死んで以降、あいつの運んでいた爆弾はムカデたちが持っていました」

「わかっている」とマーシャル。「思い出してくれ、それこそが、おまえが修復することになっていた状況だろうが」

「はい、司令官。司令官の指示で、俺は昨日、ナーシャとムカデの巣へ爆弾を取り返しに行きました。だが、ムカデたちはもう爆弾を持っていないことがわかったんです」

「持っていないだと」

「はい、司令官。どうやら、取り引きでわたしちまったようなんです」

「取り引きなんかじゃないわ」ナーシャが口をはさむ。「彼らは爆弾をあげちゃったんです。べつの群れが、もっと強いムカデの群れが、ここから南のどこかにいるんです。わたしたちが会ったムカデの群れは、あの爆弾を貢物としてそっちの群れにあげてしまったんです。だから、もっと人員が必要なんです、装備も必要です。わたしたちは南の群れまで、爆弾を取り返しに行ってきます」

マーシャルは椅子の背にもたれ、ナーシャのほうを向く。

「そこへ向かう目的は外交活動かね、それとも襲撃か？」

ナーシャは肩をすくめる。「前者のつもりで行くけれど、後者の準備もしておきます」

マーシャルはにやりとする。「よし。じつに正しい姿勢だ。きみの考え方は気に入ったよ、アジャヤ」

「そういうわけで、装備と兵士と飛行機を使わせてください」

「うむ、武器と警備セクションの人間は用意できる。しかし、飛行機は？　だめだ。航空機は重力発生装置をはずし、燃料を一次配電網に戻してある。きみたちには探査車を用意しよう」

ナーシャは天井をあおいだ。「探査車？　本気ですか？」

「気に入らないのなら」とマーシャル。「歩いていくか？」

「探査車で結構です」俺は答える。これ以上ナーシャが余計なことを言ったら、俺たちは足首に重りをつけて這っていくはめになりかねない。

「よろしい」マーシャルは言う。「では、人員は何人必要になりそうかね？」

「十人です」俺が答えるより早く、ナーシャが言う。「どう考えても、警備兵全員が必要です。それから、全員に戦闘服と線形加速器が必要です。それと弾薬一式」

マーシャルは声を上げて笑ったが、おもしろがっているようすはなかった。「十人？　警備兵全員？　残りの将校十二名はほんとに必要ないかね？　確かに、ここでコロニーを守る人間などいらないからね」

「あの——」ナーシャは言いかけたが、マーシャルは片手をふって制した。

「だめだ。もってのほかだ。われわれはここで襲撃をしかける立場にはない、アジャヤ。まずは外交だ。それがうまくいかなかった場合、武力で取り返すのに必要なチームを用意するが、その後は必要不可欠な資源をもう少し厳しく守る必要がでてくる」

「わかりました」とナーシャ。「警備セクションの人間を六人ください。あとは、ほかのセクションからかき集めます。ベルト・ゴメスは武器の扱い方を知っています。ほかにも五、六人、見つかるはずです」

マーシャルは首をふる。「これは交渉ではないし、きみがこの任務のためにコロニーの人間を集めることにも関心はない。くれぐれも忘れないでくれ、われわれが抱えている電力供給の問題は、コロニーの誰もが知っていることではないし、そうなっては困る。さっき言ったように、わたしがふさわしいチームを用意する。詳細はアムンセンと考えておくから、きみたちはシャワーを浴び、食事と休憩を取りたまえ。明日08時00分(マルハチマルマル)に、メインロックに集合だ」

俺はナーシャに目をやる。彼女は明らかに不満げだ。俺があごをしゃくって行けとうながすと、彼女は抗議しようと口を開け、険しい目をしたが、また口を閉じてうなずいた。

「ありがとうございます、司令官」俺は言った。「ご助力に感謝します」

「うむ、もちろんそうだろうとも」とマーシャル。「さあ、行け。明日はきみたちを見送ってやろう」

「ほんっと、いやなやつ」

ナーシャはサツマイモのでかい塊をフォークで突き刺し、口に運んで、咀嚼する。普段の俺なら、彼女の夕食をねたむところだ。だが今夜は、この先配給カードを使う必要はなくなるだろうという予感があった。そこで最後に、豪勢にウサギの脚を選んだ。この脚が、俺の気に入っていたウサギのものじゃないといいんだが。

「まあ、マシなほうだろう」俺は言った。「探査車は使えるんだし」

ナーシャはサツマイモの塊をもうひとつ刺したが、勢いあまってイモはばらばらになった。

「どれくらい遠くへ行くことになるのかしら？　なにか心当たりはある？」

俺は肩をすくめる。「きみも一緒にムカデの巣にいたじゃないか。俺だって、きみが聞いたことしか知らない」

「彼らの言う〝南の友人たち〟は、ひょっとすると赤道を越えた南半球にいる可能性もあるってことよね」

「ああ」と俺。「あるいは、隣の丘の向こうにいる可能性もある。ムカデが飛行するとは思えないし、〝南の友人たち〟がスピーカーの群れに俺たちのことでお悔やみを言ってくるくらい近くにいるらしいことを考えると、すぐそこにいる可能性のほうが近いんじゃないか」

「かもね」とナーシャ。「だとしても、そこまで行くだけの燃料が手に入らなきゃ、どうにもならない」

俺はため息をつく。「ああ、確かに。だがきみは、司令官が警備セクションの人間を全員使わせてくれるなんて、本気で期待していたわけじゃないだろ？」

ナーシャは天井をあおぐ。「期待しちゃ悪い？　だって実際、警備兵はいまここでなにをしてる？　ろくに仕事もしないで、メインロックのすぐ外をぶらついてるだけじゃない？」

「いまは、たいして重要な部署じゃないかもしれない。だが俺たちがあの爆弾を取り返せなかったら、警備セクションはかなり重要になると思わないか？　飢えた人々は機嫌が悪くなるし、彼らをいつか死ぬまで行儀よく働かせる人間が必要になるだろう」

「うわ。気の滅入る予測ね」

「まあな――マーシャルはそんなふうに考えていないといいんだが」

ナーシャは険しい目になり、食事の残りをかき集める。

「とにかく」俺は言う。「警備兵が二人だろうと十二人だろうと、たいして変わらないんじゃないか？　もしムカデが爆弾をわたそうとしなかったら、俺たちが爆弾を取り返せる確率はどれくらいだ？」

「わからないけど、警備兵が二人より十二人いるほうが確率は上がるでしょ」

俺はため息をつき、肉をきれいに食いつくした最後の骨をトレイに放り、トレイを横に押しやった。「聞いてくれ、昨日、二年前にムカデの巣で見たものの話をしただろ。地下の迷宮には何千匹ものムカデがいる。〝南の友人たち〟はスピーカーの群れより強いらしいってことは、数ももっと多いに違いない。十二人の警備兵が線形加速器で一秒につき一発攻撃したところで、ムカデにたかられて引き裂かれちまう前に何匹始末できると思う？しかも、俺たちは地下五百メートルくらいのところで、帰り道がわからなくなってる可能性だってあるんだぞ」

「それはないと思う」ナーシャは言う。「襲撃するとわかっていれば、わたしたちは地下に入ってからトレーサーを落としていくもの。出口までの道を見つけるのに困ることはないわ」

「本当かよ？　昨日はそんなことしなかったじゃないか」

にっこりほほえむナーシャ。「昨日ドームを出発したときは、どこへ行くのか、あなたがちゃんとわかってると思ってたんだもの。もし、あんなにわかってないと知っていたら、わたしはちゃんとトレーサーを持っていったわ」

俺はため息をつく。「そうか。じゃあ、出口は見つけられそうだな。それでも、本来の問題は解決しない。一万匹もの怒りくるったムカデの群れを突っ切って、出口までたどり着けるかって問題だ」

「地下トンネルはせまい。ムカデたちはいっぺんに襲いかかってくることはできないわ。運がよければ、なんとか戦いながら退却できるかも」

「開けた地上に出るまではな。地上に出れば、俺たちは完全に包囲されちまう」

ナーシャは肩をすくめる。「そのときまでには、ムカデたちがもう行かせてやろうと思うくらい、たくさん殺しておけるといいわね」

「いやいや、そんな事態にならないことを祈ろうじゃないか。理想は、爆弾をなにかと交換してもらうことだろう。相手は、あれがなにかわかってない。あれでなにをすればいいのか知らないんだ。だが、金属がなにかは知っている。もし〝南の友人たち〟もスピーカーの同類なら、金属を貴重なものと考えているはずだ」

「それは、わたしたちだって同じだわ」とナーシャ。「爆弾と交換するために大量のチタンをやろうなんて、マーシャルは言わなかったでしょ」

俺はテーブルに身を乗り出し、彼女の両手をつかんで、笑いかける。「ああ、言ってない。だが、探査車をくれた」

ナーシャはたっぷり五秒間、俺をまじまじと見つめた。「探査車」

「そうさ。四千キログラムの動く交換品だよ」

ナーシャは両手を引っこめ、首をふる。「探査車をわたすわけにはいかないってば、ミッキー」

俺はテーブルを押して立ち上がり、トレイを持つ。「第一の選択肢ってわけじゃない――だが最悪の場合は、うん、探査車を引きわたす」

「それに、とても歩いていけるような距離じゃなかったら？　どうやってドームまで帰るつもり？」

俺はナーシャのトレイを手に取り、また彼女に笑いかける。ただし、今度の笑顔は少しユーモアが少ない。「おいおい、ナーシャ。時間さえあれば、どこだって歩ける距離だよ」

部屋に戻ったものの、俺たちはあまり眠らなかった。口には出さないが、二人とも、べッドを共にするのはこれが最後かもしれないと強く感じていると思う。ことがすんでも、ナーシャは俺から体を離さない。俺の脚に脚をからめ、俺の胸に体重をかけている。俺はうとうとしはじめたとき、彼女が俺の体を通過して滑り落ちていく姿が見えた気がした。彼女の指が、俺の皮膚と筋肉と肋骨を通過して、心臓をやさしく包む感じがする。俺は目を閉じ、彼女の匂いを吸いこんで、朝を待った。

「ジェイミー？」俺は声をかけた。「いったい、こんなところでなにしてるんだ？」ジェイミーは循環式呼吸装置（リブリーザー）のストラップを調整していた手元から顔を上げる。俺に会っても特にうれしそうには見えないが、それはこっちも同じだ。「知らないよ」ジェイミーは答える。「これはきみの考えたことだろ？」

俺はさっと待機室を見回す。反対側では、キャットがロッカーから線形加速器の弾丸を何箱も引っぱり出していて、ルーカス・モローがバックパックの前ポケットにプロテイン・バーを詰めこんでいる。警備兵を二人しか出してもらえないなら、この二人がいい。というわけで、これはいいニュースだろう。

「わたし、なにか聞き逃したのかしら？」ナーシャが訊ねた。「ウサギを連れていくんだっけ？」

ジェイミーの顔がゆがむ。「うるさい、ナーシャ・アジャヤ。ぼくがここでやってるのは、ウサギの世話だけじゃない」

「あ、そう」とナーシャ。「じゃあ、教えてくれる？ だって、この星に着陸して以来、ウサギの世話をするところしか見たことないんだもの。あなたがこのコロニー建設ミッションに参加できることになった資格は、なんなの？」

「ええと」とジェイミー。「まず、ぼくはミズガルズからここまでの旅を生きのびた、探査車操縦資格を持つ唯一の人間だ。だけど、歩くほうがいいって言うんなら、ぼくは喜んでベッドに戻るよ。戻っていいんなら、そう言ってくれ」

「いや、だめだ」俺は割って入り、ナーシャをさっとにらむ。「戻っていいわけがない。きみにはぜひ一緒に来てもらいたい、ジェイミー。志願してくれて、ありがとう」

ジェイミーはまったくおもしろくなさそうに、大声で笑う。「志願だって？ まあ、そうなるか」

「あたしは志願したわよ」部屋の反対側からキャットが言う。

「俺はしてねえ」とルーカス。「コイントスで負けたんだ」

俺の後ろでドアがするりと開き、ベルトが入ってくる。すでに荷物でぱんぱんのバックパックを背負っている。

「おはよう」ナーシャが声をかける。「それ、なにが入ってるの？」

にやりとするベルト。「知らないほうがいいんじゃないか？」

「超軽量飛行機だ」俺は言う。「ハンググライダーみたいなものだが、ベルトが骨組みに一種のモーターを取り付けた。こいつの新しいお気に入りのおもちゃさ」

ベルトは肩をすぼめてリュックを下ろし、ベンチに放る。「先に言うなよ、ミッキー」

「そんなもの、持ってこないで」ナーシャが言った。

ベルトは彼女を見上げ、混乱と苛立ちの中間の表情になる。「なんだって？」

「この遠征に、ポータブル超軽量飛行機は持っていけないってこと。それを持っていきたい理由はひとつでしょ。まずい状況になったら、みんなを見捨てて自分だけ逃げられるから。そんなの、わたしは認めない」

「第一に」ベルトは反論する。「ふざけんなよ、ナーシャ。第二に、こいつには、きみを見捨てて逃げる以外に百万とおりの役に立つ使い途（みち）がある」

「あっそ」ナーシャは腕組みをする。「例えば？」

ベルトは人さし指を立てる。「ひとつは、空からの偵察」

「どうしてそんなことが必要なのかわからないけど、まあ、いいわ。ふたつ目は？」

ベルトは指を二本立て、口を開けたところでためらい、また閉じた。「ええと」やっとつづける。「なんだ、それだけかな、実際のところ。けど、かまわないだろ。こいつは持っていく」

まだなにか言いたげなナーシャを見て、俺は二人のあいだに割って入った。「まあまあ、探査車にはそれくらいのスペースはあるし、これが役に立つこともあるかもしれない。持っていかせてやろう、な？」

ナーシャがちらりと俺に向けた顔には、こう書いてある――あとで後悔することになるわよ。ところがそこで、彼女はあきらめたように首をふった。「わかったわ。でも、もしベルトがみんなを置いて逃げようとしたら、射撃練習の的にしてやるから。バーナーが超軽量飛行機に命中したところを眺めるのは、楽しいでしょうね」ベルトは怒りの目で彼女を見上げるが、なにも言わない。

「どうやら」とジェイミー。「この遠征は手堅いスタートを切ったみたいだね。なぜ司令官がきみを隊長に選んだのか、わかったよ」

俺が〝黙れ〟よりマシな返事を考えているとき、待機室の奥のドアが開いて、ヒエロニムス・マーシャル司令官が入ってきた。マーシャルはもともとけっして機嫌のいいタイプじゃないが、今朝の表情はいつもより険しい。

「さて」司令官は言った。「全員、そろったようだな」

「えっ？」ナーシャが訊ねる。「これが遠征チームですか？」

「これが遠征チームだとも。なにか問題でも？」

「もちろん、これが遠征チームだよ」とジェイミー。「ぼくらは使い捨て人間さ」

マーシャルはジェイミーのほうを向く。「このコロニーには、もうエクスペンダブルはいない、ミスター・ハリスン。その件に関しては、ミスター・バーンズに感謝するといい」

「いいえ」とジェイミー。「かつてのミッキー・バーンズみたいな存在のことを言いたかったんじゃないんです。そうじゃなくて、ぼくらは、このバカげた遠征が失敗に終わって全員死ぬことになったとしても、司令官が困らないと考えているメンバーだってことです。ぼくはウサギの世話係でしょう？ ぼくの身になにが起ころうと、誰も気にしやしません。ミッキーにいたっては、それ以下です。ウサギの世話係の助手なんですから。ナーシャ・アジャヤとベルト・ゴメスは、無期限飛行禁止中だからまったく仕事がありません」

「俺には仕事があるぞ」ルーカスが言う。「キャットもだ」

「おい、ジェイミー――」ベルトが口を開いたが、つづきを言えないうちに司令官にさえぎられた。

「いいかげんにしろ！ これだけははっきりさせておこう、ミスター・ハリスン――**この**

コロニーに、エクスペンダブルは存在しない。航行中の衝突事故による死者と二年前の死者の数により、われわれの人口はコロニーを存続させられる限界に、警戒すべき水準まで近づいている。一人も失う余裕はない。しかも、この遠征任務の成功は、われわれが生きのびるために絶対欠かせないものだ。きみたち六名が選ばれたのは――わたしとミスター・アムンセンの両方の判断にかなったのは――きみたちがもっとも成功する確率が高いと思われるからだ。これでわかったかね？」

ジェイミーはなにか言いたそうだが、結局、黙っていたほうがいいと考えたのか、うなずいた。

「よろしい」とマーシャル。「ほかの者もわかったかね？」

「はい、司令官」ぼそっと答える俺たちの声は、だいたいそろっていた。

「そうであってほしいものだ。ところで。ここの危機について完全に理解しているのは、きみたちのなかでバーンズとアジャヤだけだが、探査車に乗りこんで五分もすれば、もう全員に伝わっているだろう。というわけで、叱咤激励できみたちの時間を無駄にするのはやめておく。餞（はなむけ）の言葉はこれで充分だろう、よく言われるように――失敗という選択肢はない」そこで言葉を切り、さっと室内を見回す。「質問は？」

どういうわけか、誰もが俺のほうを向く。

「ありません、司令官」俺は答えた。「質問はありません」

「じつに結構。幸運を祈る、バーンズ。頼むから、この任務はしくじらないでくれ」

012

メインロックの外で待っていた探査車は、巨大ムカデに太いタイヤ六本と砲塔を取り付けたようにしか見えない代物だった。タイヤには深い溝が刻まれ、砲塔は屋根に設置されている。

「いいじゃない」とナーシャ。「ドアはあるの？」

ジェイミーが車体をノックすると、一瞬置いて、車体後部でハッチが勢いよく開き、ドアがキャビンへつづく階段に変わった。ナーシャはふり向いてジェイミーを見る。

「キーは？」

「ないよ。ぼくのオキュラーがキーの役目を果たしてるんだ」

「じゃあ、もしあなたが食べられちゃったら、どうなるの？」

ジェイミーは肩をすくめる。「きみたちのなかに、自分の脳に探査車の操縦システムをダウンロードできるだけのスペースを空けてもいいという人物がいないかぎり、歩いて帰ることになるね」そして階段を三段のぼると、ひょいと頭を下げてハッチからなかに入った。「というわけだから、ぼくがムカデに食われたりしないように気をつけたほうがいいと思うよ」

「で」ナーシャが口を開いた。「みんなには、あなたから話す？　それとも、わたし？」

「話ってなに？」ジェイミーがコックピットから訊ねる。

俺はため息をつく。「この丘のてっぺんを過ぎたところで、止まってもらいたい」

「ほんとに？」キャットが自分の循環式呼吸装置（リブリーザー）に手を伸ばす。「もう、目的地に着くの？」

「そういうわけじゃない。ちょっと客を拾うだけだ」

「ムカデのお客さんよ」ナーシャが説明する。「ムカデを一匹、乗せていくの」

ルーカスが身を乗り出し、ふり返ってナーシャの顔をのぞく。「なんだって？」

「ムカデを乗せていくの」ナーシャはくり返した。「そのムカデは一種の……連絡役っていうのかしら？　ムカデたちがわたしたちのために都合をつけてくれたんだから、あんまりひどい態度は取らないでよ」

「へえ」とルーカス。「で、具体的にどこに、そいつを乗せるつもりだ？」

「あなたの膝の上で丸くなっていてもらうわ」ナーシャは答える。「ムカデと同乗するのは決定事項なの、ルーカス。あきらめて、受け入れなさい」

そろそろ通信可能な距離にいるはずだ。俺は瞬きして、視界にチャット・ウィンドウを開く。

ミッキー7：スピーカー？　まだ、このあたりにいるか？

ミッキー7：もしもーし？

ミッキー7：出発の準備ができたぞ。頼む、応答してくれ。

スピーカー1：よう、ミッキー。

スピーカー1：どこだ？　ここで待っているのは、最悪だった。

ミッキー7：いま、おまえのすぐそばにいるはずだ。

スピーカー1：でかい金属の塊がこっちに向かってくる。警戒したほうがいいか？

ミッキー7：いいや。それは俺たちだ。俺がすぐ出ていく。

「ジェイミー」俺は声をかける。「ここで止めてくれ」

探査車は速度を落とし、やがてそっと停止した。俺はリブリーザーをつけて立ち上がる。

乗員室は長さ六メートルくらいの筒状で、両側の壁ぞいにベンチ、その上に収納スペースがあり、中央だけは立っても頭をぶつけない程度の空間がある。ちゃんとしたエアロックはないが、後部にトラップドアがあり、ハッチのすぐ手前で車内の空気を逃さないようにしてある。俺は後部へ移動し、背後でトラップドアが閉まるのを待ってから、〈EXIT〉ボタンを押す。ハッチが開くと、俺は探査車から出て、膝まであるシダの茂る丘のてっぺんに下りた。

ミッキー7：どこにいる?

斜面の十メートルほど下で土が吹っ飛び、穴からスピーカーの頭がひょっこり現れた。

「よう。戻ってきてくれて、ありがとよ。そいつは武器か?」

俺はふり返った。探査車の屋根で砲塔が作動している。見ていると、砲塔はスピーカーのいる方向へ回転し、先端の集束クリスタルが単調な黒から熱のこもった鈍い赤に変わっていく。

「おい!」俺は頭上で両手をふりながら、スピーカーと探査車のあいだに入る。「攻撃するんじゃない!」

砲塔の真下から、ジェイミーの声が飛んでくる。「どけ、ミッキー！　きみが拾ってい
くと言ったのは、ムカデだろ。その化物はなんだ？」
確かに。ジェイミーたちはいままで、小さいタイプのムカデしか見たことがないのだ。
これは、もう少しはっきりさせておくべきだろう。「俺たちはこいつを迎えに来たんだ、
ジェイミー。攻撃態勢を解け」
「いやだ。冗談じゃない、ミッキー。そいつのでかさときたら――痛っ！　なんだよ、ナ
ーシャ？」
ナーシャの返事は聞こえないが、少し遅れて砲塔が回転し、元の位置に戻った。
「上等じゃないか」ジェイミーが言う。「かまわないよ。そいつを乗せたいなら、乗せろ
よ。ぼくはコックピットを封鎖するから」
「来いよ」俺が声をかけると、スピーカーは地面から完全に這い出した。「おまえを新し
い仲間に紹介させてくれ」
「これに足をのせてもいいか？」ベルトが訊く。
「だめだ」俺は答える。「〝彼〟に足をのせるんじゃない、バカ」
とは言ったものの、正直、ベルトがそうしたがる理由はわかる。スピーカーの体は乗員

室の中央のほとんどを占めており、長身のベルトはいま、抱えた膝に噛みつくような姿勢になっているのだ。

「チェン」ベルトはキャット・チェンに声をかけた。「場所を代わってくれないか？」

キャットとルーカスは後ろのハッチのそばにすわっていて、そこなら膝を抱えこまなくてもいいだけのスペースがある。キャットはタブレットから目も上げず、ベルトに中指を立てて見せた。ベルトは彼女を怒りの目でにらんでから、俺の方を向く。「こいつは、こないだ丘の上で見たやつだよな？」

俺はうなずく。「スピーカーはしばらく、ドームを監視していたらしい」

「そのとおり」スピーカーが言う。「接触する機会を待っていたんだ」

ベルトが返事をしかけたが、キャットのくすくす笑いにさえぎられた。ベルトは彼女のほうを向く。「なにかおもしろいか？」

「ええ。このムカデのしゃべり方、あなたにそっくり」とキャット。

ベルトが眉根を寄せる。「そんなわけあるか」

「実際のところ、そんなわけあるんだよな」とスピーカー。「ベルトの話し方を、設計パラメータのひとつにしてるんだ」

ベルトがこっちを見る。俺は肩をすくめた。

「いいや」とベルト。「俺はそんな話し方じゃねえ」

「そんな話し方だよ」ルーカスが言う。「目を閉じたら、どっちがしゃべってるのか区別がつかない」

ベルトは口を開け、ためらってから、また閉じる。

「そんなに悪いもんでもないさ」と俺。「おまえの声へのオマージュだと思えばいい」

ベルトは悪態をつきそうなようすだったが、そのうち首をふってこう言った。「どうでもいい。とにかく、ムカデと一緒に移動するってことを、おまえが前もって警告してくれていたらよかったって話だ、ミッキー。ほかにも、俺たちが知らされてないサプライズがあるのか？」

「いいや」と俺。「とりあえず俺が気づいていることは、ほかにない。だが、スピーカーは俺たちが向かっている場所のことを、あんまり話してくれないんだ」

「南さ」スピーカーが言った。「俺たちは南へ向かう」

「南じゃ、範囲が広すぎるよ」ジェイミーが封鎖したコックピットから、インカムを通して口を出す。「もっとくわしく指定できないのかい？」

「できねえ」とスピーカー。

その言葉に、車内が十秒間静まりかえる。

「ミッキー？」ようやくジェイミーの声がした。「きみは、もっとくわしく指示できるよね？」

「南へ向かってくれ。行けばわかるだろう」

この時点では、北半球全体についてまずまずの測量図ができあがっていたから、俺たちはべつに未知の土地を進んでいるわけじゃなかった。ドームの南の地域は、たちまち険しい尾根の連なりになる。その幅は約百キロで、尾根のあいだを氷河が削った深い谷が何本も走っている。とくに深い谷のなかには、まだ氷が詰まっているものもある。そういう谷は避けたいものだ。暖かい季節に入って二年がたち、地表を流れる水に浸食されて、相当不安定になっているだろう。もしそんな地面のどこかが崩れて探査車がはまりこみでもしたら、長い距離を歩いて帰るはめになる。

ずっと先では、しばらく平地が広がった向こうに山脈がそびえている。いちばん高いところは、一万五千メートル近い。俺たちの目指す場所がそれより先でないといいのだが。なにしろ、この乗り物であの山脈を越えられるわけがない。

物資は二週間分用意してきた。それだけあれば、麓の丘まで行って帰ってくるには充分な余裕がある。もし足りなければ、考え直す必要が出てくるだろう。

「ねえ、スピーカー」キャットがタブレットから顔を上げずに言う。「ちょっと訊きたいんだけど、二年前にあんたたちがさらった人たちのこと、最終的にどうしたの？」

スピーカーは頭を少し上げ、体を半分ひねって乗員室の後方へ向ける。

「その件は、ミッキーとザ・ナーシャとすでに話し合った。もういっぺん話す気はないね」

ベルトがにやりと笑う。「ミッキー&ザ・ナーシャ？　おまえら、二人でバンドでも始めるのか？」

キャットがベルトに仏頂面を向けてから、スピーカーに向き直る。「へえ、そう。あんたたちが冬にさらっていった人のなかには、あたしと同室の子もいたし、もう一人友だちもいた。その人たちがどうなったのか、すごく知りたいの。だから、あたしとしては、あんたにもういっぺん話してもらいたい」

「殺したんだってば」ナーシャが言う。「それ以上、話すことはないでしょ？」

「そのとおりさ」とスピーカー。「けど、誤解のないように言っておくと、そんなつもりはなかった。俺たちは〈補助者〉を交換したかっただけだ」

キャットの顔がゆがむ。「ホジョシャの交換？　いったい、どういう意味？」

「こみいった話なんだけど」ナーシャが答える。「彼らには個人という概念があまりないの」

「それは違うな」とスピーカー。「あれは誤解だった。いまは、自分たちの間違いを理解している」

「あれは無理もないことだった」俺は言う。「ムカデたちは集団思考の持ち主なんだ」

スピーカーは俺を否定する。「それも違う」

「俺たちはそう理解している。そっちの〈補助者〉は、個々に知性を持っているわけじゃない」

スピーカーは大あごをカチカチ鳴らす。「違う。違う。俺には知性がないってのか？」

「いや、おまえにはあると思ってるさ——だが、おまえは〈補助者〉じゃない」

ムカデの頭から尻尾まで、さざ波が走る。「俺は〈補助者〉だ。わかりきったことじゃないか。俺たちが〈最高〉を同行させるほど、おまえらを信用するとでも思ってるのか？」

「じゃあ、もっと小さいタイプは」俺は訊ねる。「俺たちが破壊したタイプ……あの小さいムカデに知性はあるのか？」

「いや」とスピーカー。「あるわけないだろ」

るの」

「話をそらさないで」キャットが言った。「あたしの友だちになにをしたのかって訊いて
「そらしちゃいない」とスピーカー。「明確にしてやってるんだ」

ナーシャがブーツでスピーカーをつつく。「質問に答えてあげて」

スピーカーはナーシャのほうに体をひねり、一本の前脚をふって曖昧なジェスチャーをしてから、キャットに向き直った。「分解した。もっと有益な新機軸を見つけて取り入れられないかと思ったんだ。俺たちが捕まえた最初のミッキーを分解したときみたいに。けど、あいにく、どれも回収のときにひどく損傷しちまってた。それでも、おまえたちの生態に関することをいくらか学ぶことはできた。おまえたちの基本形態二種の実例を両方とも見られたのは、とくに役に立った。俺たちには体の機能にそこまでの違いはないから、こいつは興味深い発見だった」数秒の沈黙のあと、ムカデはつづけた。「わかってくれ——俺たちにとっちゃ、二体の知らない〈最高〉どうしがそういう交流をするのは、普通のことなんだ。〈補助者〉の交換は、出会いが友好的なら、たがいに自発的におこなわれる。友好的じゃなけりゃ、強制的に、ときには一方だけが差し出すこともあるが、いずれにしろ必ずやることだ」

「へえ」とナーシャ。「必ず？」

「そうだ。多かれ少なかれ」

ナーシャは身を乗り出して、膝の上に両肘をつく。「〝南の友人たち〟だっけ――彼らも同じ考えなのかしら？」

ふたたび、スピーカーの全身にさざ波が走る。「もちろん。だから、おまえたちは仲間をこんなにたくさん連れてきたんじゃないのか？」

それから長いあいだ、俺たちは黙りこんだ。


「退屈だ」ルーカスが言った。

キャットは顔を上げずに首をふる。「当たり前じゃない。なんで、タブレットを持ってこなかったのよ？」

「刺激的な任務だと思ってたんだよ。まさか、ベンチにすわって、ひたすら壁を見つめることになるとは思わなかった」ルーカスはすわったまま居心地悪そうにもぞもぞしてから、首を後ろに反らして、またため息をつく。「誰か、話でも聞かせてくれよ」

「お話が聞きたいの？」とナーシャ。「あなた、いくつよ？　四歳？」

「俺が話をしてやろう」スピーカーが言った。

ルーカスがぷっと噴きだす。「おまえには話しかけちゃいねえよ、虫けら」

「俺の名前は虫けらじゃない。俺のことは、スピーカーと呼んでくれ」

「どうでもいい。俺が言いたいのは、おまえの話なんか聞きたくねえってことだ」

ナーシャがにやりとした。「どうかしら、ルーカス。わたしはちょっと興味があるんだけど」

「そう来なくっちゃ」とスピーカー。「俺の話はおもしろいぞ」

ルーカスはナーシャとムカデを代わるがわる見ていたが、やがて目を閉じ、ベンチの上でさらに少しうつむいた。

「いいだろう」スピーカーは話しはじめた。「わかった。つまんねえ話すんなよ」

「この話の始まりは、百七十日前。二日つづいた雨のあと、晴れた空には熱い太陽が浮かんでいた。やさしいそよ風が吹きわたるシダの野原には、百万匹ものちっちゃなハンターがたかっていた。ちょうど正午を過ぎた頃、ベルトはチャット・ウィンドウを開いてミッキーと通信を始めた。最初は一緒にランチをとらないかという話だったが、話題はすぐにミッキー&ザ・ナーシャの関係に移った。どうやら、二人の性的――」

「ちょっと!」ナーシャがさえぎり、俺は両手で頭を抱え、あとのメンバーはげらげら笑いだす。

「すまない」とスピーカー。「俺、なんかおかしなこと言ったか?」

「いいえ」キャットがくすくす笑いながら答える。「ぜんぜん。あたしは個人的に、さっきの話のつづきを聞きたくてたまらない――でもたぶん、ほかのみんなは、あ、い、か、あんた自身の話を期待してたと思う」

「えっ、なんでまた？　俺の人生なんて、短くて退屈なもんだぞ。おまえたちには、ミッキー&ザ・ナーシャの親密な関係のほうがずっとおもしろいって」

「じゃあ――」キャットが口を開いたが、ナーシャにさえぎられた。

「そんなことない。誰も、そんな話聞きたくないってば」ナーシャが俺に向けた顔には、はっきりとこう書いてある――ベルトとあんな話をしたこと、たっぷり後悔させてやるから。そして彼女はスピーカーに向き直った。「キャットの言うとおりよ。わたしたちは、あなたの話を聞きたいの。べつに、あなた自身のことじゃなくてもいいけど、あなたの種族の話を。創造神話かなにか、あるんじゃない？　神さまとか精霊とか、そんな話？　そういう話はきまって楽しいものだわ」

「ソーゾーシンワ？」とスピーカー。「俺はその言葉を理解していないと思う」

「ほら」とキャット。「こういうの、あんたたちはどこから来たのかとか」

スピーカーは体をひねってキャットのほうを向く。「えっ、それははっきりしてると思っていた。俺たちの出身はここだ。ほかにはどこにも行ったことはない。ほかの場所からここに来たのは、おまえたちのほうだろ。実際のところ、そっちがどこから来たのかって話をしてくれたほうが、ずっと役に立つんだが。その件についちゃ、俺たちの考えはまだ推測の域を出ていない」

「それは興味深い問題ね」とナーシャ。「どんな推測をしてるの？」

スピーカーはためらう。「話したくない」

「虫けらは情報を漏らしたくないのさ」ルーカスが目を開けずに言う。「俺たちからできるだけたくさんの情報を集めようとしているが、自分の情報は最低限しか出したくない。俺がそいつの立場だったら、まさにそうする。だからって、イライラは少しも減らねえけどな」

「もういっぺん言うが」とスピーカー。「俺の名前は虫けらじゃねえ」

「それはニックネームだよ。親しみをこめた呼び方さ」とルーカス。

「じゃあ、取り引きしない？」ナーシャが提案する。「ひとつお話をしてくれたら、こっちもひとつお話をしてあげる」

「うん」とスピーカー。「それなら公平だろう。そっちから始めるか？」

ナーシャがこっちを向いて、いっぽうの眉を上げる。

「いやだね」俺は答える。「きみの言いだしたことだ」

ナーシャはため息をついた。「OK。じゃあ、話してあげる。ここにいる人たちのこと？　彼らはみんな、ミズガルズから来たの。わたしも、と言っていいと思うんだけど、わたしの両親はべつの場所の出身。ニュー・ホープっていうのよ。素敵な響きでしょ？希望に満ちてる。でも、実際はそうじゃなかった。わたしはニュー・ホープに行ったことはないけれど、両親がいろいろ話してくれたわ。そこはここほどひどくはなかった――気を悪くしないでね――でも、近いものがあった。呼吸には二酸化炭素フィルターが必要だし、毎日ほぼずっと雨が降っていて、先住生物がいた――たぶん、あなたたちほど不気味じゃなかったでしょうけれど、充分危険だった。

ともあれ、ニュー・ホープに着陸すると、人々はそこで生きていく努力をした。なぜって、わたしたちと同じで、そうする以外に選択肢がなかったから。彼らは作物を植え、コロニーを建設し、赤ん坊を育てはじめた。しばらくは順調だった。若い世代――わたしの両親みたいに試験管ベビーとして生まれた人たち――の一部が、そこの先住生物の一種に知性があるらしいということを発見するまでは。問題は、その先住生物というのが、ニュー・ホープで人間が食用にできる唯一の生き物であり、コロニーは着陸した日からほぼずっと、その生き物を捕らえて食肉にしてきたことだった。

当時、わたしの父は十九歳だった。父は解放グループに参加し、記事を書いてはコロニーのニュース・フィードに流しはじめたの。そうやって、古い考え方の人たちに、その先住生物に敬意を払う必要があるってことを納得してもらおうとしたの。母はもっと踏みこんだ活動をしていた。母の入っていたグループは、その先住生物が収容されていた施設のひとつに攻撃をしかけたの。そこで働いてる人たちを殺すつもりはなかったと母は言っていたけれど……でも、たぶん、そこらじゅうで過ちが発生したんでしょう。その後、母の仲間の一部は当局に捕らえられ、脚をじたばたさせたまま死体の穴(サイクラー)に押しこまれた。翌日、そうして殺された人たちの一人の妹が、バーナーを持って司令官を追いかけたの。司令官は殺されはしなかったものの、相当頭にきたらしく、保安部にニュー・ホープ生まれの植民者を一人残らず拘束させようとした。その命令を実行しようとした下士官たちは待ち伏せに遭い、奪い取られた軍用バーナーで攻撃され、戦闘服のまま焼き殺された。

その後、状況は悪化したわ。暴動が終わったときには、古い考え方の人たちはいなくなっていた。勝ち目などないことに、最初から気づくべきだったのよ。どっちみち年寄りだったし、数の上でも二対一か、もっと不利な割合で負けていた。でも、コロニーのインフラ設備もほとんど破壊されてしまい、ニュー・ホープ生まれの生き残りには、知識のデータベースも再建に必要な資源もない。しかも、彼らの多くは、そもそも先住生物のいる場所に来るべきじゃなかったのだという結論に達していた。それで、彼らは周回軌道に上がり、そこにまだ浮かんでいた植民船――初代の植民者が乗ってきた宇宙船――の残骸を精一杯改修して、ニュー・ホープを捨てたの。五年後、彼らのうちの八十二人がミズガルズの周回軌道にたどりつき、それ以来、ミズガルズで惨めな生活を送ってるってわけ。おしまい」

ナーシャが話をやめると、車内は静けさに包まれた。

「わお」ようやく、キャットが口を開く。「学校で習った話とは、違うのね」

「ええ」とナーシャ。「当たり前でしょ」

「混乱してるんだが」スピーカーが言う。「そんな話で、おまえたちが善意をもって接すると俺を安心させられると思ったのか？」

ナーシャは肩をすくめた。「まあね。安心した？」

「いや、ぜんぜん」とスピーカー。

「ふざけないでよ」キャットが言う。「あの話には、人間性の最善の部分が出てこなかったじゃない、ナーシャ。もうちょっと虐殺風味の薄いお話から始めることもできたんじゃないの？」

「そうさ」とルーカス。「ゴールトの話をしてやりゃよかったんだ」

「でなきゃ、バブル戦争とか」とベルト。

「バブル戦争？」スピーカーが訊き返す。

「関係ない」俺は言った。「誰か、もう少しふさわしい話はないのか？」

「今度は虫けらの番だろ」とルーカス。「こっちがひとつ話をしたら、そっちもひとつ話をするんじゃないのか？」

「さっき出てきた場所だけど」スピーカーが言う。「ニュー・ホープとミズガルズってのは、ほかの星なのか？」

「まあね」とナーシャ。「ほかの星について、なにか知ってる？」

「たくさん知ってる。例えば、ここの太陽を周回している星は、ほかに六つある。けど、おまえたちがそのうちのどこかから来たとは思わない。六つのうち二つは、大気がなく、かなり暑いし、残りの四つは惑星というより褐色矮星に近い。おまえたちみたいな生物が、そんな星に生息できるわけがない。それから衛星もいくつかあって、なかには生物がいてもおかしくないくらいでかい星もあるが、俺たちの知るかぎり、どれも生物が生息できるような星じゃない。ほかの太陽を周回する星の存在は知らないが、まあ、存在していると考えるのが合理的だろう。たぶん、こういうことはそっちのほうが真実を知っているんじゃないか」

ムカデたちがそんなことを知っているとは、俺は思いもしなかった。後学のために記録に残しておかなくては。この話題が出たときのナーシャとの会話をまとめた記録と同じフォルダーに保存しておこう。彼女は正しかった。ムカデは原始的な生物じゃない。彼らが実際、俺たちよりはるかに進んでいると信じていいのかはまだわからないが、いずれにしろ、まったくのバカではないのは明らかだろうし、彼らを過小評価することは、おそらく俺たちが全滅する近道になるだろう。

「つまり、わたしたちがそこから来たと思ってるわけ？」ナーシャが訊ねる。「ほかの太陽を周回する星から？」

スピーカーの体にさざ波が走る。「俺たちはその可能性に気づいたんだが、大きな論争になっている。いっぽうでは、おまえたちはこの星のほかのどんな生物にも似ていないのは明らかだし、ご大層な機械を使わないとここで生きのびられないのも事実だ。つまり、おまえたちがよそから来たってことだ。それに、さっき言ったように、おまえたちの故郷がここの太陽を周回しているべつの星だという可能性は、まずない。そのいっぽうで、俺たちはこんな結論に達している。生物がいるべつの星——たとえ、いちばん近い星でも——から俺たちの星までの距離を宇宙船でやってくるのは、不可能なはずだ。とはいえ、おまえたちは確かにここにいる、だから……」言葉がとぎれ、ムカデは大あごをカチカチ鳴らした。「ふたつの星をへだてる途方もない距離の横断に必要なエネルギーの量は……」

そこで口ごもり、そのまま結構な時間がたった。俺はナーシャに目をやる。肩をすくめるナーシャ。なにか言おうと俺が口を開きかけたとき、ムカデはまた口を開いた。「思うに、おまえたちは、俺たちが考えていたよりはるかに危険な存在なのかもしれない」

「で、虫けらが話を聞かせる番じゃないのか？」

俺は目を開けた。うとうとしていて、またエイトと地下トンネルにいる夢を見ていたようだ。俺の肩を枕にしていたはずのナーシャは、もう頭を上げてすわっていて、後部にすわるルーカスに険しい目を向けている。「また、それ？」

「言っただろ、退屈だって」とルーカス。

「まったく、子どもなんだから。こんな子どもと一緒に戦いに行くことになるなんて」

「戦うわけじゃない」スピーカーが言う。「そこは、はっきりさせておいたはずだ」

「ええ、そのとおりね。まあ、そのうちわかるんじゃない？」

この時点で出発から六時間たっていて、ここ二時間は高い尾根ぞいに進んでいた。まだ残っている氷河のもっとも危険な箇所を避けるためだが、ほぼずっと、歩くよりわずかに速い速度で進んでいる。ルーカスの言うとおりだ。退屈でたまらない。

「ザ・ナーシャの話に対して、こっちもひとつ話をすることには賛成した」スピーカーが言う。「いま、話していいのか？」

「内容によるわ」とナーシャ。「今度はもう、ミッキーの通信で聞いた話じゃないわよね？」

「ああ。今度は、なぜこの星がいまみたいに暖かくなったり、おまえたちが到着したときみたいに寒くなったりするのかって話をしよう。それならいいか？」

「もちろん」ルーカスが答える。「思うぞんぶん話せ、虫けら。楽しませてくれ」

「よっしゃ」とスピーカー。「この話に出てくるのは、ここの太陽、それからこの星の軌道のすぐ外側を周回している星だ。その星はたいてい、南の空にはっきり見える。知ってるか？」

「それなら、気づいてるわ」ナーシャが言う。「巨大なガス惑星ね。十二の衛星のいくつかは、生き物が生息できるくらいの大きさがある。といっても、凍りついてるうえに放射線帯に埋もれているから、生き物はいない」

「そうなんだ」とスピーカー。「この話では、太陽のことを〝炎〟、南の空に見えるその星のことを〝氷〟と呼ぶ。いいか？」

「ひでえ名前だな」とルーカス。

スピーカーは体をひねって、彼のほうを向く。「なんだって？」

「名前のことさ。ひでえ呼び方だな。おまえら、ほんとにそんなふうに呼んでるのか？」

「いいや」スピーカーは答える。「俺たちは大気圧縮波動による意思伝達はしない。この話を俺たちの言語で聞きたいか？」

「いや、ただもっとマシな名前を選んでくれ」

「マットとジェフがいい」とベルト。

スピーカーはそっちを向く。「マットとジェフ？」

「ああ。そのほうがいい名前だ。そっちを使ってくれ」

スピーカーはルーカスに向き直る。「それでいいか？」

にやりとするルーカス。「もちろん。それならいい」

「よし。じゃあ、まず、一頭の〈最高〉がいた。それがマットだ。時がたつと、彼女は自分が孤独であることに気づき、七匹の〈補助者〉を産んで仲間を作った。その七匹が、この惑星系にある七つの星だ」

「待って」キャットが口をはさんだ。「どうして、彼女とか彼って呼ぶの？　さっき、性別はないって言わなかった？」

スピーカーは体をひねって彼女のほうを向く。「俺たちに性別はない。けど、そっちにはある、違うか？　言っとくが、この話はおまえたちのためにしているんだ。俺のためじゃない。わかったか?」

「おお。了解」とルーカス。

「よし。じゃあ、つづける。長い年月、すべてはうまくいっていた。ところが、そのうち、ジェフが——いちばんでかい〈補助者〉だ——自分の地位に不満を持ちはじめた。彼はマットと同じくらいでかいと思っていて、自分が〈最高〉になりたいと考えた」

「あなたたちは、そういうことができるの?」ナーシャが訊いた。

「そういうこと?」

「〈補助者〉が〈最高〉になることは、可能なの?」

「もちろんさ」とスピーカー。「〈最高〉がどこから現れると思ってんだ?」

ナーシャは肩をすくめる。「正直、あんまり考えたことなかった。話をつづけてくれる?」

「ああ。さっき言ったように、ジェフは〈最高〉になりたいと願っていたが、マットは許そうとしなかった。それで、ジェフは系外から自分の〈補助者〉を集め、マットとその仲間たちにぶつけたんだ——次から次に、丸一年間。もちろん、マットにはなんの影響もなかったが、彼女の〈補助者〉たちはひどい被害をこうむった。何度も攻撃され、ついには溶けた瓦礫の塊同然になっちまった。結局、マットは子どもたちをかわいそうに思い、和平交渉を申し出た――ジェフは系外から集めた〈補助者〉を支配し、マットは系内に残った三つの星の支配をつづける。

ところが、ジェフは首を縦にふろうとしない。マットの〈補助者〉のうち、いちばん外側の星――もちろん、俺たちの星のことだ――も自分のものになるべきだと主張した。この惑星系のすべての星を破壊するまで戦争をつづけるぞ、と脅した。それに対して、マットは巨大な火柱を上げて警告した。すると被害を受けたわけでもないのに、ジェフは恐れをなして妥協案を出してきた。この星を両者で分けあおう。さらなる話し合いのあと、マットは同意した――こうして、俺たちの星はいまのような状態になったんだ。マットが支配しているときは、この星は暖かくて緑がしげる。けど、ジェフの番が来ると、なにもかもが氷に覆われ、生き物は地下深くにもぐってマットの番を待たなきゃならないってわけだ」

「なるほどね」とルーカス。「おまえが〝炎〟と〝氷〟と呼びたがった理由がわかったよ。あのとき、自分の意見を押しとおしゃよかったのに」

「で、そういうことなの？」ナーシャが訊く。「あなたたちはそう信じてるわけ？」

「はあ？」とスピーカー。「まさか。そんなわけあるか。ただのお話だよ。惑星がどんなものかは知ってるし、ここの太陽の働きも理解している」

「へえ」ベルトが言う。「じゃあ、俺たちより一段上だな」

「でも、昔はあの話を信じてたんでしょ？」とナーシャ。「それが神話だもの——科学でいろんなことが解明される前の時代から伝えられてきた、古いお話」

「いいや」スピーカーは否定する。「この話は代々伝えられてきたわけじゃない。俺が今日、作ったんだ。最初の話を気に入ってもらえなかったから、代わりに作ったのさ。気に入らなかったか？」

ナーシャがなにか言おうと口を開けたちょうどそのとき、インカムからジェイミーの声が割りこんだ。

「お話の時間を邪魔して悪いけど、ここで起きていることを誰か説明してくれないか？」

乗員室とコックピットを仕切る壁に取りつけられた画面が、明るくなる。俺はしばらく方向がわからなかったが、じきに横に向けられたカメラを通した景色を見ているのだとわかった。さらに少しして、ジェイミーの言っているものが見えてきた。遠くのほう、ちょうど尾根がすとんと崖になっているあたりで、地面からなにかが出てくる。それも、たくさん。第一印象では、爆弾が消えているのがわかってナーシャと帰るとき、彼女がバーナーで退治した脚の長い生き物に似ていると思った。だが、こっちのほうが大きい。ずっとずっとでかい。

「スピーカー」俺は声をかけた。「ひょっとして、あの連中が〝南の友人たち〟か?」

スピーカーは頭を高く上げ、脅すように大あごを開く。「そんなわけあるか。〝南の友人たち〟は、俺たちにほぼそっくりの姿をしている。こいつらはたぶん……そっちの言葉でなんて言うかわからないけど……〝南の友人たち〟の関係者かな?」

「関係者?」俺は訊き返す。「味方みたいなものか?」

スピーカーの体にさざ波が走る。「いや、味方じゃない。おまえたちと俺たちは、味方どうしだ。味方ってのは対等だろ。こいつらはもっと下だ」

「家来か?」とベルト。

「それはどういう意味だ?」

「味方と奴隷を合わせたようなもんだ」

「それだ」とスピーカー。「そっちのほうが、味方や関係者より近い。こいつらは家来だ」

「こんなのがいるってことを前もって注意してくれなかったのには、理由があるわけ?」

ナーシャが訊ねた。

「前もって言わなかったのは、知らなかったからさ。〝南の友人たち〟の家来は、普通、俺たちの住みかのこんな近くまで来ることはない――これほどの数で押し寄せることは、まずない。俺たちの反応を恐れているはずなんだが、その警戒心をしのぐなにかがあるようだ。ひょっとしたら、おまえたちを待ち伏せしていたのかもしれない」

そいつはあまりいい響きじゃない。俺がそう口にしようとしたとき、ジェイミーが言った。「やつらに包囲される。この地形じゃ、いまよりあまり速くは走れない。しかも、こいつら、探査車のスピードについてくるみたいだ。轢いたり、バーナーで焼き殺したりすることはできそうだけど、スピードを上げて引き離すのは無理だと思う」

俺はスピーカーのほうを向く。「答えはわかっているが、一応訊く。こいつらは危険か?」

ムカデの全身にさざ波が走る。「俺にとって? たぶん危険じゃない。この連中はまだ俺たちの巣に敬意を払っているはずだから、俺を傷つけることはないだろう。けど、おまえたちにとっては? ああ、かなり危険だと思う」

013

「ベルト」俺は声をかける。「飛んでくれ。いますぐ」

ベルトはこっちを向いて、まじまじと俺を見る。

「なんだって？」

「聞こえただろ。おまえが持っていくと言い張ったあの超軽量飛行機を出して、組み立てて、飛ぶんだよ」

「無理だって。飛びたつには崖かなにかが必要なんだぞ、忘れたのか？」

俺は画面のほうを向く。「ジェイミー——どれくらいスピードを出せる？」

「この地形で？　せいぜい秒速二十メートルじゃないかな。それに、もし途中であの怪物たちにぶつかったら、ひっくり返るよ」

「ベルト、そのスピードで飛べるか？」

ベルトは頭を掻いている。「たぶんな。最初から駆動装置の推進力を最大にしてジャンプすれば、いけるかもしれない。とにかく、ぎりぎり飛べるだろう」

　俺はうなずく。「よし。準備して飛んでくれ」

　ベルトは循環式呼吸装置（リブリーザー）を装着し、バックパックをつかんで、乗員室の後方へ向かった。

「だから言ったでしょ」ナーシャが、通りすぎるベルトにつぶやく。

「なんだよ？」

「わたしの言ったとおりってこと。状況が悪化したとたん、あなたはそれを使ってわたしたちを見捨てていくってわかってた」

　ベルトはナーシャに食ってかかる。「バカ言ってんじゃねえ、ナーシャ。ついさっき、俺がどうやって飛びたつか話していたのを聞いただろ？　少なくとも五十パーセントの確率で、俺は頭から地面に突っこんで、画面に映ってるあいつらにばらばらにされる。しかもそのあいだ、そっちは安全な車内でのんびりすわってるんだぞ。ふざけんな」

「口論はやめろ」俺は止めた。「そんな暇はない。ベルト、行ってくれ」

「手伝いが必要だ」とベルト。「二人くらい。飛ぶ準備ができるまで、俺を支えてくれる人間がいる」

　俺は立ち上がると、ナーシャのほうを向いて手を差し出す。彼女は天井をあおいだが、俺に手を引っぱられて立ち上がった。

「はいはい、行けばいいんでしょ」

俺たちは自分のリブリーザーをつかんで、乗員室を出ていった。

「こりゃ、ひどい」ベルトはぼやきながら、最後のスパーを所定の位置に固定する。「最悪だ」

「当然でしょ」ナーシャが言う。「まだチャンスのあるうちに、急いで逃げたら？」

俺たちは探査車の屋根にしがみついている。岩だらけの尾根にそって弾みながら走る探査車は、猛烈なスピードに感じられるが、実際のところは俺が走るよりかろうじて速い程度だろう。ベルトが準備しているあいだ、俺は必死で想像しないようにしていた。ベルトが飛びたとうとして、まっすぐ地面に突っこみ、探査車に轢かれる姿を。

「そういうことを言ってるんじゃない」とベルト。「実際に飛びたてるかって話をしてるんだ。わかるか？　スピードが落ちてる。ジェイミーに車を風上に向けてもらうのは可能かな？」

「いまは、あまり風がないみたい」ナーシャは言う。「どっちが風上か、わかりにくいんじゃないかしら」

「くそっ。くそっ、くそっ、くそっ」ベルトはバックパックから布を取り出していた。それを骨組みに広げているとき、横からの突風にあおられ、ベルトはほとんど布に包まれてしまった。「手伝ってくれ」布を下に押しもどし、骨組みに広げていく。「このままじゃ、引っぱられる」

ナーシャはいっぽうの手で翼端をつかみ、もういっぽうの手で砲塔の縁をつかむ。俺は反対の翼をつかんで、探査車後部の開いたハッチにつかまって体を固定する。

「これじゃ、うまくいかない」ベルトは言う。「向かい風になってねえ。スピードは出ねえ。俺はあの怪物どもにばらばらにされちまう」それでも、手は休めない。三十秒後には、最後の部品を連結しおえていた。グライダーはいまや激しく揺れ、風をとらえて、俺たちの手から飛びたとうとしている。ベルトはハーネスに体を固定し、コントロール・バーをつかんだ。「真面目な話、こいつは自殺行為だ。わかってるよな？」

「もちろん。自殺行為についちゃ、俺はちょっとばかり心得があるからな、ベルト」

俺はさっとあたりを見回した。そこに見える生き物は、いまや少なくとも百匹はいるに違いない。六本脚のクモみたいな姿で、顔からムカデの大あごと同じものが突き出している。大きさは幅一メートルくらいのものから、探査車の半分くらいありそうなものも数匹見られる。ほとんどが探査車の両側から五十メートルほどの距離を置いて同じスピードで並走し、残りは探査車の前後をかこんでいる。

「よし」ベルトが言った。「これ以上、よくなりゃしねえだろ？　やるなら、いまだ」
ナーシャと俺は彼に近づく。翼を手繰るようにしてグライダーを回転させ、探査車の正
面へ向ける。また風に蹴り上げられる。今度は、俺たちが進んでいる方向から吹いてきて、
グライダーが勝手に俺の手から逃れようとする。
「もうっ」とナーシャ。「待ちのぞんでた向かい風よ。ほら、行きなさい、ベルト。あん
まり長く押さえていられそうにないわ」
「もうちょっとだ」ベルトはコントロール・バーを一本指でさっとなでた。両翼の下の駆
動装置がうなりだす。「よっしゃ。準備はいいか？」大きく息を吸って、止め、それから
ゆっくりと吐く。「放せ」
　俺たちの手が離れたとたん、ベルトは全力で走りだした。探査車にかろうじて足が触れ
るくらいの大きな三歩。そして跳び、砲塔を力いっぱいキックして、上昇。
　いや、〝上昇〟はちょっと言い過ぎかもしれない。
　探査車の鼻先を過ぎたと思ったら、グライダーはすぐに、ゆっくりと着実に下降しはじ
めたのだ。ベルトは俺たちから離れていく。ということは、加速しているに違いない。と
ころが五秒かそこらで、高度は三メートルから二メートルへ、さらにつま先を地面に引き
ずらないぎりぎりのところまで下がった。

「無理みたいね」とナーシャ。

「いや、あいつならできる」俺は言う。「できなきゃならないんだ」

この二年以上、あいつにはさんざん説教してきた。なにしろ、俺を見殺しにしたんだからな。だからといって、今度は俺があいつを殺して友情を終わりにしたいとは思ってない。

ベルトは加速して俺たちから遠ざかるにつれ、前方の生き物たちに近づいていく。もう下降してはいないが、上昇もしていない。ベルトと生き物たちとの距離は、急激に縮んでいく。三十メートル。二十メートル。十メートル。そのとき、生き物たちはベルトに気づいたようだった。彼の正面をまっすぐ走っていた二匹が、迫ってくるベルトを避けて左右に分かれる。彼の接近が脅威なのかチャンスなのかわからず、混乱しているらしい。

ベルトにはそれだけのスペースがあれば充分だった。生き物の列を突っきり、翼の両端が左右でうごめくクモたちをかすめる。一瞬のためらいのあと、クモは追いかけはじめたが、時すでに遅し。ベルトはなんとか充分なスピードに達したようだった。いきなり、地面から急角度ですうっと上昇したのだ。

「やっべえ」通信機からベルトの声がした。「マジでヤバかった。いまの、見たか？　ぎりぎりだっただろ？」

「みんな見てたよ」と俺。「成功してくれて、よかった」

「ああ。サンキュ。俺もよかった。で、次はどうする？」

「次か？ 次はそのまま上空で、俺たちに起こることを見ていてくれ。もし俺たちがこの事態を切り抜けられたら、危険が去ったところでおまえを回収する。もし切り抜けられなかったら、おまえはドームに帰って、なにが起きたか伝えてくれ。新たな遠征隊を組織することになるだろう。たぶん、次はマーシャルも飛行機の使用を許可してくれるんじゃないか？」

「かもな」とベルト。「けど、そういうことにはならないでほしいもんだ。これから、バーナーをぶっ放すのか？」

「いいや」と俺。「それはないと思う。どう見ても、戦うには数が多すぎる。最終的に、こいつらが追いかけるのをあきらめてくれるといいんだが」

「そいつはどうかな、ミッキー。ここから見るかぎり、こいつら、追いかける気満々だぞ。ほら、包囲の輪がどんどんせばまってる」

俺はさっと周囲を見た。ベルトの言うとおりだ。両側を走るクモの群れはさっきより近づいているし、前を走る列はどんどん数が増えている。

「どうなるかは、いずれわかるさ」俺は言う。「どうなるにしろ、おまえは絶対下りてくるなよ、いいな？ おまえには無事にドームまで帰り着いてもらわなきゃならない」

「了解。幸運を祈る、ミッキー」

「ああ。ありがとう」

ナーシャはすでに後部のハッチから車内に飛びこもうとしている。俺はもう一度周囲を見てから、彼女につづいて下に戻った。

「助けてくれ、スピーカー。どうすりゃいい？」

スピーカーは乗員室の床から頭を持ち上げ、大あごが俺の目の高さに来る。「わからない。さっき言ったように、この行動はこいつららしくない。だから俺の経験じゃ、こいつらの考えを予測する役には立たない。こいつらを倒せるか？」

「たぶん。バーナーでおまえたちのときより大きいダメージをあたえられたら、あるいはナーシャとキャットとルーカスが自分の線形加速器で一匹ずつ倒せるくらい、充分な距離をたもってくれたら。どう思う？」

ムカデは考えているようだった。「おまえたちのバーナーになにができるか、俺は知らない。こいつらの体を作る装甲がどれくらい丈夫なのかもわからない。けど、こいつらがほどよい距離にとどまって、むざむざ攻撃されるままになったりしないってことは、わかる。おまえたちが攻撃を開始したとたん、確実に襲ってくるだろう」

「この探査車の装甲は、あいつらの攻撃に持ちこたえられると思うか？」

「もういっぺん言うが」とスピーカー。「俺はこの機械のスペックを知らない。けど、もしおまえたちの戦士が着ている戦闘スーツや、おまえたちの巣の材料と同じくらいの装甲だとしたら、持ちこたえられるとは思わない」

「ルーカス？　キャット？　どう思う？」

ルーカスは線形加速器をチェックしていて、キャットはジャンパーのポケットというポケットに弾丸を詰めこんでいる。

「ここじゃ、俺たちは兵隊（マッスル）だ」ルーカスは顔も上げずに言う。「頭脳（ブレーン）はそっちだろ、忘れたのか？」

「〝射撃を開始して、あいつらが気に入るかどうか試してみる〟に一票」とナーシャ。「あの生き物は、わたしたちになにができるか見たことは一度もないわ。びっくりするかも」

「やつらは全部〈補助者〉の可能性が高い」スピーカーが言う。「たとえ、おまえたちがなんとか一匹残らず殺せたとしても、やつらが怯えることはない。やつらはこの車を、奇跡的に現れた希少な金属の供給源だと思っているはずだ。逃すつもりはないだろう」

「さらに迫ってきた」コックピットから、ジェイミーの声が飛んでくる。「バーナーで攻撃するつもりなら、すぐやらせてくれ」

俺は目を閉じる。線形加速器の発射速度は、だいたい一秒につき一発だ。ナーシャ、キャット、ルーカスが一発もミスしないと仮定すると、毎秒三匹のクモを倒せる。砲塔のバーナーは？　この生き物がムカデと少しでも似ているとしたら、一匹倒すのに少なくとも二、三秒のドエルタイムが必要だ。探査車の周囲には、全部で百匹かそこらいるように見える。ということは、途方もなく楽観的な予測でも、すべて倒すのにおそらく最低三十秒かかる。三十秒間、ナーシャとキャットとルーカスは、探査車の屋根の上で敵にさらされることになる……。

もし三人が適当に選んだ警備兵だったら、イチかバチかやってみるかもしれない。三人のうちの一人がドレイクだったら、ほぼ確実に試す。けど、ナーシャやキャットなら？

「戦うわけにはいかない。スピーカー、ほかに選択肢はないか？」

「うーん」とムカデ。「戦うって選択肢がないとすると、そうだな、残るは降伏だけじゃないか」

「だめよ」とナーシャ。「ぜったい、だめ。わたしは屋根に戻る」

リブリーザーを顔の前に下ろし、ハッチへ行こうとするナーシャの腕を、俺はつかんだ。

「スピーカー、交渉できないか？　あいつらは探査車の金属がほしいんだよな。だが、そのために〈補助者〉を半分以上失ってもいいとは思ってないはずだ。違うか？」

「それはどうかな」とスピーカー。「おまえは、俺たちにとって希少な金属の価値を過小評価しているんじゃないか。この車の金属が手に入るなら、半数の〈補助者〉を失ってもお釣りが来るってもんだ」

「あいつらは、こっちが何匹倒せるか知らない」ルーカスが言う。「こっちの戦闘能力がどんなものか、まったく知らない。ハッタリをかますってのは、どうだ？」

「ハッタリ？」スピーカーは訊ねた。

「ウソのことだ」俺は説明する。「俺たちのことを、実際より危険だと思わせるんだ」

「それなら可能だ」とスピーカー。「俺がやってみようか？」

「おーい」ジェイミーが言った。「もう、やるかやられるかって状況だよ、ミッキー。ついさっき、一匹が車の横をつかもうとした」

「スピードを落としてくれ」俺は言う。「スピーカーが降りる」

「本気か？　あいつらがのぼってきたら、もう探査車を動かせなくなるかもしれないよ」

「そうなったら、そのとき考える。いまは、ほかに選択肢がないと思う」

「念のために言っとくけど、あいつらが俺と話をするかはわからないぞ」スピーカーは言う。「あっさり、俺をばらばらにするかもしれない」

「もしそうなったら」とナーシャ。「それはそれで、答えがわかったことになるんじゃない？」

激しい振動とともに、探査車がゆっくりと止まった。

「全員、リブリーザーをつけろ」俺は指示する。「ジェイミー、ハッチを開けてくれ」

全員、立ち上がっていた。スピーカーは後部ハッチの前で、床を前脚でコツコツ叩きながら待っている。その両側にキャットとルーカスが立ち、ハッチの上部に現れたばかりの隙間から最初にもれてきた一筋の光に、装填済みの線形加速器を向ける。俺はスピーカーの後ろに、ナーシャと並んで立つ。彼女は自分の武器を胸の前に抱え、指でそわそわと安全装置をなでている。俺はまっすぐ前を見つめ、歯を食いしばり、ナーシャの持ってきたバーナーのうちの一丁を構えた。

ちびりそうなのを、必死でこらえる。

ハッチが勢いよく開く。

探査車の後ろに広がる平地は、クモだらけだ。

最後にちらりと俺たちをふり返ると、スピーカーは降りていった。

「理由がないわけじゃなかったのね」キャットが言った。「ともあれ、リーダー版ミッキーのこと、ほんとに好きになってきた。こんな一面があったなんて、知らなかったわ」

「ずっとあったわよ」とナーシャ。「ただ、特別なときしか出てこないだけ」

「ふーん」とルーカス。「どうだか」

ナーシャはあきれた顔をしてから、つぶやいた。「子どもね。ほんと、幼稚なんだから」

俺もその話に飛びこみたくてたまらなかった。だが、スピーカーがいま命がけの交渉をしているという事実にまだ注目しているのは、車内で俺一人のようだ。

「ベルト」俺は通信機を通して声をかける。「外のようすは、どうだ？」

「とりあえず」とベルト。「スピーカーはまだ食われてない。これは間違いなくいいことだよな？」

「ああ、うん。いいことだ、と思う——で、クモの群れは実際、なにをしてる？」

「踊ってる」

「踊ってる？」

「ああ、すげえ踊ってる。スピーカーは体の後ろのほうだけで立って、跳ね回ったり、空中で脚をふったりしてる。一匹のクモがスピーカーの周囲を回りながら、だいたい同じことをしてる」

「戦ってるのか？　戦いの儀式みたいなものか？」

「いや」とベルト。「そうじゃないと思う。おたがい、相手には触れてない」

「ふーん。ひょっとしたら、そうやって話してるんじゃないかな？　スピーカーは意思伝達に音波は使わないと言っていた。たぶん、彼らには視覚的言語があるんじゃないか？」

「かもな。これがどれくらいつづくと思っていたか知らないが、そろそろ終わらないようなら、俺の次の行動を決める必要が出てくるぞ。グライダーの駆動装置は充電できる量がかぎられてるだろ。無事にドームまでたどりついてほしいんなら、これ以上、ここに浮かんでるわけにはいかない」

「わかった。そのときはドームへ向かってくれ。できたら、武装した飛行機で戻ってきてほしい。戻ってこれないなら、俺たちは死んだと思ってもらうことになるだろう」

「それから？」

「司令官にまた遠征隊を組織できないか、頼んでみてくれ」

「うん。で、その遠征隊を具体的にどこへ向かわせる？　スピーカーがいなけりゃ、〝南の友人たち〟とやらがどこにいるのか、わからない。もちろん、やつらと意思疎通する方法なんかわかりっこない」

「またムカデの巣へ行け。たぶん、べつのスピーカーをよこしてくれるんじゃないか？」

「あのさ」とベルト。「おまえらがここで死ななきゃいいんじゃないのか？　総合的に考えて、それがベストな選択肢だと思う」

「了解」俺はうなずく。「できることがないか、考えてみるよ」

ハッチが勢いよく開いた。スピーカーが戻ってくる。

「それで？」と俺。「話し合いはどうなった？」

「交渉は終わってない。彼らはデモンストレーションを要求している」

俺は乗員室をざっと見回す。全員、俺に注目している。「デモンストレーション？　なんの？」

ムカデの全身にさざ波が走る。「俺は彼らに、とにかくこの探査車を分解すべきじゃないと言ってやった。探査車に乗ってるおまえたちのことも。おまえたちはとてつもなく危険だからと説明した。ルーカスの提案に乗って、ハッタリをかましてみたんだ。彼らは完全には信じていない。それで、デモンストレーションを要求してきた」

「わかった、だが、なにを見せる？　あいつらは俺たちになにをしてほしいんだ？」

「具体的な要求はなかった」スピーカーは床にうずくまる。「けど、いますぐ見せる必要がある。そうしないと、以降の話し合いはない。デモンストレーションがなければ、彼らは探査車の分解を始めるつもりだ」

ナーシャは顔の前にさっとリブリーザーを下ろした。「ジェイミー、ハッチを開けて」

「ミッキー?」とジェイミー。

数秒の沈黙のあと、俺はため息をついて指示した。「開けてくれ、ジェイミー」

「了解」

ハッチが勢いよく開く。

ナーシャは大またでハッチの外の階段に出ると、狙いを定め、発砲した。いちばん近くのクモ——横幅が脚をふくめて三メートルくらいある、でかいやつ——が熟れすぎたメロンみたいに破裂する。ほかのクモたちはパニック状態で這いまわり、探査車のほうへ寄ってくるものもいれば、離れていくものもいる。ナーシャはくるりと向きを変え、ハッチから車内に戻ってきた。

「やったわ。ハッチを閉めて」

一匹のクモが後ろからナーシャめがけて突進してくる。ハッチが閉まった。ガチャン。金づちで叩いたような音を立て、クモは跳ねかえった。

「デモンストレーションはしたわよ」とナーシャ。「ほら、また出ていって、わたしたちにかまうなって伝えて」

「ミッキー」ベルトが言う。「時間切れだ。いま出発すれば、追い風に乗れる。これ以上
待っていたら、ドームにたどりつけなくなる」
「わかった。幸運を祈るよ──それと、心配はいらない。ナーシャには、おまえにここか
ら離れるよう厳命をくだしたって言っとくから」
「ベルトに伝えて、ちゃんとわかってるって」車内の反対側からナーシャが言う。「もし
ここで死んだら、百パーセント、ベルトのところに化けて出てやる」
「ナーシャが──」
「ああ」とベルト。「聞こえたよ。サンキュー」
「次の遠征隊が、今回よりマシなものにできるかどうかは、おまえにかかっていると思う。
警備兵をもっと回してもらえないか、せめてもっと強力な武器を使えないか、かけあって
くれ。それと飛行機も。あっ──司令官が新しい俺を培養槽から引っぱり出せば、新しい
俺も、俺と同じようにムカデと連絡を取れるはずだ。新しい俺を連れてムカデの巣へ行け。
べつのスピーカーをよこしてくれるか、試してみろ」
「ええ、やだよ」ベルトは言う。「そういうのは、もうやめてくれ。俺は以前、おまえは
死んだものとあきらめたよな？　けど、おまえは死んじゃいなかった。今回も、おまえは

この危機を切り抜ける方法を見つけるんだろ？　俺がおまえのバラバラ死体を目にするそのときまで。まあ、そうなったとしても脈は確認してやるよ」

「ありがとう、ベルト。ところで、外のようすは？」

「まだ踊ってる。スピーカーはまだ殺されてない」

「この時点では、それ以上は望めないだろうな」

「だろうな。とにかく、俺は行くぜ。幸運を祈る、ミッキー」

「ありがとう、ベルト。おまえもな」


「ねえ」ナーシャが言う。「わたしたち、あの虫けらに多大な信頼を寄せてるわよね」

俺は天井をあおぐ。「あいつを虫けら呼ばわりするのはやめてくれないか。ルーカスの口から出るだけでも最悪なのに。きみまでそんな言葉を使わないでほしい」

「ごめん。でも、真面目な話――彼が出ていって、もう一時間以上になるわ。どうして、こんなに時間がかかってるの？」

俺は肩をすくめる。「地下トンネルで、ムカデと交渉したときのことを覚えてるだろ。どうやら彼らは、こういうことには腰を据えてかかるらしい」

「ひょっとしたら、外でクモにわたしたちの料理法を教えてるのかもよ」

「きみの言うとおりだ。たぶんスピーカーは――といっても、ほかに選択肢があるか？」

「わたしたち警備兵三人が武器を持って屋根に上がり、ジェイミーは砲塔をぶっぱなす。それが、ほかの選択肢よ」

俺は首をふる。「そのことなら、最初にスピーカーが出ていく前に考えた。計算上、うまくいかない。敵の数が多すぎる」

「そんなことないってば」キャットが言う。「こっちには線形加速器三丁と、バーナー二丁、それに砲塔がある。クロスボウすら持ってない敵との戦いなら、圧倒的な攻撃力になるわ。ここにすわって、スピーカーが交渉で事態を切り抜けてくれるのを待ってるほうが勝算が高いなんて、本気で思ってるわけ？」

俺は上体をかがめ、両手に額をあずける。「いいか、いま外交路線を試しても、あとで激しい戦闘に出るという選択肢は消えない。だが、いま攻撃を始めれば、それでおしまいだ。もう後戻りはできない。いまは、スピーカーにできることをさせておこう。少なくとも、時間稼ぎにはなる」

ルーカスが不愉快な笑い声を上げた。「時間？　なんの時間だよ、ミッキー？　この汗くせえ缶のなかにしゃがみこんで、あの虫けらがクモの群れに、俺たちを生きたまま食うんじゃなくてひと思いに殺してくれるよう説得できるか待つ時間か？　どうせやることになるんなら、いますぐやろうぜ。俺たちに援軍は来ない。俺にわかるかぎり、待つってことは、あいつらにさらなる援軍を呼ぶ時間をあたえるだけだ」

俺は顔を上げる。ルーカスはこっちを見つめ、いっぽうの手を線形加速器に置いている。

「もし銃撃でこの状況を突破できると思ったなら」俺はゆっくりと、明確に説明する。「そうしている、ルーカス。外には、少なくとも百匹のクモがいて、俺たちは一秒につき最大三匹しか殺せない。ほかにどう説明すればいい――とにかく、計算上うまくいかないんだよ」

「仲間が爆発しはじめたら、さらにぞくぞくと集まってくると考えるなら、計算上うまくはいかないでしょうね」ナーシャが言った。「でも、そうはならないと思う。弾の破片が積もりだしたら、残りはきっとあわてて逃げていくわ」

「アジャヤの考えに乗る」とルーカス。「俺たちを屋根に上げろ、エンジンを吹かせ。あいつらが仲間の死体に蹴つまずきながら追いつけるか、見てみようぜ」

「そうだな」俺は言う。「だが、もしスピーカーが仲間の犠牲について言っていたことが本当だったら、おまえの判断は完全に間違いだ。聞いただろ、やつらはこの探査車が手に入るなら、仲間の半数を倒されたって気にしないって。スピーカーよりおまえのほうがあいつらの心理を理解しているなんて話に、俺たち全員の命を賭けようってのか？」

「理解してるかどうかって問題じゃねえ」ルーカスは言い返す。「これは信用の問題で、俺は虫けらを一ミリも信用してねえんだ」

「だとしても、銃撃でこの状況を切り抜けられるなんて考えに、俺たちの生存を賭けるつもりはない――それとコロニーの存続もだ、忘れるな。とにかく、まだだめだ。もし俺たちが頼んだだけの武器や人員を司令官が用意してくれていたら、話は違っていたかもしれない。だが現状では、やっぱりスピーカーに頼るのがもっとも見込みがあると思う」

「そのうちわかるさ」とルーカス。「誤解するなよ――俺はおまえが正しいことを祈ってる、ミッキー。だけど、いやな予感がするんだ。虫けらが俺たちに隠していることがあるんじゃないかって」さらに深くベンチにすわりなおし、あごを胸にくっつける。「俺たち全員死亡なんてことにならないといいけどな」

さらに一時間が経過した頃、ハッチが開き、スピーカーがささっと入ってきた。

「いい知らせだ」後ろでハッチがバタンと閉まる。「妥協案が成立した」

俺はちらっと車内を見回す。誰もがスピーカーではなく、俺を見ている。

「はいはい」と俺。「で、彼らの要求は?」

スピーカーはためらい、俺は胃がぎゅっと締めつけられる。

「じつは」とスピーカー。「予想どおり、彼らはこっちの探査車を差し出せと要求している。彼らにすりゃ、この機械に使われている金属の価値は計り知れないからな」

「だろうな」ルーカスが言う。「だけど、あいつらにおまえが思っている以上のプラズマ物理学の知識がないかぎり、電力系統の分解にかかったとたん、でかいサプライズに見舞われることになるぞ」

「ほかに彼らの要求は？」ナーシャが訊ねる。

スピーカーは彼女の顔の高さまで立ち上がったが、口を開かない。

「言いなさいよ。彼らが探査車を欲しがってるのは、最初からわかってた。彼らの要求がそれだけなら、あなたは最初からそう言ってるはずでしょ」

「うん」とスピーカー。「まあ」

ナーシャは腕組みをする。「まあ、なに？」

「さっき、あいつらの一匹を殺したろ？　だから、彼らもおまえたちの〈補助者〉を一体、要求している」

014

「ジェイミー？」ナーシャが声をかける。「砲塔のバーナーに点火して、発車準備よ」

「だめだ！」俺は止める。「待ってくれ！　ちょっと……ちょっと待て。考えさせてくれ」

　ルーカスはもうすっかり目を覚まし、立ち上がって武器に手を伸ばしている。

「考えるだと、ミッキー？　いったいなにを？　誰をあのモンスターの群れに差し出すかってことか？　なんでかって――俺は差し出されたくねえからだ」

　いまではキャットも立ち上がり、線形加速器を持って循環式呼吸装置（リブリーザー）を顔の前に下ろしている。「あたしもルーカスと一緒に行く。さあ、倒れるまで踊ってやりましょう」

「頼むよ」スピーカーが言う。「頼むから、よく考えてくれ。短絡的な行動に出ている場合じゃない。一人を失うほうが全滅よりマシだろ、違うか？」

「わたしたちが彼らの心理をわかってないのは、もっともだけど」とナーシャ。「あっちだって、わたしたちのことをまるでわかってない」そう言って両のホルスターからバーナーを抜き、一丁を俺に差し出す。「はい。外でこれが通用するかはわからないけど、持っていて損はないでしょう。ジェイミー――どれくらいで砲撃の準備ができる？」

しばしの沈黙。やがて、スピーカーを乗せてから初めてコックピットのドアがするりと戸袋に引きこまれ、ジェイミーが乗員室に顔をのぞかせた。

「だめだよ。スピーカーの言うとおりだ。ミッキーが正しい。ぼくたちは完全に包囲されている。きみたちが出ていって射撃を始めたら、やつらは探査車に飛びかかってきて、ぼくたちは二十メートルも進めないうちにばらばらにされてしまう。砲塔で攻撃するにしたって、車体にたかられたら狙い撃ちできない。戦うんだったら、走行中、まだクモの群れが散らばっているときにするべきだった。もう、遅いよ」

ナーシャはあんぐりと口を開け、たっぷり五秒間、まじまじとジェイミーを見つめた。ようやく沈黙を破ったのは、ルーカスだった。

「わかったよ、ウサギくん。じゃあ、どうしろってんだ？　クモの群れに食わせてやる人間を、どうやって選ぶ？　なんでか教えてやろうか、くり返しになるが、俺はぜってー選ばれたくねえからだ」

ジェイミーは目を閉じる。また開いたときには、怒った硬い表情になっていた。

「いいや。きみが選ばれることはないよ、ルーカス。きみは兵隊（マッスル）で、ぼくたちにはマッスルが必要だ。キャット・チェンもそうなるよね？　そしてミッキーはありえないだろ？　彼はムカデと話せるスポークスマンだ。ナーシャは？　彼女も兵隊だし、どっちみちミッキーが彼女を行かせるわけがない。というわけで誰が残る、おバカさん？」ジェイミーは俺たちを一人ひとり順番に見てから、首をふった。「そろいもそろって、そんな顔で見るなよ。それと、もしきみたちがどうにかドームまで帰り着けたら、ぼくが志願したなんて、間違っても報告しないでくれ。ぼくは志願してるんじゃない、わかるかい？　現実を認識しているだけだ。ぼくがこの惨憺たる任務に押しこまれたのは、探査車の操縦資格があったからだ。それが、ここでのぼくの役割だ。探査車を差し出すのなら、ぼくの存在は？　ただのお荷物だ」ジェイミーは笑う。「お荷物（デッド・ウエイト）。死体（デッド・ミート）。同じことだよ」そして、スピーカーのほうを向く。「リブリーザーを着けるべきかな？　それとも、ハッチを出たとたん、八つ裂きにされちゃう？」

「それについちゃ、俺にはアドバイスできない」とスピーカー。「彼らは〈補助者〉を要求した。けど、それを使ってなにをするかは聞いてない」

「それ？」とルーカス。「バカにするな、虫けら」

「ジェイミー」ナーシャが言う。「出ていくことないわ。そんなことしなくたって――クモの群れなんか轢いちゃえばいいのよ。だいたい、あいつらが探査車の装甲に穴をあけられるかどうかだって、わからないんだもの」

「あけられるよ」とスピーカー。「彼らと話し合って、そこは確認できた」

「関係ない」キャットが言う。「ナーシャの言うとおりよ。そんなことはさせない。あたしたちは仲間を犠牲にしたりしない」

「彼らが要求しているのは、犠牲じゃない」スピーカーは言い返す。「〈補助者〉だ。頼むから思い出してくれ、おまえたちはここじゃよそ者なんだぞ。〈補助者〉の交換は、俺たちの習慣なんだ」

「あなたたちの習慣なんか、どうだっていい」とナーシャ。

「戦うってんなら」とスピーカー。「彼らはおまえたちを皆殺しにするぞ」

「言っとくが」ルーカスも言う。「俺たちが戦うと決めたら、おまえも俺たちと一緒に行くんだぞ、虫けら。のたくって逃げようったって、むだだ。そんなことしてみろ、俺がこの手で撃ち殺してやる」

「いやいや、その必要はない。俺はおまえたちの代理で交渉できると、彼らに伝えた。もし、いま彼らに戦闘をしかけたら、俺が裏切ったと思われる。俺もおまえたちと一緒にばらばらにされるのは確実だ。おまけに俺の裏切り行為の責任を、俺たちの巣に押しつけてくるかもしれない。頼むからよく考えてくれ。おまえたちがここですることが、もっと大きな戦争の始まりになるかもしれないってことを」

「それはあたしたちの問題じゃない」とキャット。

俺はベンチにどすんと腰を下ろし、壁にもたれた。「俺たちの問題だ、キャット。もし彼らが戦争することになったら、俺たちにも必ず影響がある。ムカデの地下迷宮は、いちばん近いところで、俺たちの警戒ゾーンから一キロしか離れていない」

「ミッキーの言うとおりだ」とスピーカー。「もし俺たちの巣と彼らの巣とのあいだで戦争が起きたら、その勝者は次におまえたちの巣を襲うだろう。それも、戦争で失った金属を補充するためだけに。おまえたちはあっというまに制圧されるだろうね」

「そうかもな」ルーカスが言う。「けど、そうじゃないかもしれない。こっちには、おまえたちがまだ見たことのない兵器システムがある。そいつを使わざるをえない状況に追いこまれたら、そっちは俺たちのできることに驚くぞ」

「やめろ」俺は止めに入る。「みんな、とにかく……黙ってくれ、ほんの少しのあいだ。頼むから。ジェイミー、すわれ。ルーカス、口を閉じろ。スピーカー、俺たちはあいつらとどれくらいの膠着(こうちゃく)状態になってるんだ？　俺たちが仲間を差し出せと言われてどんな反応を示すか、おまえがちゃんと理解していなかったのはわかる。また出ていって、交渉してきてくれないか？　俺たちに〈補助者〉は存在しないことを、彼らに教えてやってくれないか？　もしかしたら、代わりに差し出せるものがあるかもしれない」

「話してみることはできる」とスピーカー。「けど言っとくが、彼らの側からすれば、すでに合意に達した話だ。俺たちは合意をかなり重大なことと考えている。この時点でそいつを破ろうとすれば、もっとも可能性の高い結果はこれだ――彼らは俺を殺し、次におまえたちを殺す」

「俺はいい話だと思うぜ」とルーカス。「おまえがばらばらにされているあいだに、あいつらに攻撃をしかければよさそうだし」

「ルーカス」俺はたしなめる。「真面目に話してるんだぞ。黙れ。邪魔するな」

ルーカスは口を開けて言い返そうとしたが、俺の表情からやめたほうがいいと判断したようだった。

「時間はどれくらいある？」ナーシャが訊ねた。

スピーカーは彼女のほうを向く。「時間？」

「ええ。あいつらがイライラしはじめるまで、どれくらい引き延ばせる？」

「意味がわからない。引き延ばすことに、どんな利点があるんだ？　せいぜい、避けられない事態を遅らせるだけだろ。最悪の場合、彼らの援軍がさらに増えるかもしれない」

「正直」ジェイミーが言う。「ぼくが出ていくことになるんなら、さっさとすませたいかも。もう一時間ぐずぐず考えたって、ちっとも楽にはならないよ」

「だめ」とナーシャ。「どうしてもそうするしかないって状況になるまでは、出ていかせたりしない。これは〝王さまと泥棒〟みたいなものなんだから、そうでしょ？」

ナーシャは車内を見回す。返ってくるのは、四人のぽかんとした顔。

「王さまと泥棒だってば。譬え話の。母さんから百回は聞かされたわ。わたしの言ってること、誰もわからないの？」

「たぶん、ニュー・ホープの話なんじゃない？」とキャット。

ナーシャは天井をあおいだ。「聞いて。泥棒がいます、いい？　彼は捕まり、王さまの前に引き出されて御沙汰を待つことになりました。きっと大変なものを盗んだんでしょうね、だって王さまは彼に死刑を言いわたしたんだもの。泥棒は王さまの前から引きずられていくとき、こう言いました。『待ってください、陛下！　もし命を助けてくださったら、王さまの馬にしゃべり方を教えます！』

その言葉が、王さまの注意を引きました。『それには、どれくらいかかる？』泥棒は『一年』と答えます。『一年ください、そうすれば王さまの馬はしゃべるようになります』王さまはよく考えてから、肩をすくめてこう言いました。『よかろう。一年やる。もし一年たっても馬がしゃべらなかったら、おまえを絞首刑に処す』泥棒はお辞儀をして、番人に連れられてその場をあとにしました。

謁見室から出たとたん、番人の一人が言いました。『あんなことを言って、なんになる？　絞首刑が延期になっただけじゃないか』泥棒はにっこりして、こう返しました。『一年は長い。そのあいだに王さまは死ぬかもしれない。もしかしたら、俺が死ぬかもしれない。あるいは、ひょっとしたら？　馬がしゃべれるようになっているかもしれない』」

気まずい長い沈黙のあと、スピーカーが口を開いた。「ウマってなんだ？」

「それはどうでもいいの」とナーシャ。「大事なのは、わたしたちはできるかぎり長く引き延ばすってこと。で、あいつらがイライラしはじめるまでどれくらい引き延ばせる、スピーカー？」

スピーカーは大あごをきしませながら、少し考えこんで、ようやく答えた。

「はっきりとはわからない。期限の指定はしなかったから」

「OK」とナーシャ。「じゃあ、向こうがノックしてくるまで待ちましょう」

「ところで、わからないことがあるんだけど」ナーシャが沈黙を破った。沈黙はほぼ二時間つづいていたが、一カ月たったように感じる。「この星はひどいところでしょ？　気を悪くしないでね、スピーカー。でも実際、生き物にすごく優しい環境ってわけじゃないじゃない？」

「俺にはくらべようがない」とスピーカー。「俺には充分やさしく思えるけどな」

「保証してもいいわ。そんなことない。でも、わたしが言いたいことは、それじゃないの。ユニオンは過去千年間にわたってすごくたくさんの惑星を探検してきたけれど、そのほとんどはここよりも住みやすかった。しかも、それだけの年月で、ほかの知的生命体と遭遇したことは？」

「二回だ」俺は答える。「ロアノークとロング・ショットで。いや、三回か。エデンが最初に送りだした植民船を消した惑星系も勘定に入れれば」

「アカディアから出発した植民船も消されたよな」ルーカスがつけたす。「あそこでなにが起こっていたのか、あれから解明されたのか？」

俺は首をふる。「いいや、解明されたとは言えない。わかっているのは、宇宙船がその惑星系をとりまくオールトの雲に入ったとたん、何者かが宇宙船を跡形もなく消すということと、そんな芸当ができる存在とはごたごたを起こさないほうがいいってことだけだ」

「ニュー・ホープにも知性を持つ生物がいるって言ってなかった？」キャットが訊ねる。

「少なくとも四回になるんじゃない？」

「何回でもいいわよ」とナーシャ。「大事なのは、ほとんどの居住可能な惑星には、高度な科学技術を持つ知的生命体がいないってことでしょ？　この星にそのうちの二つの種がいる確率は？」

「宇宙は奇妙なところだからな」俺は言う。「とはいえ、そいつはいい質問だ。俺たちの基本的な予想は、こうじゃないか——惑星に一種類の知的生命体が登場すると、ほかの知的生命体の出現が抑えられる。とにかく、昔の地球ではそうだった。飛躍的進化を遂げる可能性があったヒト科の動物は数種類いたが、俺たちの種が一線を越えたとたん、残りは不思議と消滅した。だが、わからないぞ。もしかしたら、ここはもっと優しい穏やかな星なのかもしれない」

「どう思う、スピーカー？」ナーシャは訊ねた。「なにか見識はない？」

「悪いが、俺は理解できてる気がしない。おまえたちは、この星に考える生き物が二種類いると思ってるのか？」

そこで長い沈黙。

「あなたは、あのクモみたいなやつらと交渉してるって言ったわよね」とうとう、ナーシャが言った。「なのに、あれは知性を持つ生き物ですらないっていうの？」

「これまでも説明しようとしてきたが、そいつは難問だ。外にいる生き物はおもに〈補助者〉だ。おまえたちの定義では、あいつらの多くは知性がないってことになるかもしれない。けどあいつらには、少なくとも一四の〈最高〉がいるだろう」

「一四一四の話をしてるんじゃないの」とナーシャ。「種全体としての話よ――あれは知性を持つ生物？」

「やっぱり、俺は理解できてないようだ。俺たちが知性を持つ生物だってことは、認めたよな？　おまえたちは、俺個人は知性を持っていないと思ってるのか？」

ナーシャは答えようと口を開けたところで、ためらい、また閉じる。

「つまり」俺は言う。「外にいるあいつらも、おまえたちと同じタイプの生き物だと言ってるのか？」

「ああ。いま外にいるやつらも、俺たちと同じタイプの生物だ。言ったろ、あいつらは〝南の友人たち〟の家来だって？」

「でも――」ナーシャが言いかけた。

「おまえはムカデだ」ルーカスが割りこむ。「あいつらはクモだ。おんなじじゃねえ」

「すまない」とスピーカー。「これについては、もうはっきりさせたと思っていたんだけどな。この外殻は生物学的な組織じゃない。作ったものだ。ほかにどうやって、こんな短期間でおまえたちの発声器官を真似できるんだよ？　この外殻にはすぐれた柔軟性がある。

俺たちは多くの形態をとることができるんだ」

「マジかよ?」とルーカス。「おまえ、メカだったのか?」

俺は首をふる。「そうとは言えない。ムカデたちは完全なメカってわけじゃない。一種のハイブリッドだ——というか、少なくとも、俺たちが捕らえたムカデはそうだった」

「そのとおり」スピーカーは言った。「俺たちはハイブリッドだ。生物学的な部分と、機械的な部分がある。だから、金属を手に入れることがすごく重要なんだ。さまざまな金属元素を使用できるかどうかが、俺たちの繁殖の重大な制限になっている」

「ふーん」とナーシャ。「じゃあ、なおさら探査車を差し出したくなってきちゃった。この探査車から回収した金属で、何匹のクモが作れるの?」

「数百匹。具体的にどんな金属でできているか次第だが、何百匹も作れるだろう。この機械はすごい資源だ」

「へえ」ルーカスも言う「じゃあ、これまでの交渉で具体的になにが決まったのか、がぜん興味がわいてきたぜ」

「ほんとだわ」とキャット。

「どういうこと?」ナーシャが訊ねる。

ルーカスは肩をすくめた。「わかりきったことじゃないか? 虫けらは認めたんだよ、自分の仲間も外の連中と同じくらい金属がほしくてたまらないってことを。だろ？　てことはだ、論理的に考えりゃ、虫けらもクモたちと同じくらい切実にこの車の分け前がほしいはずだ。つまり、虫けらは外に出ていってあいつらにこう言ってるのさ——自分たちの巣にも分け前をくれるなら、戦闘なしで探査車を引きわたすよう、俺が人間を説得してやる。ごく単純な詐欺の手口だ」

スピーカーは立ち上がり、体をひねってルーカスを見る。「サギ？　その単語は知らない。俺が裏切ったと非難してるのか？」

ルーカスは線形加速器を構えこそしなかったものの、指で安全装置に触れている。「非難してるわけじゃねえ、虫けら。ただ、見たままを言っているだけだ」

こいつはまずい。ここで終わらせないと。俺は立ち上がる。

「やめろ。こんなことをしている場合じゃない。ルーカス、落ち着け。スピーカー、おまえもだ。ここにいる全員が仲間だ、忘れたのか？」

「なに言ってるんだ？」ルーカスが言い返す。「仲間なら、そのうちの一人をクモに食わせたりしないもんだ」

「彼らは食うわけじゃない」とスピーカー。「俺たちは、食料としてのおまえたちに興味はない。おまえたちの体を作るたんぱく質は、消化できないんだ」

「ほんとかよ？」ルーカスは訊き返す。「どうしてわかる？」

「二年前に俺を解剖したからだよ」と俺。「彼らはミッキー6(シックス)を捕らえ、ばらばらにして、どういう仕組みで動いているのか調べたのさ」

「ぼくもそうなるの？」ジェイミーが訊ねる。「ばらばらにされるの？」

「ほぼ、そうなるだろうな」とスピーカー。「おまえたちは、この星の新参者だ。それだけでも調べる価値がある。しかも、危険な存在であることも証明された。俺たちがおまえたちの内部構造を調べる必要性を感じるのは、当然じゃないか？」

「俺はてめえの内部構造を調べたくてうずうずしてきたぜ、虫けら」ルーカスがすごむ。

「やめないか！」俺は止める。「いいかげんにしろ、ルーカス！ 黙っててくれ。こんなことをしている場合じゃないんだ。いま殺し合いをするつもりはない。外にいるクモの群れだけでも大変な問題なのに。スピーカー、本当のことを言ってくれ――もし俺たちが連中に探査車をくれてやったら、おまえも金属の分け前をもらう約束をしたのか？」

「ああ、したよ」

「えっ、ウソ」ナーシャの声が、呆然とした静けさのなかに響いた。

「スピーカー？」俺は平静な口調をくずさないよう慎重に訊ねる。「俺たちを売ったのか？」

「いや」とスピーカー。「売っちゃいない、その言葉を俺が正しく理解していたらだが。俺はできるかぎり、全員にとって最善の条件で交渉をまとめてきた。わかってくれ、頼む──彼らはなにがなんでもこの探査車を手に入れると譲らなかった。もし丸ごと手に入ったら、彼らは数百匹の仲間を作れる。彼らはすでに俺たちの巣より、いくらか強い。もしかすると、この探査車を手に入れてさらに〈補助者〉を増やしたら、うちの〈最高〉を制圧し、追い出しちまうかもしれない。それがやつらの目的だってことは、もう言っただろ」

「それにこっちはこう返したのよ──それはあたしたちの問題じゃないって」とキャット。「頼むから、考えてくれ。俺たちはおまえたちの味方だ。もし俺たちが巣から立ち退かされたら、そっちの状況は悪くなるぞ。たとえおまえたちが信じなくても、外の連中にはおまえたちを倒すだけの力がある。もしこの機械から金属を少しばかり分けてもらえたら、俺たちが巣を守れる可能性は高くなる。こいつは、おたがいにとって利益になるんじゃないか?」

「だとさ」とルーカス。「ミッキー、聞いてるか? この取り引きを最後までつづけようなんて、まだ本気で考えてんのか? 俺はもう、こいつを撃つつもりはない。反物質爆弾を見つけるにはこいつが必要だし、俺たちは生きるためにあの爆弾が必要だ。だけど今後、こいつのことは敵とみなす。こいつが外の連中について話すことは、ひと言だって信用するわけにはいかねえ。ムカデどもが戦闘スーツの装甲を切り裂けることは知ってるし、ドームでメインロックの敷板に穴をあけたのも知ってるが、この探査車は軍用規格にのっとって作られている。千メートル先で核爆発が起こっても耐えられる設計だ。もしやつらが食い破って入ってきたら、そのときはおしまいだろう。だけど、俺たちがハッチを出てクモの群れのなかに入っていったら、やつらは絶対、そのまま通過させちゃくれないぞ」

俺はジェイミーを見た。ジェイミーは目を合わせようとしない。キャットはルーカスを見上げて、うなずいている。俺はナーシャのほうを向く。彼女は肩をすくめた。「彼の言ってることは間違ってないわ、ミッキー」

そのときだ。車の天井でカリ、カリ、カリと爪の音がした。

「どうするにしろ」スピーカーが言う。「いま、決めろ。外の友人がノックしに来たぞ」

告白しよう——俺は昔から即決が得意じゃない。以前、こんなことがあった。ミズガルズで子どもだった頃、アイスクリームショップであの味にしようかこの味にしようかいつまでも迷っていたものだから、しまいには母親に怒鳴られながら店から引きずりだされ、アイスクリームは買ってもらえなかった。卒業パーティーには誰も誘わなかった。三人の女の子のうち誰にふられたいか、決められなかったのだ。こんなわびしい星に来ることになったのも、タチの悪い金貸しのダリウス・ブランクから逃げるのに、これと自殺のどっちがマシか決められなかったせいだ。

俺がこのミッションの責任者として、じつは理想的な人物じゃなかった、という可能性は高い。

「ジェイミー！」ナーシャが声を張り上げる。「コックピットに戻って。出発するわよ」

「だめだ」とスピーカー。「頼むから、考え直してくれ。この探査車を動かせば、おまえたちは戦う意思を示したことになる。交渉はおしまい、これ以上時間稼ぎもできなくなる。逃げきれると思っているかもしれないが、まず無理だ。やってみろ、俺たち全員、殺されるぞ」

「そして、おまえの仲間は戦利品のおこぼれをもらえなくなるんだろ、虫けら？」ルーカスが言う。彼はすでに戦闘準備を整えている。「ハッチを開けろ、ジェイミー。やるぞ」

ジェイミーは俺を見上げる。「ミッキー？　まだ、このミッションを仕切ってるよね？　きみが指示を出さなきゃ」

俺は口を開け、閉じて、また開く。その五秒間で、気持ちは戦闘と降伏のあいだを十五回行き来した。ナーシャがこっちを見ている。表情は読めない。

もう好きにしてくれ、と言おうとしたとき、オキュラーに通信が入った。

レッドホーク：ミッキー？　みんな、まだそこにいるのか？
ミッキー7：ベルトか？？
レッドホーク：車にびっしりたかられてるぞ、相棒。
ミッキー7：わかってる。わかってる。そっちはどこにいる？
レッドホーク：しっかりつかまってろ、ミッキー。これから揺れるぞ。

「すわれ！」俺は叫んで、床にしゃがみこむ。「なにかにつかまれ！」

誰も動かない。ナーシャはあきれた顔をして、ルーカスは悪態をつこうと口を開ける。

そのとき、耳を聾（ろう）する音とともに探査車が横から衝撃を受けた。片側の車輪が浮き、いまにも横転しそうなぎりぎりの体勢になる。ナーシャはよろけ、奥の隔壁に頭を強打し、倒れこんでしまった。ルーカスとキャットはどうにかハッチにつかまり、ジェイミーは俺の横で床に張りついている。スピーカーだけは平気なようすで通路の中央にたたずみ、探査車は片輪状態から元に戻ったかと思うと、今度は反対側から衝撃を受け、ふたたび片輪が持ち上がる。

「ミッキー?」ルーカスがわめく。「いったい、どうなってんだ?」

「ベルトだ!」俺はわめき返す。「ジェイミー、探査車を出せ!」

三度目の爆発。今度は少し距離があり、そこまでひどくはなく、全員が動きだす。ジェイミーは急いでコックピットに入り、数秒後、車は動きだした。ルーカスは拳でハッチを叩く。ハッチが開くとき、上部のスペースに二本の脚が押しこまれた。キャットが発砲し、そのクモをばらばらにしてから、ルーカスと一緒にすばやくハッチを出て屋根に上がる。ナーシャは倒れたまま、動かない。俺は迷ったが、いまは助けている時間がない。そこで彼女の線形加速器をつかみ、リブリーザーをつけて、キャットとルーカスのあとから屋根にのぼった。

外の景色は、カオスだった。重量貨物機がミサイルを次々に落としているのを期待していたが、空を見上げると、ベルトが例の手作りグライダーで飛んでいるだけだった。後ろには三つのでかいクレーターがあり、俺が立ち上がろうとすると、五十メートルほど右でまた爆発した。爆風で探査車から投げだされそうになる。砲塔は熱くなり、車の前方二十度の扇形の範囲をバーナーで攻撃している。キャットとルーカスは砲塔をはさんでしゃがみ、絶え間ない銃撃で車の側面にクモを寄せつけないようにしている。どこを見ても、クモ、クモ、クモ。俺は腹ばいになり、線形加速器を構えて、一匹一匹狙い撃ちを始めた。
二十秒後にまた爆発が起こると、俺の射界にはもう動くものは残っていなかった。後ろで
さらに二発の発砲音がして、その数秒後、もう一発聞こえた。

やがて、石だらけの地面を走るタイヤの音だけになった。

「もう安全だ」通信機からベルトの声がする。「生き残ったクモは地下に消えたようだ」

ナーシャ。

俺は線形加速器をしまい、あわてて車内に戻った。

015

ハッチから車内に飛びこんで最初に目に入ったのは、スピーカーだ。ムカデがナーシャの上にかがみこみ、大あごを動かしながら、摂食肢で彼女の力の抜けた顔をなでている。

「おい！」俺は怒鳴った。「彼女から離れろ！」

スピーカーは体を起こし、こっちに顔を向ける。「ミッキー。ザ・ナーシャは負傷している」

「下がれ」俺はナーシャの線形加速器で追い払う仕草をする。「下がれと言ってるんだ」

ムカデが俺のほうへ一メートルほど下がると、血が見えた。

大量の血。

ナーシャの頭のまわりに血だまりができ、血が床を幾筋も流れている。

俺は武器を落とし、スピーカーの横を通り抜けて彼女のところに駆けつけると、そばに両膝をついた。彼女はベンチにはさまれた通路の真ん中に倒れ、頭を横に向け、いっぽうの腕を横に投げだし、もういっぽうの腕を胸にのせている。俺は彼女の喉に指を二本当ててみた。速く弱々しいが、脈は確かにある。俺は医療トレーニングを思い出そうとしたが、目は血に釘づけになり、脳みそは大騒ぎするばかりで役に立たない。

「ミッキー?」背後からキャットが訊ねる。

「わからない。わからない。大量に出血している……」「彼女、大丈夫?」

「あたしに見せて」キャットは俺をそっと押しやり、ナーシャの首の両側に手を当てると、脊椎にそって慎重に指を上へ滑らせ、ナーシャの頭を自然な姿勢に戻した。さらに指でナーシャの髪をかき分けて数センチほど滑らせたところで、手を止める。「ここから出血してる。そんなにひどい怪我じゃない。傷は浅いみたい。頭部の傷はたくさん出血するけど、すぐ血が固まって傷がふさがるものなの」

「そろそろ稜線から出るよ」コックピットから、ジェイミーが言う。「どこへ向かうべきか、なにか考えはあるかい?」

「南だ」とスピーカー。

「了解」とジェイミー。「感謝するよ。ほんと、すっごく、助かる」

ルーカスが俺の横をすり抜けていく。その手には、すでに開けてある救急キットがある。彼はキャットの横にしゃがんで、彼女にガーゼ、ハサミ、消毒薬のチューブをわたした。

キャットはてきぱきと傷の手当てをしてから、ナーシャのまぶたをひとつずつ開けてのぞきこんだ。

「それで？」俺は訊ねる。「大丈夫なのか？」

「いいえ」キャットは顔を上げずに答える。「でも死んではいないし、首の骨が折れていないのも確かよ。よかった」

「脳震盪を起こしてるんだよ」ルーカスが言う。「硬膜下血腫ができているかもしれない。脳出血の可能性もある。いずれにしろ、ここで俺たちにできることはなにもない。ナーシャは回復するかもしれないし、しないかもしれない」

ミッキー7：ベルト――そのグライダーで人を運べるか？

レッドホーク：は？　無理だよ。こいつは俺一人を飛ばす性能しかない。なんでだ？

俺は瞬きして、チャット・ウィンドウを閉じる。「ここにある治療器具は、本当にその救急キットだけなのか？　もっと本格的な医療機器はないのか？」

ルーカスは首をふる。「手術室はない、もしそのことを訊いてるんなら。もしナーシャが脳出血を起こしていたら、手術しか助かる方法はない、それも早く処置する必要がある。

もし脳出血じゃなかったら、意識が回復するのを待つことしかできない。ドームに戻っても、できることはそれくらいだろう」

視界がぼやけて気づいた。俺は過呼吸になっている。ルーカスが立ち上がり、俺の腕を取ってベンチにすわらせてくれた。

「落ち着けって。おまえが取り乱したって、ナーシャにはなんの助けにもならない」

俺は言い返したかった。

だが実際のところ、ルーカスの言うとおりだ。

俺はかがんで頭を抱え、ゆっくりと呼吸する。一分かそこらで、ぼやけていた視界の端がすっきりしてきて、ふたたび頭が働きはじめる。俺は顔を上げた。キャットがナーシャを仰向けにして、頭のまわりにクッションを置いて首を固定してくれていた。乗員室はいま前方へ二十度ほど下がっていて、車は尾根をくだっている。

「スピーカー」俺は呼びかけてから、声の震えに気づいて深呼吸し、気持ちを落ち着けた。「スピーカー。おまえは言ったよな、クモの群れは俺たちに何匹殺されようと絶対にあきらめないって。やつらはあきらめたじゃないか。おまえは俺たちを騙した。どういうことか説明しろ」

「騙しちゃいない。おまえの勘違いだ」とスピーカー。

「だから言ったろ」ルーカスが言う。「こいつに相談したって時間のムダだって、ミッキー。こいつは俺たちの味方じゃねえ」

「味方だって」とスピーカー。「けど、そっちのせいで、味方という立場を正当化するのが信じられないくらい難しくなった。俺は自分にできる最善のアドバイスをした。そのときどきの状況に関して俺が言ったことに、ウソはひとつもない」

ルーカスはツバを吐きかけそうなようすだ。「ふざけるな。てめえは、あいつらはあきらめないと言ったんだぞ、忘れたのか？　だから、俺たちは降伏しなきゃならないって。だから、この探査車を引きわたすしかないって。しかも、おまえはクモから探査車のおこぼれをもらうつもりだったと認めたんだぞ。けど、俺たちはそうしなかったよな？　あきらめずに戦い、クモの群れは地中に逃げた。ナーシャの言ってたとおりになった。おまえはウソをついたんだ、虫けら。俺たちにあきらめさせようと、ウソをついた。ジェイミーをクモの群れに差し出させようと、ウソをついた。それのどこが最善のアドバイスなんだ、ええ、お友だちよ？」

スピーカーは体をひねってルーカスのほうを向く。「何度でも言おう、友よ。ウソはついてない」

反論しようとするルーカスを、俺は片手を上げて止める。「こいつは言葉の問題だ、ルーカス。おまえは、スピーカーがウソをついたと言っている。スピーカーは、自分がクモの動きについて判断を誤ったと言っている。どっちも自分の主張を証明することはできない。議論のムダだ」

「いいや」とスピーカー。「俺の話を聞いてないな。俺はウソをついちゃいないし、判断を誤ってもいない。クモは――おまえたちはそう呼んでるだろ――この探査車を手に入れる機会をあきらめることはない、俺はそう言ったんだ。クモは仲間が死んだくらいじゃあきらめない、と言ったんだ。このふたつは、両方とも真実だ」

「スピーカー」俺は反論する。「真実じゃない。クモの群れは仲間を失ってあきらめた、この探査車を手に入れるのをあきらめたんだ」

「違う。それは真実じゃない。おまえたちは新しい武器を出してきて、彼らに向けた。俺は、そんな可能性があることは知らなかった。もしその情報を俺にも話してくれていたら、もっといいアドバイスをしていただろう。クモたちも同じく、あの武器に対する備えはできていなかった。それで検討のために退却したんだろう。けど、保証する、やつらはあきらめたわけじゃない」

「つまり、戻ってくると言ってるのか？」

「ああ」とスピーカー。「彼らはほぼ確実に戻ってくる。しかも、もう交渉には応じない。

戻ってきたら、できるかぎりのことをして探査車の壁を破壊しようとするだろう。そして破壊できたら、俺たちを皆殺しにするうえに、俺の巣には戦利品の分け前をよこさない。そうなったら、〝南の友人たち〟が俺たちに取って代わるほどの力を手に入れる可能性が高い。それが完了したら、彼らはおまえたちのドームを分解し、そこにある金属を片っ端から奪いにかかるだろう。それが、おまえたちの望む結果か？」

そして訪れた沈黙は、かなり長くつづいた。

ベルトに追いついたのは、日没直後、ふたつの尾根にはさまれた石だらけの平らな窪地だった。すでにグライダーを分解してバックパックにしまっていた彼の横に、俺たちの探査車がゆっくりと停止する。ジェイミーがハッチを開けると、俺はベルトのところへ歩いていった。

「よう」とベルト。「ナーシャの容体は？」

俺は首をふる。「あんまりよくない。生きてはいるが、意識がない。ちゃんとした手術室が必要だ」

ベルトの顔がゆがむ。「そいつは残念だな、ミッキー。ドームに戻りたいか？」

俺は目を閉じ、息を吸って、吐く。ふたたび目を開けると、ベルトの顔には同情と心配が入り混じった表情が浮かんでいた。「ああ」俺は答える。「戻りたいさ。戻りたいに決まってるだろ。だが戻るわけにはいかない。あの爆弾を取り返せなかったら、ナーシャも含め、どっちみち全員おしまいだ。だから戻るんじゃなく、ここでしなきゃならないことをやりとげるまで、俺は冷静に全力をつくす。取り乱すのはそのあとだ、ナーシャが目を覚まさないかぎり、あるいは目を覚ますまで」

「しっかりした計画じゃないか。成功すると思うか？」

俺はため息をつく。「さあな。こういう立場には慣れてないんだ、わかるだろ？　血を流す立場は俺のはずで、ナーシャじゃない。なあ……彼女はこんな思いをしていたのか？　俺が死ぬたびに、彼女は毎回こんな思いをしていたと思うか？」

「思うもなにも」とベルト。「俺はその姿を見てきた」

その答えに、俺は返す言葉がなかった。俺たちはしばらく黙って立っていたが、やがてベルトがバックパックを背負って探査車のほうへ歩きだした。だが、ハッチの前の踏み段で足を止め、ふり返って俺を見る。

「あのさ、ごめんな、ミッキー。最初の一発は、あんな近くに落とすつもりじゃなかったんだ。それに、もっとしっかり警告しておくべきだった。ただ……」ベルトはハッチの横の深さ三センチの溝に手を滑らせる。「ほら、下はかなりヤバい状況に見えたから。なんとかして……」

「ああ、わかってる」俺は返す。「おまえはヒーローだよ、ベルト。おまえは窮地を救いたかっただけだ」

そんな言葉がすでに口から出たあとで、俺は苦々しい響きに気づいた。ベルトはパンチを食らったような表情になっている。

「そして実際、救ってくれた」俺はあわててつけたす。「ぎりぎりのところで登場して、俺たちみんなを救ったんだ。もしおまえの登場が五分遅かったら――いや、三十秒遅くても――いまごろ、全員死んでいただろう。おまえはあの時間でできる精一杯のことをしてくれた。ナーシャのことで、おまえを責めたりはしないよ」

ベルトは下を向き、いっぽうの手でハッチの上部をぎゅっとつかんでいる。「サンキュ、ミッキー」そしてハッチから車内へ入っていく。そのときなにかつぶやいたが、俺には聞きとれなかった。車内に戻って、後ろでハッチが閉まろうとしたとき、やっとそれが〝俺は責める〟だと気づいた。

「ところで」俺は訊ねる。「向こうでなにがあったんだ、ベルト？　こっちは、おまえが重量貨物機で戻ってくるか、そもそも戻ってこないかだと思っていた」

「そうだよな」とベルト。「努力はしたよ」

キャットとルーカスは二人とも屋根の上で武器を手に見張りをしていて、乗員室にはいま、スピーカーとナーシャをのぞき、俺とベルトの二人だけだ。ナーシャは毛布をかけられ、俺の横でベンチに寝かされて、落ちないようにストラップで固定されている。スピーカーは真ん中の通路の半分をふさぎ、平べったく伸びている。車がふたたび走りだしてから、このムカデはしゃべりも動きもしていない。ベルトは俺の向かいにすわり、膝に両肘をついてかがみこんでいる。

「どうやったんだ？」俺は訊いた。「ほら、言ってただろ、グライダーの駆動装置は充電できる量がかぎられてるって？」

「うん」とベルト。「ドームの通信可能範囲に入って真っ先にしたのが、マーシャルに連絡を取って、飛行機を使わせてくれと説得することだった。すると司令官は、飛行機はすべて重力発生装置が取りはずされ、充電も空だと指摘した。さらに、使用許可を出したくても――といっても、出しちゃくれなかったが――再充電して重力発生装置を取り付けるのに、少なくとも六時間かかるって。つまり、ノーってことさ。けど、俺のグライダーの駆動装置を充電するにも同じくらいの時間がかかるから、二機のドローンを壊して駆動装置を交換しなきゃならなかった。それにかかった時間が、約四十五分。それがすんだら、あとは武器やら銃弾やらを確保して、飛びたつだけだった」

「そうか。ちなみに、その、具体的には、俺たちになにを投下したんだ？　あのグライダーじゃ、ミサイルランチャーは運べないだろ」

ベルトは笑った。「運べないけど、その予想はいい線いってるぜ」そしてバックパックのサイドポケットに手をつっこみ、銀色に輝く卵型の物体を引っぱり出した。拳ふたつ分くらいの大きさだ。

「へえ、そいつはなんだ？」

「こいつは」ベルトはにやりとする。「ドカンとやる空対地ミサイルのパーツさ。武器庫から二、三、くすねてきた」べつのポケットから、もうひとつ引っぱり出す。「まだ二発持ってる、万が一に備えて」

「ほう」俺は手を伸ばし、ベルトから弾頭をひとつ受け取る。弾頭は温かく、見た目よりずっしり来る。「どういう仕組みなんだ？」

「どうしたらドカンといくかってことか？」

俺は天井をあおぐ。「そうだ、ベルト。どうしたら、ドカンといくんだ？」

「ええと、一般的には、衝撃を受けると爆発するようになってる。秒速四十メートルの二乗を超える減速で作動する。けど設定が可能で、俺のオキュラーに連動させておいた。タイマーをかけることもできるし、一定の高度で作動させることもできるし、俺の望みどおりのタイミングで爆発させることができる。ミサイルにセットしたり、戦闘に出ていたりするときは、かなり使えるシステムで、その場で臨機応変に武器を再設定できるんだ。たいして考えなくても、すぐわかった。このシステムを利用すりゃ、弾頭を手榴弾に変えられるって」

「で、なんだ、それをぽいっと俺たちの上に落としたのか?」

ベルトは肩をすくめる。「ああ、そんなところさ。ていうか、落とすというより投げたんだけど、効果は一緒だった。とはいえ、実際のところ、難しい最適化問題があった——どうすれば、狙っている対象に確実に命中させられるか。正確を期すには低く飛ばなきゃならないが、低すぎれば爆発に巻きこまれて自分が死んじまう」

「へえ。おまえがその問題を解けて、うれしいよ」

「ああ、俺もだ。自分の落とした爆弾で灰になるなんて死に方は、ごめんだからな」ベルトは隔壁にもたれてあくびをする。「それで、今後の計画は?」

「これまでと同じ、かな。スピーカーの友人を見つける。なんとかして、例の爆弾を取り返す。それを生きてドームまで持ち帰る。コロニーを救う」

「それは目標だろ、ミッキー。俺たちに必要なのは、具体的な計画だ」

「わかってる」俺は目を閉じ、両手で顔をさすった。「いま、考えてるところだ」

愉快な事実——俺は優柔不断なうえに、効果的な計画を考える達人でもない。その典型的な例が、これだ。なぜ俺がここニヴルヘイムにいて、つねに空きっ腹を抱え、故意に何度も致命的な病気に感染し、少なくとも一回、おそらく二回、ムカデたちに解剖されているのか、どうしてキールナのむさくるしいがほぼ死ぬ心配のないアパートメントで、充分な食事と安全な生活を謳歌していないのか？　その質問の答えはたくさんあるが、煎じつめればこうなる——救いようのない計画を立てたからだ。俺はオッズも賞金もろくに理解せずにたくさんの賭けに手を出し、それが次々に、ことごとくまずい結果になって、ほかに代替案も思い浮かばなかった。ダリウス・ブランクと拷問器具から逃れたいって気持ちが動機になったかもしれないが、もとはと言えば俺が愚かだったから、このコロニー建設ミッションに参加するはめになったのだ。

とはいえ、どうすればこの状況から抜け出せるかという考えの素が、だんだんまとまりつつある。これは、凶悪な犯罪者から大金を巻き上げて金持ちになる計画よりマシだろうか？　わからない。だが、ひとつだけ明らかなことがある。

すべては、ナーシャが目を覚ますかどうかにかかっている。

「どこかに隠れないと」コックピットから、ジェイミーが言う。「夜どおし、運転はできないよ」

それはもっともだ。ここはドームから南へ直線距離で約八十キロしか離れていないが、ここまで来るのに十四時間かかっている。しかも、コックピットから出ていたわずかな時間、ジェイミーはクモたちにばらばらにされるのを待っていたのだ。これは、俺の経験からしても、かなりのストレスだったに違いない。キャットとルーカスはこの二、三時間、ずっと探査車の屋根の上にいて、ときどき遠くの物陰に向かってでたらめに発砲したりしていたが、たいていはただすわって地平線を見つめていた。彼らも疲れきっているだろう。

「そうだな」俺は答える。「身を守れそうな場所がないか、探してみてくれるか？　高い場所がいい。見通しがきいて、付近にトンネルの入口がないところがいい」

「了解」とジェイミー。「探してみる」

「キャットとルーカスを休ませないと」ベルトが言った。その目がナーシャへ動く。「おまえがここにすわってたって、ナーシャの役には立たない。眠ってる彼女を見守ることなら、キャットとルーカスもおまえと同じくらいできる」

ベルトは間違っていない。俺はため息をつくと、立ち上がって、リブリーザーを着けた。

「ハッチを開けてくれ」ベルトが声をかける。「俺たちが屋根に上がる」

俺たちは乗員室の後方へ移動する。背後でトラップドアが閉まり、ハッチが勢いよく開く。

「スピーカーは死んだのか？」探査車の屋根に上がると、ベルトが訊いた。「俺が戻ってから、ぴくりとも動いてないけど」

「いいや。ていうか、俺はそうは思わない。俺たちに腹を立ててるんじゃないか」

キャットとルーカスは砲塔のそばで背中合わせにすわり、それぞれ膝に武器をのせていた。

「よう」とベルト。「二人とも、休憩しないか？」

キャットは俺たちを見ると、首をゆっくりと回し、伸びをしてから、立ち上がった。

「ありがとう」キャットは言い、ルーカスも立ち上がる。「おしっこしたくてたまらなかったの」

「気にすんなって」ベルトは通りすぎるキャットから武器を受け取り、俺もルーカスから受け取る。

「ナーシャのようすをよく見ていてくれ」俺は言う。「なにか変化があったら、知らせてくれ」

「そうするよ」ルーカスは答えると、屋根から下りて車内に戻り、その後ろでハッチが閉まった。

ベルトはすわって砲塔にもたれる。俺は砲塔の反対側にすわる。五分かそこらたった頃、ベルトが言った。「ところで。クモの群れはほんとに戻ってくると思うか？」

俺は肩をすくめる。「スピーカーはそう確信しているようだ」

「そうだな。スピーカーは、いろんなことを確信しているようだ。おまえは本当にあいつを信用してるのか？」

それはいい質問だ。俺はあいつを信用しているのか？

「信用しているかどうかって問題じゃない」ようやく、俺は答える。「スピーカーは情報源だ。あいつは、俺たちにとって、クモに関する唯一の情報源だ。どこへ向かうべきか、そこに着いたらなにがあるか、そういうことを知る情報源はあいつしかいない。もし比較できるほかの情報源があれば、話はべつだが、あいにくそんなものはない。つまり、俺たちはスピーカーの言うことを割り引いて聞くべきだが、まったく信用しないというわけにはいかないと思う。ほかに頼れるものはないんだから」

「俺たちには俺たちの見解がある」とベルト。「スピーカーは、クモの群れは逃げないと言っていた。けど、クモの群れは逃げた。スピーカーはいま、クモの群れが戻ってくると言っている。どうして、今回はあいつが正しいって言えるんだよ？」

「いや、それに関しては、あいつがもっともな説明をしただろ？　あいつがクモは逃げないと言った時点では、おまえがグライダーでクモの群れに急降下爆撃するなんてことは、勘定に入ってなかったって。俺の理解が正しければ、空からの攻撃は、この星ではまったく初めてのことだ。あんなことがあったら、クモたちがしばらく考える時間をほしがるのも無理はないだろう」

ベルトは肩をすくめる。「かもな。けど、こうも考えられるんじゃないか。クモの群れが俺にされたことを見て、放っておいたほうがいい連中に絡んじまったって結論に達していたとしてもおかしくない。エデンの人々は、あの口にするのもはばかられる惑星系に、本当はコロニーを作りたかったんだよな？　けど、そこに住んでる生き物が宇宙船を魔法みたいに消しちまう手段を持っているとわかって、そいつらにはかまわないのがいちばんだと判断した」

「そうとは言いきれない。ほら、アカディアの人々も挑戦しただろ。彼らは送りだした宇宙船が消えたとき、〈弾丸〉をお見舞いしたがった。俺たち人間は、おまえが信じているほど賢くない。ずっと愚かだ」

「それもそうだな」とベルト。「ナーシャは、ムカデのほうが俺たちより賢いと確信してるようだし。たぶん、やつらなら、俺たちより早く状況を理解するだろう」

俺は笑った。「その可能性はあると思う。だが、やつらにとっての金属の必要性が、スピーカーの言うとおりだとしたら、やつらは俺たちに再度攻撃をしかけることをいとわないだろう。スピーカーはくわしいことはなにも言わなかったが、俺はこんな印象を受けた。やつらとスピーカーの巣は、長いあいだ一種の冷戦状態（コールド・ウォー）にあって、どっちも俺たちのことを、自分たちを勝利に導く鍵だと思っている」

ベルトは小首をかしげる。「冷たい戦争（コールド・ウォー）？」

「そうだ。昔の地球であった出来事だ。バブル戦争勃発の二百年前、地球には大きな力を持つ国がふたつあった。どっちも核融合爆弾と弾道誘導システムを所有していたから、直接的な戦争は両者にとって自殺行為になるが、それぞれに比較的小さい国々のネットワークがあり、代理で——」そのとき、ベルトの頭がのけぞり、長い大きなイビキが響いた。

俺はため息をつく。「わかったよ、おバカさん。もう、やめるから心配するな。大事なのは、スピーカーの群れと〝南の友人たち〟がたがいに好意を持っていないのは明白で、そこへ俺たちが両者の形勢を一変させるほどの資源を持ちこんだのは明らかだってことだ。それがリスクを冒す動機になるのは、わかるだろ。こんな状況じゃなかったら、どうかしているとしか思えないほどのリスクを」

「かもな」とベルト。「それか、ルーカスの言うとおり、スピーカーはただ俺たちを操ろうとしているだけかもしれない」

「OK。じゃあ、もし後者を真実と考えるなら、俺たちはほかにどうすりゃいい？」

長い沈黙のあと、ベルトは答えた。「うん。それもそうだな」

ともあれ、いい夜だ。探査車は最後の尾根にそって進み、やがて開けた平地に出た。ミズガルズだったら高山草原と呼ぶような場所を進んでいく。高さ一メートルのシダが探査車のタイヤにぶつかって勢いよく揺れる。空気は涼しく、からっとしていて、清々しい。漆黒の空には、針でつついた穴のような星々がまぶしいくらい輝いている。

「なあ」ベルトが言う。「こんな夜は、ここに来たのはいい選択だったんだって自分を納得させられそうになるよ」

返事をしようとしたとき、視界の隅でちらりとかすかな光が見えた。俺はそっちを向き、左目を閉じてオキュラーに見えているものに焦点を合わせる。可視スペクトラム光子を強化した映像から、すぐ赤外線映像に切り替わり、また元に戻ったかと思うと、そのふたつを重ねた映像に疑似彩色をほどこしたものに変わった。

俺は砲塔に背中を押しつけ、緊張して線形加速器を構える。

「いいニュースだ。ここから見ると、どうやらスピーカーは本当のことを言っていたらしい」

016

「やめろ」ベルトが止めた。「それじゃ、弾のムダだ」

俺は線形加速器を下ろし、大きく息を吸い、しばらく止めてから、ゆっくりと吐く。ベルトの言うとおりだ。クモの群れ――あれがそうだとすれば、だが――は千メートルも離れている。ちょうど最初に現れたときのように並走しているが、いまは有効射程距離からはずれている。

「キャット・チェンが自動誘導式の弾を持ってきていたと思う」ベルトは言う。「そいつを使えば命中させられるはずだ。けど、その弾にやつらを倒せるほどの威力があるかは、わからない。標準的な戦闘スーツの装甲を貫通する規格じゃないんだ」

「それが重要かはわからないが、スピーカーの言うとおりだった。やつらは俺たちを追跡している。そのうち、探査車に群がろうとするだろう。いま一匹や二匹狙撃したところで、状況はたいして変わらないんじゃないか」

ベルトは肩をすくめる。「かもな。けど、試したって損はない」目の焦点をぼかし、瞬きしてチャット・ウィンドウを呼び出す。一分かそこらでハッチが勢いよく開き、キャットが屋根に登ってきた。俺たちのそばまで来ると、いっぽうの手で砲塔につかまって片目を閉じ、遠くに目をこらす。

「あっ」数秒後、キャットは言った。「いた、あそこに見える」

彼女はベルトから自分の武器を返してもらうと、いっぽうの膝をつき、マガジンを抜いて、ウエストポーチから引っぱり出したもっと大きいマガジンと交換する。そして姿勢を安定させると、線形加速器を構えた。「ほんのちょっとでいいから、ガタゴト跳ねるのを止めてもらえると助かるのに」ぼやいてから、怒号とともに引き金を引く。

「命中したんじゃないか」とベルト。

「命中させたわ」とキャット。「クモは倒れた。でも、確実にまた起き上がったと思う」

「そうかもしれない」とベルト。「でなきゃ、べつのやつが取って代わったのかもな」

そのとき、俺はオキュラーを赤外線カメラに切り替え、解像度をマックスにしてあった。飛んでいく弾の光は見えたが、命中したときにどうなったかは見えなかった。可視スペクトラム光子を強化するカメラに切り替える。解像度が上がり、クモ一匹一匹の姿が見えた。キャットはふたたび発砲し、一瞬おいて一匹が倒れる。

だが、彼女の言うとおりだった。倒れたクモはすぐ起き上がり、走りつづける。

「時間と弾のムダだわ」キャットは言った。

「そうかもしれないし」とベルト。「そうじゃないかもしれない。とにかく、あいつらは少し遠ざかったようだ。殺せないかもしれないが、あいつらも弾を食らって気分がいいわけがない」

「自動誘導式の弾はマガジンふたつ分しか持ってこなかったの。全部で四十発。あいつらを苛立たせるためだけに、ふたつとも空にするつもりはないわ」

「本気で言ってるのか？」とベルト。「あいつら相手に、ほかにどうしようってんだよ？もし俺たちが生体解剖されるはめになったら、弾丸を節約したからって勲章はもらえないぞ」

キャットは立ち上がって、ベルトのほうを向く。「もしあいつらが五百メートルまで接近したら、喜んで炸薬弾でも運動エネルギー弾でも空になるまで撃ちまくってやるわよ。でもいまのところは、これくらいにしておくつもり、あなたたちがかまわないなら。あたしだって生体解剖されるつもりはないわ。それに、かなり遠くから命中させる能力がどんなときに真価を発揮するのか、あなたたちはぜんぜんわかってない」

ベルトは反論しそうに見えたが、思い直して肩をすくめた。「わかった。たぶん、きみの言うとおりなんだろう。俺はただ、こんなふうにあいつらについてこられるのが気に入らないだけだ。けど、あいつらがこの距離をたもつつもりなら、こっちにできることはなさそうだ」

「少なくとも、ここは開けた場所だわ。さっきみたいに尾根にはさまれた窪地を走っていたら、知らないうちにクモの群れに飛びかかられていたかもしれない」

小さな恩恵だ。俺がするべきだと考えていることを行動に移すとしたら、いまがそのときだ。あいつらがふたたび俺たちの命を脅かすまで待っていたら、今度こそおしまいだ。

「よし、なかに戻ろう。決断しなきゃならないことがある」

車内に戻ると、ナーシャが起き上がっていた。膝に両肘をついてかがみ、両手に頭をのせている。俺は激しい安堵に、眩暈がしそうだった。もしまだ意識が戻っていなかったら……。

いや、そのことは考えないにかぎる。

「よう」ルーカスが訊ねた。「外はどうだった？」

「クモの群れがついてきてる」キャットが答える。「いまのところは、一定の距離をたもってる」

「いまのところはな」と俺。「ずっとつづくとは思えない。ナーシャ——気分はどうだ？」

　彼女はゆっくりと顔を上げ、険しい目になる。「はあ？　ふざけてるの？」

「ごめん」俺は謝る。「わかる。わかってる。最悪の気分だよな。俺が訊きたかったのは、動けるかどうかってことさ。立てるか？　歩けるか？」

　ナーシャはため息をつくと、片手でベンチの背につかまって、立ち上がる。完全に立ったところで手を放す。少しぐらついてから、安定した。

「ええ、立てる」そう言うと、いっぽうの足を上げ、次にもういっぽうの足を上げた。

「たぶん、歩けると思う。でも、走れるかどうか試すのはごめんよ。なぜ？」

「走る必要はない」俺は答える。「とにかく、いまはそう思う。ただ動いてくれればいい。俺たちは船を捨てる」

　この発言への反応は、たっぷり五秒間の沈黙だった。

「なんだって？」ようやく、ルーカスが言う。

「俺たちはこの探査車を放棄する。スピーカーがはっきり説明してくれたように、クモの群れが喉から手が出るほどほしがっているのは、この車の金属だ。彼らは俺たちのなかから一人差し出すことも要求したが、そっちの優先順位は一位から大差をつけた二位のはずだ。探査車を無防備な状態で置いていけば、彼らの選択肢は、九十五パーセントほしいものをリスクなしで手に入れるか、五パーセントほしいものを〈補助者〉の半数を失いながら手に入れるかの二択になる。スピーカーは彼らのことを知性があると言っている。それを言葉どおりに受け取れば、彼らは正しい判断をするだろう」

「もし、そうじゃなかったら？」キャットが訊き返す。「あたしたちは今日、やつらの仲間を大量に殺したのよ。もし逆の立場だったら、あたしは相当頭に来てると思う。やつらはまずあたしたちを追っかけて殺してから、探査車を回収に戻ってくるかもしれない」

「その可能性もあるが、俺はそうは思わない。俺たちは〈補助者〉を殺した。もしスピーカーの話が少しでも真実なら、俺たちが仲間の半分を殺されたときに取るような反応はしないだろう。復讐など考えないだろう。彼らが考えるのは、戦利品を手に入れることだ。探査車を手に入れることを優先するはずだ。探査車を分解するには、かなりの時間がかかる。彼らが分解しおわる頃には、俺たちはずっと遠くへ逃げていて、もう追う価値はなくなっているだろう」

乗員室に並んだ顔に浮かぶ表情は、疑いから反対の一歩手前までさまざまだ。ルーカスはブーツでスピーカーをつついた。「どう思う、虫けら？　ミッキーの言ってることは合ってるか？」

最初は反応がなかった。だが、またルーカスにつつかれると、スピーカーはゆっくりと俺たちの目の高さまで起き上がり、彼のほうを向いた。「彼らが探査車に集中するだろうという点に関しては、ミッキーの説はほぼ正しい。けど、いまいる〈補助者〉の数次第では、その一部を使っておまえたちを追跡するかもしれない。とはいえ、追跡してこないかもしれない。予測は難しい」

「おまえたちを追跡するって言ったか？」ルーカスが訊ねる。「俺たちじゃなくて？」

「そうさ」とスピーカー。「俺たちとは言ってない。俺はおまえたちには同行しないんでね」

　その答えは予想外だった。俺は口を開けたものの、返す言葉がないことに気づき、また閉じる。ナーシャを見ると、しかめっ面になっているが、それがスピーカーに向けられたものか俺に向けられたものかは判別できない。

「いやいや」ようやくベルトが口を開いた。「おまえは俺たちに同行するんだ、スピーカー。絶対に来てもらう」

「行かない」スピーカーは言い返す。「おまえたちを困難な状況に置いていくことは謝るが、もし俺がこの探査車を放棄すれば、ほかのやつらが全部奪い、俺たちの巣にはおこぼれひとつ入ってこない。そんなことは許されない。もしおまえたちが放棄したあと、俺がこの車に残っていれば、戦利品の一部を力ずくで手に入れられる可能性が、わずかだがある」

俺はぽかんと口を開けて、スピーカーを見つめる。「そんな約束がまだ有効だと、本気で思ってるのか？　俺たちはこれまで大量のクモを殺してるんだぞ、忘れたのか？　彼らは復讐しようとはしないかもしれないが、少なくとも、以前決めた妥協案は無効と考えるに決まってる」

「そうかもしれない」とスピーカー。「もしおまえたちと一緒に逃げなかったら、俺は探査車と一緒に分解されちまう可能性がかなり高い。それでも俺には、前に決めた約束を守るよう彼らを説得する義務がある。前にも言ったように、もし彼らがこの探査車の材料をすべて使えることになったら、俺たちの巣を駆逐するほど強くなっちまう可能性がかなり高い。俺たちにとっても、おまえたちにとっても、そんな事態だけは避けなきゃならない」

俺は首をふる。「悪いが、スピーカー、この件は譲れない。俺たちにはおまえが必要だ。おまえがいなかったら、俺たちは〝南の友人たち〟を見つけることすらできない。ましてや、話すことなんか不可能だ。おまえには一緒に来てもらわなくてはならない」

「おまえの立場は尊重するが」とスピーカー。「頼むから、俺の立場も尊重してくれ。おまえは俺に、そっちの巣を守るために俺たちの巣を大きな危険にさらせと言ってるんだぞ。もし逆の立場だったら、おまえはどうする？」

「はっきりさせておこう」ベルトが口をはさんだ。「俺たちは頼んでるわけじゃねえ。言いわたしてるんだ。俺たちが探査車を放棄したら、おまえには俺たちと一緒に来てもらう」

「脅してるのか？」

ベルトは線形加速器を上げた。はっきりスピーカーを狙っているわけではないが、まったく狙っていないわけでもない。

「脅しちゃいねえよ」ベルトは答える。「ただ事実を言ってるだけだ。俺たちはおまえを置いていきはしない──とにかく、無傷で置いていくことはない」

スピーカーはベルトの顔の高さまで起き上がり、かっと大あごを開く。「俺はちょろい相手じゃないぞ」

「おまえはちょろい相手じゃないさ。けど、人数で負けてるし、銃の数でも負けてる。撃たれる前に、俺たちのうちの一人は倒せるかもしれないが、二人倒すのは絶対に不可能だ」

「おい」遅すぎるにもほどがあるが、俺は割って入った。「やめないか、ベルト。全員、誰も撃ちはしない。スピーカー、俺たちにはおまえが必要だ。それは味方としてであって、捕虜としてじゃない。おまえの自発的な協力が必要なんだ。おまえを置いていく余裕はないってことに関してはベルトの言うとおりだが、ここで起こることがそっちの仲間にあたえる影響をおまえが心配するのは理解できる。おまえたちの巣がほかの連中に奪われることは、俺たちだって同じくらい望んじゃいない。だから……」俺はさっと車内を見回す。誰もが俺に注目している。すでにひどい間違いだらけの人生で、俺は最悪のミスをおかそうとしているのかもしれないが、この時点ではほかにいい案がない。「だから、ここで約束する。爆弾を取り返すのに成功し、生きてドームに帰れたら、俺たちはおまえの巣が負けないようにしてやる。俺たちがどんな武器を持っているかは、もう知ってるだろ。ドームに戻ればもっとたくさんあるし、ここにある武器がおもちゃに見えるほどすごいのだってある。もし俺たちが爆弾を取り返して無事にドームに戻れたら、おまえの仲間が攻撃されたときに守ってやると約束する。味方ならそうするもんだろ?」

スピーカーは大あごを閉じ、だんだん頭を低くして床に落ち着いた。

「おまえにこんな約束をする権限があるのか?」

いいや、これっぽっちもない。

「ああ、あるとも。断言しよう、俺が仲間にこういう約束をしたと伝えれば、彼らはそれを守ってくれる」

「こういう発言は軽くはないぞ、ミッキー。約束というものを俺たちがどう考えているかは、話したはずだ」

「ああ、それは聞いたし、理解している。俺たちも約束は重要なことだと思っている。どうだ、交渉成立か？」

長い張りつめた沈黙のあと、スピーカーは完全に床に平らになって言った。「よし。うん、そういう条件なら交渉成立だ。正直、一人でクモの群れに立ち向かわずにすんで、ほっとしてるよ。けど、わかってるよな、もしおまえの仲間が約束を果たさなかったら、深刻な結果をまねくことになる。俺たちが攻撃を受けているのにおまえたちが助けに来なかったら、事前の了解事項はすべて無効だ。もし俺たちがなんとか自力で防衛できたら、おまえたちのドームを、失った仲間を作るのに必要な金属の供給源にする。おまえたちの意思に関係なくだ。そして、もし俺たちの巣が負けたときは――断言しよう――近いうちにおまえたちの巣もそうなる」

ベルトがこっちをにらんでくるが、俺は六時間後に起こるかもしれないことを心配する立場にはない。六カ月後のことなら、なおさらだ。当面は、これで充分だろう。

「感謝するよ、スピーカー」俺は車内を見回す。キャットとルーカスは後方のハッチのそばにいる。二人とも目を合わせようとしない。ナーシャはまたすわりこんで、両手で頭を抱えている。ベルトはいっぽうの眉を上げた。俺はうなずく。「スピーカー以外は全員、荷造りしてくれ。ただし、荷物は軽くするように。まもなく退散する、おそらく長距離を歩くことになるだろう」

一人ずつ、走る探査車の後ろから飛び下りる。最後はナーシャだ。ためらい、少し震えているが、やがて飛び下りた。よろけて、ドスンと両手両膝をつく。ほかは全員すでに地上にいて、クモから見える範囲で漆黒の空を背に自分たちのシルエットが浮かびあがらないように気をつけている。ハッチが勢いよく閉まり、探査車はせまい尾根に沿って跳ねながら進んでいき、そのうち西へ曲がってくだりはじめた。ジェイミーは探査車を一キロほど先、だいたい斜面の麓くらいで、ゆっくり停止するようにセットしておいた。

「で？」ベルトが訊ねる。「やつらはこっちを追ってきてるか？」

ルーカスが膝立ちになって、片目を閉じた。

「追ってきちゃいないと思う」二、三秒後に言う。「まだ探査車を追いかけてるように見える。先へ進むか？」

「いや」俺は答える。「クモがいなくなるまで、ここにとどまろう。俺たちが脱出したのを、クモたちに気づかれたくない、すでに気づかれていなければだが」俺はナーシャのところへ這っていく。彼女はまだ両手両膝をついて、頭をだらんと垂らし、長い三つ編みが地面をかすっている。「ナーシャ」俺はもっと小さい声で呼びかけた。「大丈夫か？」

ナーシャは頭を上げ、痛みに顔をしかめる。「生きてるわ。これってすごいことじゃない？」そしてなんとかすわると、両脚を抱え、膝に額をのせた。「ごめんなさい」少しして、言う。「わたしにはできるかわからない、ミッキー。立つだけでやっとなの。これから何キロ歩くの？」

俺は彼女の肩に触れる。すると、びくっとされて手を引っこめた。

「距離は問題じゃない」俺は答える。「どれだけ遠くたって、きみはたどりつく。きみほど強い人を、俺は知らない。そうしなきゃならないんだったら、きみはミズガルズにだって歩いて帰れるよ」

「それはどうかしら、ミッキー」ナーシャは目を上げずに言う。「こんなにひどい怪我を負うのは初めてだと思う。わたしはあなたを見捨てたりしない。するべきことは、なんだってする。でも、もしそれができないとはっきりしたら、あなたはわたしを置いていかなきゃいけない。それはわかるわね？」

俺は口を開け、ためらい、また閉じる。

「わたしは本気よ。あなたがこんなことを考えたくないのは、わかってる。愛している人が死んでいくのを見ているのがどんなものか、わたしはたいていの人よりよく知ってるでしょ。でも、このミッションには、ニヴルヘイムにいるすべての人間の命がかかってる。足手まといになるわたしを連れていくなんて、できないはずよ」

俺は彼女の手に自分の手を重ね、もっと身を寄せる。「いや、そんな戯言は聞きたくない、ナーシャ。俺に言わせりゃ、この星の人間なんか、みんな死んで腐っちまえばいいんだ。きみを助けられるなら、俺はほかのやつを全員差し出す」

ナーシャは膝から頭を上げた。その顔に浮かんでいる表情は、もう苦痛じゃない。怒りだ。「バカなこと言わないで、ミッキー。わたしがもし、いま向かっているところへたどりつけず、なんとかドームまで帰ることもできないとしたら、すでに死んでいるも同じだわ。あなたがみんなにとっとと行けと指示して、わたしと一緒にいるとしましょう。たとえクモの群れが戻ってこなかったとしても、わたしたち二人で、こんなところでどれだけ持ちこたえられると思う?」

俺は首をふる。「そんなの関係ない。どこだろうと、きみが行くところに俺も行く。そんなにコロニーを救えるか心配なら、気合いを入れて歩きだすべきなんじゃないのか」

にらむナーシャ。

俺もにらみ返す。

「横になってろ」

ナーシャの顔が険しくなる。「はあ？」

「横になってろ」俺はもう一度、今度はささやくくらいの声で言う。「頼む。横になっていてくれ、そして俺が指示するまで起き上がらないでくれ」

「でも――」

「頼む。頼むから、俺を信頼してくれ」

「おーい」ルーカスの声がした。「探査車が止まるぞ」

俺はナーシャに背を向け、二十メートルほど先まで這っていく。そこから地面が急なだりになっている。オキュラーの倍率を最大にすると、探査車が谷でゆっくりと停止するのが見えた。

「もう出発すべきだ」とルーカス。「あいつらがどれくらいで探査車をぶっ壊せるか、わからない。それまでに、こっちは距離を稼いでおかないと」

俺はちらりとナーシャを見た。彼女は仰向けに寝て、いっぽうの腕で顔を半分覆い、もういっぽうの腕を腹にのせている。

「いや」俺は答える。「まだだ。やつらのすることを見ておく必要がある」

「へえ。そうやって引き延ばしてるのは、ナーシャ・アジャヤがまたダウンしていることとは関係ないんだよな？」

俺はルーカスを見る。ルーカスはにらみ返してから、やれやれと首をふった。

「悪かった、ミッキー。だけど、俺たちは動かなきゃならない」ルーカスは言う。「クモの群れから遠く離れる必要がある。それも早急に。アジャヤは、いまは動けなくても、また立てるようになれば、たぶんみんなに追いつけるさ」

ルーカスは立ってみんなを見回す。誰も動かない。

「すわれ」長く気詰まりなひとときのあと、ベルトが言った。「自分がバカなことを言ってるのがわからないのか、ルーカス」

ルーカスはキャットのほうを向く。

「ベルト・ゴメスの言うとおりよ」とキャット。「口を閉じて、すわりなさい」

ルーカスはためらい、口を開きかけたところで、不満そうにうなって片膝をついた。

「心配するな」俺は言う。「もうすぐ出発する」

下に見える谷には、クモが集まっている。クモの群れは十分ほどの時間をかけて、直径約二百メートルの非常線を張るように探査車をぐるりとかこんだ。さらに数分後、一匹が車に近づいた。そのクモは車のまわりを二度回ってから、車体に這いのぼる。クモはゆっくりと動き、一、二歩動くたびに止まっては、足で金属をトントンたたく。最後に、砲塔にたどりついた。

クモは砲塔についたバーナーの銃身をすぱっと嚙み切り、完全に切り離した。

「ええと」ベルトが、ちょうど俺の肩のあたりで言う。「あいつらが戦闘スーツの装甲を嚙み切れるかって疑問の答えは、出たんじゃないか」

「ああ、出たようだな」

「よし」とルーカス。「あいつらのすることは見ただろ？　これで出発できるよな？」

「まあ、落ち着けって、ルーカス」ベルトはふり向かずに言う。「じき出発するさ」

「落ち着けだと？　いま、するべきことは――」

「おまえがするべきことは、黙ることだ」とベルト。「真面目な話、ルーカス、もうすぐすごいことが起きるんだよ」

「邪魔するつもりはないが」スピーカーが口を開いた。「ルーカスの言うとおりだ。クモたちは、いまは俺たちを無視しているが、忘れたわけじゃない。探査車の解体が終わったとたん、探しに来るだろう。しかも、徒歩の俺たちよりはるかに速く動けるんだぞ」

「わかってる」俺は答える。「すぐに出発するから、約束する」

俺たちの下では、探査車をかこむクモの輪がせばまっており、金属の破片が飛びはじめている。群れのなかの二十四ほどが車の上や周囲に這いのぼり、装甲の塊をえぐりとっては、脇に放りだしている。ほかの三十四以上のクモが、ゆっくりと分解されていく車台(シャーシ)に押し寄せて破片を集め、残りのクモがそれを運んで分類し、山積みにしていく。

「どう思う?」ベルトが訊ねる。「クモの群れはあれで全部かな?」

「わからない」と俺。「それでも、ほとんどはあそこに集まっているに違いない。最初は百匹くらいいたと思う。おまえの爆撃からキャットとルーカスの狙撃までのあいだに、少なくとも半数は殺したはずだ」

「そのとおりだと思う。けど、あいつら、援軍を呼び寄せたんじゃないか?」

俺は肩をすくめる。「かもな」

「まあ、それはあんまり重要じゃないよな」とベルト。「重要なのは、俺たちがどれだけたくさん始末できるかだ。そろそろか?」

「ああ、そろそろだ」

俺は目を閉じる。ぎゅっとまぶたを閉じていても、目がくらむかと思うほどの閃光だった。その直後に、熱風。覚悟していたよりはるかに強烈で、むきだしの手と額が焼けるように熱い。そのあとは圧力波。巨人の拳で殴られたかのように吹っ飛ばされ、背中から落ちる。最後は音。この世の終わりのような、耳を聾(ろう)するすさまじい轟音に、押しつぶされる。

017

這っていってナーシャの無事を確かめ、さらにまた人の声が聞こえるくらい耳鳴りが治まるまで、一分かそこらかかった。そこで初めて聞こえた声は、キャットの声だ。

「ああ、びっくりした。いったいなんだったの?」

ルーカスは両手両膝をついてから、後ろに体重をかけてしゃがんだ姿勢になり、首をふる。「さっぱりわからねえ。なんだったんだ、ミッキー? ああなるならああなるって、前もって警告できたんじゃねえのか?」

俺は循環式呼吸装置(リブリーザー)の奥でにやりとする。「すわれって言っただろ」

「すわれ? そんなのでわかると思ってんのか?」

「ミッキーはなにも言えなかったんだってば」キャットが言う。

ルーカスはふり向いて彼女を見る。「言えなかった?」

キャットは視線でスピーカーを指してから、ルーカスに目を戻す。「言えなかったのよ。

わかりきったことでしょ。つっかかるのはやめなさい、ルーカス」

ルーカスはまだなにか言いたそうだったが、少し考えて、思い直した。

「それはそうと」とキャット。「あれはなんだったの？　クモの群れがプラズマチャンバーに切りこんだだけってことはないでしょ？　だって、あれだけのパワーがあったんなら、もう少し速く走れたでしょ？　誰かがあたしに伝え忘れたのかな、小型核兵器を積んでたこと？」

俺は首をふる。「爆発の規模は同じだが、小型核兵器じゃない。とにかく、俺はそうは思わない。ベルト？　なにが起きたか、心当たりはあるか？」

「あるとは言えないけど」ベルトは答える。「俺は核融合装置は持ってこなかったし、反物質も持ってきてない。だから、さっきの爆発はたぶん俺じゃない。ていうか、俺の持ってきた弾頭が触媒になったのは確実だけど、昨夜、俺が荷造りするところを見ただろ。俺の持ってきたものが爆発したと考えるには、さっきの爆発は規模がでかすぎる。まあ、強いて言えば、俺の仕掛けた爆弾が爆発して、駆動装置のプラズマが入ってるところを破壊し、乗員室の空間が共鳴室の役割を果たして爆発を増幅したんじゃないかな」ベルトは片手で頭の後ろに触れ、指に血がついていないか確認すると、顔をしかめて指をシャツでぬぐった。「けど、考えてみれば、もしそんなことが起きていたなら、あそこではちょっとした核融合反応が起きたことになるよな。少なくとも、ごく短い時間は。とにかく、帰ったら全員、被爆時の手順に従うべきだろうな」

「最高だね」ジェイミーが言う。「この旅は、よくなっていく一方だ」

俺はよろよろと立ち上がる。「実際、そうだとも。スピーカー、とにかくおまえは満足なはずだ。クモたちがチタン蒸気から新たな〈補助者〉を作れるのでもないかぎり、おまえたちの巣は安全なはずだからな――実際、これまでよりさらに安全になったはずだ。探査車が蒸発しちまったうえに、俺たちがさらに五、六十四のクモも蒸発させてやったんだから。これで、仲よく任務を進められるよな？」

スピーカーはゆっくりと起き上がり、谷をのぞいた。爆発地点から上がるキノコ雲は消えはじめ、だんだんと黒く焦げたクレーターが見えてくる。クレーターの直径は少なくとも百メートルはある。

「こんな……」とスピーカー。「こんなことができるのか、おまえたちの爆弾は？」

「いや、まさか」ベルトが答える。「こんなもんじゃない。俺たちの探している爆弾にくらべりゃ、こっちは爆竹みたいなもんさ。俺たちの探してる爆弾だったら、爆発するとき千五百メートル離れたところにいても、あのクモと同じように死んでいただろう」

スピーカーはふり向いて、ベルトを見る。「おまえたちは、なぜそんなものを作るんだ？」

肩をすくめるベルト。「なぜかって？　いい質問だ。答えは、作れるから、だろうな。ともあれ、これで俺たちがあれを取り返さなきゃならない理由がわかっただろ」

「取り返して、なにをする？」

「なんのことだ？」

「その爆弾のことだよ」とスピーカー。「〝南の友人たち〟から取り返したら、おまえたちはそれをどうするつもりだ？」

「分解する」俺は答える。「もしあの爆弾を取り返してドームに持ち帰ることができたら、爆弾を無害化する。あんな破壊力のあるものを野放しにしておきたくないのは、俺たちだって同じだ」

「それは約束か？」スピーカーは訊ねる。

「ああ、約束だ」と俺。

「よし」ムカデは起こしていた頭を地面に下ろした。「友人たちのところまでは、もう遠くない。さあ、行こう」

俺は立ち上がってから、ナーシャのほうを向いて、立つのを手伝う。俺が手を放すと、彼女は少しふらついたが、やがて安定した。

「大丈夫か?」

彼女は頭をがくんと前に倒し、それから後ろに反らした。目は固く閉じ、両手は首の後ろを支えている。

「ほぼ大丈夫。とにかく、歩けるとは思う」

俺は周囲を見た。みんな、俺に注目している。

「よし」俺は言う。「出発しよう。スピーカー、案内してくれ」

スピーカーは起き上がると、体をひねって長々と俺を見つめてから、地面に足を下ろし、尾根沿いに南へすばやく進みだした。一人また一人と、俺たちも全員、あとを追った。

ミズガルズにいた頃は――俺がただのミッキー・バーンズで、最悪の心配事は基礎給付金が支払われる合間にクレジットを使いきってしまうことだった頃は――山歩きが好きだった。キールナのすぐ南に伸びるウル山地の峰ぞいに、およそ八百キロのトレッキングコースがあり、俺はそこを五年間で四回一人で歩いた。一人でいることが好きだった。自分の人生が完全に自己完結している感覚が好きだった。一日で三十キロ歩いたあとの筋肉の痛みが好きだった。見晴らしのいいところに立ち、足を滑らせて転落したら誰にも死体を見つけてもらえない可能性が高いだろうなと思うのが好きだった。

いましていることは、好きじゃない。

まず、リブリーザー。こいつはどんな客観的基準から見ても、すばらしい技術だ。そのまま出ていけば五分未満で死に至る大気のなかでも、リブリーザーがあれば、ほぼずっと生きのびられる。だがその仕組みは、大気中から望ましくない成分を取りのぞき、必要な成分を濃縮しているにすぎない。その結果、肺はリブリーザーから通常の呼吸の二倍の量の空気を取り込む必要がある。だから、こいつを着けてハイキングするのは、ストロー一本で呼吸しながら、水中をハイキングするようなものってことだ。しかも、ストローから入ってくる空気は口臭がする。おまけに、俺は起きてから二十時間たっているうえに、この時間はまだ延びていく。なにより、俺たちはおそらく追われていて、もし捕まるはめになったら、それはニヴルヘイムにいるすべての人間の死を意味する。

うん、やっぱり好きになれない。

俺はしばらく、時計（クロノメーター）を見ていない。疲れきっていて気にする余裕がなかったというのもあるが、大きな理由は気が滅入るからだ。それでも、もう夜明け間近に違いない。ここ数時間、最後の尾根から斜面をくだって平地をだいぶ進んできたが、スピーカーに訊ねるたびに、何度も同じ答え——もう少し先だ、あと少しだ——が返ってくる。俺たちはかなたに見える山地へ向かって、膝まであるシダの草原を歩いている。草原は果てしなく広がっているようだった。そんなとき、ジェイミーが俺の横に来た。

「休憩が必要だよ。きみたちは昨日、乗員室でいくらか睡眠をとれたけど、ぼくはほぼ丸一日起きてる」ジェイミーはちらりと後ろを見ると、声をひそめてつづけた。「それより大事なのは、ナーシャが倒れそうになってることだよ。本人は認めようとしないだろうから、ぼくが休みたがってることにしてよ、ね？　止まれって指示して」

俺はふり返って、ナーシャを見た。彼女は列のいちばん後ろを、キャットから十メートルくらい遅れて歩いている。目は閉じかけていて、しばらく見ていると、なにもないところでつまずき、もう少しで倒れそうになった。

彼女のようすに気づくべきだった人間は、ジェイミーじゃない。

「スピーカー」俺は声をかけた。「あと、どれくらいだ？」

「遠くはない」ムカデは速度をゆるめず、答える。「翌日の半分。いや、もっとかな。ぜんぜん遠くない」

〝遠くない〟の意味について、スピーカーと話し合う必要がある。

「わかった」俺は足を止めた。「ここで止まろう。六時間休息と食事をとってから、先へ進む。明日の日没までには着くはずだ。そうだよな、スピーカー？」

「まずいって」とスピーカー。「ここで止まるのはまずい。隠れるところがない。クモたちがまだ追跡しているかもしれないんだぞ」

「悪いが、倒れるまで歩きつづけるのもまずい。俺たちはここで休憩する」

「言われなくても、そうするさ」ルーカスは肩をすぼめてバックパックを下ろし、シダを踏んでまるく平らな場所を作りはじめた。

「あんまりくつろぎすぎるなよ」俺は注意する。「おまえには最初の見張りをやってもらう」

ルーカスは顔をしかめたが、文句は言わなかった。俺も自分のバックパックを下ろすと、ひき返してナーシャのところへ向かう。近くへ行くと、彼女は険しい目で俺を見上げた。

「もし、わたしのためなら……」

「違う、みんなのためだ。せっかくたどりついても、まともに動けなかったらどうにもならない。ジェイミーはドームを出発してからずっと寝てないし、ほかのみんなの状態もたいして変わらない」

「なら、いいわ」ナーシャは俺にぶつかってくると、俺の肩に両腕を回してぐったりともたれかかった。「わたし死にそう、ミッキー」彼女の声はもう、ささやきとほとんど変わらない。「頭のなかで、ネズミが頭蓋骨をかじって出てこようとしてるみたい。視界はぼやけて、見えたり見えなくなったりするし、幻覚が見えはじめてる。いまにも倒れそう。

だって、一瞬、目の前で地面からムカデが出てきたって思ったのよ。わたし、これから行くところまではたどりつけるかもしれないけれど、ドームまではるばる歩いて帰るなんて、絶対に無理」

「先のことは考えず、ひとつずつ取り組もう」俺は言う。「いまは休むんだ。また出発する頃には、マシになっているかもしれない」

「そうかもしれないわね」ナーシャは俺に腕を支えられ、両膝をついてから、すわる姿勢に落ち着いた。

「じっとしてるんだぞ」俺は自分のバックパックまで行き、非常用毛布と着替えの入った巾着袋を持って戻ってきた。毛布をナーシャにはおらせ、巾着袋はできるだけふくらませて枕っぽくしてから、彼女を横向きに寝かせる。ここは土が黒くて柔らかく層が厚い。シダは彼女をかこんで小さな部屋を作ってくれる。「ちょっと眠ろうじゃないか」

ナーシャは目を閉じる。「眠れるか試してみるわ。もし出発の時間になっても目を覚まさなかったら、置いていって」

俺はかがんで彼女の額にキスをする。「了解、ボス。仰せのままに」

ナーシャは俺の手をつかんでぎゅっと力をこめてから、放した。俺は立ち上がる。ほかのみんなは、それぞれ立っていた場所にすわりこんだらしい。ルーカスはバックパックの上にすわって、膝の上に線形加速器をのせている。キャットは両膝をつき、歯でプロテイン・バーの包みを破っている。ベルトとジェイミーは、二人ともすでに眠っているようだ。バックパックを背負ったまま仰向けになり、上体を半分起こした状態で寝ている。

「ミッキー」スピーカーが這ってきて、俺の横にうずくまる。「もう一度言うが、ここにとどまるべきじゃない」

「そいつは聞いた。だが、さっきも言ったように、俺たちはこうするしかないんだ。おまえの新陳代謝の仕組みは知らないが、俺たちは休憩なしで永遠に動けるわけじゃない。もしここでクモに見つかったら、戦う。これが、俺たちにできるベストだ」

俺が自分のバックパックへひき返すと、スピーカーも隣を這ってくる。俺は少し考えてから、空腹より疲労のほうが強いと判断した。膝をつき、すわる姿勢をとってから、バックパックにもたれて目を閉じる。

「もしここでつかまったら」スピーカーは言う。「俺もばらばらにされちまう」

「あいつらはきっと、可能なら俺たち全員をばらばらにするさ。なにしろ俺たちは、大量のクモをばらばらにしたんだから」

「ばらばらにされたくない」

「ああ、俺もだ」

「クモだけじゃない」スピーカーはそう言って、一本の前脚を地面にめりこませる。「この土だぞ？　柔らかくて、湿ってる。掘るやつらに格好の土だ。わかるか？」

わからないが、気にすることか？　「ホルヤツラか。わかった。そいつらにも目を光らせることにしよう」

ムカデはしゃべりつづけているが、俺はもう聞いていない。あごが胸にくっつき、呼吸はゆっくりになる。最後に聞こえたのは、規則正しい引っかくような音。鋭い鉤爪を骨の上で引きずるような音。


空から射してくるまぶしい光と叫び声に、俺は目を覚ました。

体を起こして立ち上がるが、頭はまだまともに働かず、自分が見ているものがなんなのかわかるまで少しかかった。まずは、叫び声。その出所はルーカスだった。彼はバックパックのそばで両膝をつき、目をかっと開いて、両手を後ろへひねっている。キャットはその後ろに立ち、線形加速器を持って、じわじわと後ずさっている。ジェイミーとベルトは、ちょうど頭をふって目を覚まそうとしていた。ナーシャは動いていない。

俺が見ていると、ルーカスはよろけながら立ち上がり、体をひねってキャットのほうを向いた。その両手に巻きつく毛のない白い尻尾のようなものは、ルーカスの背中の真ん中から突き出していた。彼は引っぱって抜こうとしているが、その得体の知れないものは体にさらに深くもぐりこみ、ゆっくりと姿を消していく。悲鳴がさらにでかくなり、握っていた手が離れて、そいつが完全にルーカスの体のなかに潜りこんだところで、彼はまた両膝をつき、悲鳴の高さが一オクターヴ上がった。

そのときだ。ルーカスの太ももの裏に、血まみれのぎざぎざの穴があるのが見えたかと思うと、のたうつ白い尻尾がもう一本、右の腎臓のすぐ上から突き出した。

「掘るやつらだ！」スピーカーが後ろから叫ぶ。俺はふり向いた。ムカデはすべての足をいっぺんに地面から上げようとするかのように踊っている。「見たか？　掘るやつらが出た！　こんなところで止まるべきじゃなかったんだ！」

キャットの線形加速器が吠え、ルーカスの悲鳴がぴたりとやんだ。

「なんでだよ、キャット？」ジェイミーが声を張り上げた。いまは立ち上がって、後ずさっている。「ルーカスを殺しちゃったじゃないか！　きみはルーカスを殺しちゃったんだぞ！」

「当然のことをしたまでよ」とキャット。「逆の立場だったら、彼もあたしに同じことをしたでしょう」

ベルトがキャットの肩をつかんで、後ろへ引っぱる。「荷物をまとめろ。移動しなきゃならない」

ナーシャは膝立ちになっていて、いっぽうの手を地面について体を支え、太陽にまぶしそうに目を細めている。「ミッキー？　なにが起きてるの？」

俺は自分のバックパックをひっつかみ、白い尻尾みたいなやつがぶらさがっていないかすばやく確認してから背負うと、ナーシャのところへダッシュして、立ち上がるのに手を貸した。ルーカスの荷物へじりじりと近づき、もう少しで線形加速器をつかめそうだったベルトは、ブーツから一メートルも離れていないところでまた白い頭がひょっこり現れたのを見て、飛びのいた。

「逃げろ！」スピーカーが声を張り上げる。「ここから離れるんだ！　あいつらは、三匹見たら百匹いる！　急げ！　早く！」

スピーカーが明らかに怯えているという事実に、呆然とする。そもそも恐怖を感じることができるのかすら、知らなかった。ナーシャが俺の手をつかむ。スピーカーはすでに這い進んでいるが、俺はルーカスから目が離せない。いまルーカスは仰向けに倒れていて、胸の真ん中にキャットに撃たれた穴があいている。そこから細い白い頭が出てきて、俺のほうを向いた。ヤツメウナギのような口があり、円形の開口部を白い骨みたいな歯が縁どっている。

「ほら」ナーシャは俺の腕を引っぱる。掘るやつらはルーカスの体内に引っこんだ。彼女に引っぱられ、俺は二歩下がった。「もう、ミッキーってば」ナーシャは俺の頬に手を当てて、ふり向かせる。「行くわよ」

俺は後ろを見た。ルーカスのまわりでは、いまや地面が波打っている。ナーシャは俺の手を放し、スピーカーのあとをついていく。一瞬ためらってから、俺もあとを追った。

最初の一キロはパニック状態で、速い行進と遅い走りの中間くらいの速度で進んだ。ようやくみんなに速度を落とさせたのは、ジェイミーだった。ナーシャがみんなから遅れているのに気づいたのだ。

「ここまで来れば、大丈夫だ」とジェイミー。「そうだよね、スピーカー？　ここなら安全だよね？」

「ああ、たぶん。ここの地面は固い。当面は安全なはずだ」

「これで二度目よ」荒い呼吸がおさまってから、キャットが言う。「あんたが存在を確実に知っていた生き物からあたしたちが奇襲を受けたのは、これで二度目。次は前もって警告してよね、さもないと——」そこで言葉を切り、咳をしてから、リブリーザーを上げてなにかを吐き出した。「ぶっ殺すわよ」

「警告して？」スピーカーは訊き返し、前のほうの脚をせわしなく動かして動揺のダンスを踊る。「警告ならしたさ。あそこにとどまるのはまずいって、さんざん言ったじゃないか。ミッキーには、あそこは掘るやつらに格好の土地だと伝えた。警告したって、おまえたちが耳を貸さなきゃどうしようもない」

キャットがこっちを向く。「ミッキー？　スピーカーから、さっきの生き物のことを聞いてたの？」

「いや。うーん、聞いたとも言えるかな。スピーカーは、ホルヤツラがどうとか言っていた。だが、それがどういう意味かは？　そいつらがなんなのか、なにをするのかってことは言わなかった。もし、ホルヤツラってのが地面からいきなり現れて腹を引き裂く生き物だと聞かされていたら、俺たちは歩きつづけていただろう」

「俺は警告した！」とスピーカー。「ちゃんと警告した！　掘るやつらが無害だったら、わざわざ警告するわけないだろ？　俺がシダのことを警告したか？　してない！　岩のことを警告したか？　してない！　外から来たおまえたちは、この星のことを知らない。俺が警告したら、ちゃんと聞くべきだ！」

俺は口を開けて言い返そうとしたが……。

スピーカーは間違っていない。

「ほかには、なにがいるの？」キャットが訊ねる。「ここからあたしたちが向かってる場所までのあいだに、ほかに知っておくべきことは？」

「ほかになにがいるかって？」とスピーカー。「わかるわけないだろ？　世界は広い。そこにはたくさんの生物がいるうえに、おまえたちは柔らかくて弱い。ここにいる生物なら、ほとんどなんでもおまえたちを殺せるだろう」

「柔らかくて弱い？」キャットの声から抑揚が消える。

スピーカーは起き上がり、ためらうようすを見せてから、また地面に足を下ろした。空気を読めるようになってきたのか？　「いや。そんなことはない。謝るよ。その表現は間違いだった。柔らかくなくたって、掘るやつらの餌食になる。あいつらは俺たちを殺す。ほぼなんでも殺す。だから俺は、あそこで足を止めたくなかったんだ」

「わかった」とキャット。「謝罪は受け入れましょう。それで、ほかにどんな生き物がいるの？　ほかに、あたしたちが知っておくべきことは？」

「それは難しい質問だ」スピーカーは答える。「けど、前もって警告すると約束する。危険なものが現れたら、掘るやつらのことを警告したみたいにちゃんと知らせる。ただし、もっとうるさく」

「ありがとう。次は全員に教えてくれる？　あんたがどう思ってるか知らないけど、実際、ミッキーは〈最高〉というわけじゃないから」

俺たちは歩きつづける。数分後、キャットが俺の横に来た。

「ルーカスは友だちだった」彼女の声は、ほかの人には聞こえないくらい小さい。「彼は友だちだった。その彼をあたしは殺した。あたしが撃ったときに彼の顔に浮かんだ表情は、この先一生──といっても、どのくらい生きていられるのかわからないけど──頭から消えないと思う。これってあなたのせい、ミッキー?」

「お……」俺は周囲を見る。こっちを気にしているやつは誰もいない。ナーシャでさえいつのまにか遠のいて、目の前の地面を見つめてのろのろと進んでいる。「俺にはわからない、キャット。そうかもしれない。もしそうなら、謝る」

「そうよ」とキャット。「絶対、あなたのせい」

俺はもっとなにか言いたかったが、キャットのほうは明らかに話がすんだようだ。俺はため息をつき、下を向いて、歩きつづけた。


俺たちは歩いている。

太陽は空をのぼり、遠くの山々はまったく近づいたようには見えない。

午後のどこかで、俺は持ってきた最後の水をナーシャにやった。彼女はそれを一気に飲み干した。まぶたを半分閉じ、苦しそうに口を開けている。

キャットとベルトは、残された二丁の線形加速器を背中に吊るしていた。俺はナーシャが持ってきた二丁のバーナーの一丁を持ち、もう一丁はジェイミーが持っている。みんな、いっぽうの足の前にもういっぽうの足を置くこと以外には、注意を払っていない。俺はふと思った。もしいまクモの群れに見つかったら、俺たちは一発も撃てずに死んじまうだろう。

「あと、どれくらい?」ジェイミーが訊ねる。もう二十回目に違いない。

「もう少しだ」スピーカーは答える。「もう、すぐそこ。すぐそこさ。もっと速く進めたら——」

「そいつは無理だ」俺はさえぎる。「なんべんも訊くな」

ナーシャが俺の手を取る。空気はもうひんやりしているが、彼女の手のひらは汗で滑る。

「わたしたち、ここで死ぬんだわ。ミッキーはわかってるんでしょ?」

俺はため息をつく。「たぶんな」

ナーシャがつまずき、俺の腕につかまって倒れるのを防いだ。「もう水はないし、わたしたちは疲れきってるし、食料はあとどれくらい残ってる? プロテイン・バーが二、三本と、スムージーが何本か? ドームまでは百キロあるのに、一歩ごとにさらに遠ざかっていく。〝たぶん〟なわけないでしょ」

「ムカデも水が必要に違いない」俺は言ったものの、スピーカーがそういう証拠を見せたことは一度もなかった。「たぶん、〝南の友人たち〟が空きボトルに水を入れてくれるさ」

ナーシャは咳をするように短く鋭い笑い声を上げた。

「そうね。南の友人たちにその場でばらばらにされなかったら、ラッキーでしょうけど」

俺はまたため息をつく。今度はもう少し大きいため息になった。

「見えるか？」スピーカーが言う。「もう、すぐそこだ。あと少しで着く」

俺は数時間ぶりに足元から顔を上げた。太陽は傾きかけていて、高いところに浮かぶピンク色の薄い雲から弱々しい光がもれている。山々は――これまでずっと遠ざかっていくように見えていたが――突然、俺たちを見下ろすようにそびえていた。

「あそこだ」とスピーカー。「見えるだろ？」

見えるのは、平原の終わりにそびえたつ垂直に近い花崗岩の崖だ。俺たちの行く手に、世界の終わりを示す壁のように左右に広がっている。首を反らしてやっと、普通の山のような斜面が始まっているのが見える。

「頼むから、あれを登る必要はないと言ってくれ」と俺。

「登る？　いやいや。登りはしないさ。ここが目的地だ。ほらね？　あれ以上死者を出さずにたどりつけた」

俺はあたりに目を走らせる。ああいうセリフは、直後に破滅の雨が降りそそぐフラグだ。だが、クモは見当たらない。掘るやつらもいない。どんな種類のモンスターもいない——死にかけの人間が五人と、やたらと元気なムカデが一匹いるだけだ。

「一応、訊くけど」後ろからキャットが言う。「あたしたちはこれから、あの崖へ行くのよね？」

「崖のなかだ」スピーカーは答える。「崖に入口がある」

俺たちは歩きつづけた。十分くらいいたったところで、スピーカーが言った。「あと、ほんのちょっとだ。もう、すぐそこだ」

俺たちは歩きつづける。いまでは高い崖が太陽をさえぎり、上からのしかかってくるかのようだ。このあたりではシダが枯れている。おそらく日照不足のせいだろう。地面は固く、小石が多い。

「そこだ」スピーカーは言う。「見えるか？」

かなり驚いたことに、見えた。崖の麓に——たぶん二百メートルほど先だ——ぽっかりと黒い穴があいている。

「上等じゃない」とナーシャ。「また迷宮ってわけ」

俺は肩をすくめる。「なにがあると思ってたんだ？」

近づくにつれて歩く速度を落としていき、最終的に、暗黙の了解で入口から二十メートルほど手前で止まった。

「で、どうするの？」長い沈黙のあと、キャットが訊ねる。「ただ入ってく？」

「いいや」とスピーカー。「だめだ、それは勧めない。賢明とは言えない」

「じゃあ、待つ？」

「ああ。待とう」

そんな言葉が交わされてまもなく、入口から一メートルサイズのムカデがどっとあふれだしてきた。俺たちは後ずさり、キャットとベルトはすばやく武器に手を伸ばす。ところが、スピーカーはその場にとどまり、踊っている。入口から出てきたムカデの群れは俺たちにはかまわず、スピーカーに向かってきたかと思うと、大あごでスピーカーの体をつかんで、崖のほうへ引きずっていく。初めのうちはダンスをつづけようとしていたスピーカーも、たくさんある脚のうちの一本を嚙み切られると、抵抗しはじめた。

「味方だろ！」スピーカーは叫んだ。「頼む！　俺を守ってくれ！」

そのとき、俺の手にはナーシャのバーナーがあった。俺は狙いを定め、引き金を引く。スピーカーの尻尾のほうにしがみついていたムカデの一匹に炎を浴びせる。そいつは二、三秒無視していたが、今度はスピーカーの体を放してこっちに向かってきた。ベルトの線形加速器が吠え、向かってきたムカデは体を震わせて倒れ、頭からふたつ分の体節がスクラップと化す。キャットがスピーカーのまわりをうごめくべつのムカデを倒したが、二人とも炸薬弾を使っているから、スピーカーを捕らえているムカデたちを狙えば、スピーカーも傷つけてしまう。スピーカーはいまやのたうっている。高く立ち上がったかと思うと引き下ろされ、ついには一匹のムカデがスピーカーの背に這い上がり、最初の体節のすぐ下に大あごで嚙みついた。

スピーカーは倒れて動かなくなった。

ほかのムカデたちが押し寄せ、スピーカーを穴へ引きずっていく。

「ミッキー?」ベルトが訊ねた。「どうする?」

俺は口を開けたが、なにも出てこない。実際、なんの考えも浮かばない。口を閉じたときには、すべては終わり、スピーカーはいなくなっていた。

018

たっぷり二分間、誰も動かず、口もきかなかった。とうとう、ベルトがムカデの死体のひとつに近づき、その残骸をブーツの先でひっくり返した。

「見ろよ」しゃがみこむと、ベルトは砕けた甲皮の塊をもぎとる。「どこまでが生体で、どこからが機械か、見てわかるぞ」

ナーシャは両膝をついてから、すわる姿勢になると、背中をばたんと倒していっぽうの腕で目を覆った。

「ナーシャ?」ジェイミーが声をかける。「大丈夫かい?」

「え、うん」ナーシャは動かずに答える。「絶好調よ」

キャットが俺のほうを見る。「これからどうするの、ミッキー? ていうか、この散々な任務の責任者はまだあなたでしょ?」

「俺……」言いかけたものの、正直、まともな返答が浮かばない。

「いまはそんなこと言ってる場合じゃないだろ」長く苦痛な静けさのあと、ベルトが言った。「ミッキーは意思決定者であって、魔法使いじゃない。選択肢を言ってやれよ」

「わかった」とキャット。「選択肢その一、銃撃しながらなかに入る」

「選択肢その二」ナーシャが言う。「ここに寝ころがって、死を待つ」

「選択肢その三」今度はジェイミーだ。「歩いてドームに戻り、ここで起こったことなんか忘れる」

「OK」とベルト。「どれもこれもバカげてる。ミッキー？」

俺は上を見る。「おまえ、あのてっぺんまで行けるか？」

ベルトは俺の視線の先を見た。「なんの？　あの崖のか？」

「そうだ。バックパックを背負って、あの崖の上まで登れるか？」

「うーん」ベルトは二、三歩下がり、ぽりぽりとあごを掻く。視線が崖の表面を縦横に動き、すでに登れそうなルートの第一候補を探っている。「行けるかな？　いろんな角度から見て、ここから見えるより登りやすいルートがないか確認したいところだけど、なかったとしても、たぶん行けると思う。なんで、そんなこと訊くんだ？　なにを考えてる？」

「クモの群れが現れたときに考えていたのと同じことさ。俺たちがここで倒れた場合、ドームに戻ってなにが起きたか知らせる人間が必要だ」

「わかった」とベルト。「つまり、高さ五百メートルの花崗岩の崖を、重さ十五キロのバックパックを背負ってフリークライミングをしたら、おまえたちが食われちまうかどうか、上でのんびり見てろってことだな？」

「そういうことだ。地上から飛びたてるくらい速く走れると思うんなら、べつだが？」

それについては、ベルトはよく考えてみなくてはならなかった。

「無理だ」ようやく返ってきた答えはそれだった。「昨日は走る探査車のおかげで、スピードと地上三メートルという高さが飛びたつ助けになったが、それでもぎりぎりだった。平らな地面から飛びたとうとなんかしたら、グライダーをぶっ壊したうえに、自分も怪我するのがオチだ」

「もっともだな」俺は言う。「まだ水が残ってるやつはいるか？」

キャットがバックパックのサイドポケットからボトルを一本引っぱり出す。「四分の一リットルくらいかな？」

「ベルトにやってくれ」

キャットは反論したそうに見えたが、少し考えてから、ボトルを差し出した。

「ありがとう」と俺。「ジェイミーは？」

ジェイミーは首をふる。ナーシャはなにも持ってないし、俺は数時間前に飲みつくしてるから、水はそれで全部だろう。

俺はベルトのほうを向いた。「よし。じゃあ、登ってもらおうか。幸運を祈る。こっちの状況は、できるかぎり逐次報告する」

ベルトはためらい、なにか言いたいことがあるかのようにあごを動かしていたが、結局背を向けて歩いていった。


「死んじゃうよ」キャットが言う。「ベルトは滑って落ちちゃうってば。そして腐ったトマトみたいにグシャッとつぶれるのを、あたしたちは目の前で見ることになる。わかってるわよね？」

俺たちは崖の下で肩を並べて立ち、上を向いて、ベルトが登るのを見守っている。ナーシャは仰向けに寝て目を覆ったままで、眠っているか、眠っているふりをしている。ジェイミーは地面にあぐらをかき、ナーシャの持っていたバーナーのうちの一丁を膝の上に置いて、ムカデの巣の入口をにらんでいる。

「かもな」俺は言う。「けど、俺たち全員、最終的には死ぬことになるだろ？」

「確かに」とキャット。「でも、ベルトが死ぬのは〝最終的に〟じゃない。すぐよ。例えば、十分後とか」

俺はため息をつく。「これまでの状況から考えて、俺たちもすぐ死んだっておかしくないんだぞ、キャット。だが実際、俺たちのなかで今日死ぬ確率がいちばん低いのは、ベルトだ。ムカデたちが戻ってきて襲いかかってくりゃ、俺たちはおしまいだ。ベルトは俺たちがムカデにばらばらにされるのを見たあと、手作りグライダーで飛びたち、二時間後にドームに到着。いつものように、ベルトのやることはなんでもうまくいくさ」

キャットは首をふる。「それは無理ね。そもそも、崖の上までたどりつけっこないもの」

俺は彼女のほうを向く。「賭けるか?」

キャットは笑った。「友だちの生死を賭けの対象にするの? もちろん、やるわ。あたしたちって、もうそういう人間なんだと思う。で、なにを賭ける?」

俺はしばらく考えなくてはならなかった。

「ドームに帰ったら、晩飯をおごるってのは? ジャガイモも、サイクラー・ペーストも、なしだ。少なくともウサギの脚一本とトマト二切れはつけること。負けたほうが払う」

キャットは目を細めて俺を見る。「それじゃ、リスクが低すぎない? だって、あたしたちがドームに帰れる確率は、ベルトがこの崖のてっぺんにたどりつける確率よりも、たぶん低いもの」

俺は肩をすくめる。「賭けるのか、賭けないのか？」

キャットはベルトに目を戻す。彼は垂直の崖の割れ目にいっぽうのブーツの先を引っかけ、つかまれそうなところへ手を伸ばしている。「ミッキーはなんでそんなに自信があるの？　怪しいんだけど？」

俺は笑顔を浮かべるが、彼女にはリブリーザーの奥の俺の表情は見えない。「俺がどうしてこのコロニー建設ミッションに参加することになったか、話したことはなかったか？」

キャットは小首をかしげる。「聞いたことないと思う。そういう話をしたことはあったわよね？　夜、ジムで会ったときに？　あなたは囚人だったわけでも徴用されたわけでもないって言ってた。あたしは信じなかったけど」

俺は笑う。「そうか、だが本当の話だ。俺は囚人でもなかったし、徴用されたわけでもない。本当に、この仕事に志願したんだ。まあ、本心からこの仕事をしたかったわけじゃないが。問題を山ほど抱えていて――そうなった理由は、自分がバカだったっていう一般的な事実を別にすると、人間にできるはずのないことがベルトにできるわけがないってほうに賭けたら、俺の目の前でベルトがまんまとやってのけたことだった。そのとき俺は、こういう過ちは二度とおかさないと誓ったんだ」

　それから少しのあいだ、俺たちは黙って、ただ見守った。ベルトはそのとき、下から三分の一くらいのところにいた。クモのように動き、あわてず、手をひとつの場所から次の手がかりへと動かし、つま先で岩の表面のほとんど目に見えないでこぼこをとらえる。

「ともあれ、ベルトは自分のしていることをちゃんとわかってるみたいね」とキャット。

「彼って、ミズガルズでクライミングのプロ選手かなにかだったの？」

　俺は首をふる。「いいや。とにかく、俺の知るかぎり、あいつはクライミングのプロじゃないし、もしほかに得意なことがあったなら、俺に話しているはずだ」

「そう。じゃあ、熱心なアマチュア・クライマーだったとか？」

「それはないと思う」

「素人愛好家とか？」

「それもないな」

「あなたの知るかぎり、ベルトは本格的なクライミングの経験がまったくないのね」

　俺は肩をすくめる。「ああ、そういうことになる」

「それでも彼がこれをやってのけられると思う理由は……」

「ふたつある。ひとつは、ベルトの身体能力は天才的だ。ほら、ミズガルズでは一流のポグ・ボール選手だっただろ？」

「知らなかった。それって、すごいことなの？　あたし、スポーツにはぜんぜん興味がなかったから」

「すごいことさ」と俺。「人生をポグ・ボールに捧げてきた連中を、あいつは次々に打ち負かしたんだ。ほとんど汗もかかずに。しかもその偉業を、暇つぶしで成しとげちまった。世間から、ミズガルズでもっとも才能に恵まれた選手と呼ばれたもんさ。それから三年後、あいつはポグ・ボールを辞めた、飽きたって理由で」

「へえ。それで？」

　俺は思わずキャットを見る。「それで？」

　彼女はあきれた顔をした。「さっき、理由はふたつあるって言ったじゃない。まだひとつしか聞いてない」

　俺はまた上を見た。ベルトは二センチの岩棚みたいなところにつま先立ちでバランスをとり、いっぽうの手を上へ伸ばして小さなでっぱりをつかもうとしている。もういっぽうの手は体の横で岩に平らに押しつけている。

「あれを見ろ。いま、あいつがどんな状況かわかるか？」

「ええ。落っこちる寸前」

「いま自分があそこにいると想像したら、心臓がバクバクするよな？」

キャットは肩をすくめる。「まあね」

「それだ。それがもうひとつの理由だ。保証する、あいつの心臓はいま、一分に六十回のペースで落ち着いて拍動しているはずだ。ベルトのすごいところは、そこなんだ。ほとんどの人間の脳には、こういうときにパニックを起こさせる部分がある。例えば、二百メートルの高さの絶壁にはりつき、わずかな岩のでっぱりにつま先立ちになっていて、足を滑らせればたちまち苦痛に満ちた死が待っている――そんなとき、人にパニックを起こさせる部分だ。それが、ベルトにはない。ほら、覚えてるだろ、二年前にあいつがやったスタント飛行？」

「ええ、覚えてる。あたしもみんなと一緒に百キロカロリー賭けて、ベルトに持っていかれたもの」

「二回分の夕食のためにあんなことをやるようなやつが、ちょっとしたロッククライミングぐらいでビビるわけがない」

「そうかもね」とキャット。「でも、見て。彼、立ち往生してる」

俺はオキュラーの倍率を最大にする。彼女の言うとおりだ。いまのところは安定した場所にいるように見える。さっきより二、三メートル高いわずかな岩棚に両足をのせ、右手で花崗岩のごつごつしたでっぱりをつかんでいる。だが左手は、次の確かな手がかりまでい。

五十センチほど足りない。見ていると、ベルトは体を伸ばし、右手が岩のでっぱりから離れそうなほど身を乗り出しているが、四肢伸長器(リム・エクステンダー)でも持っていないかぎり、届く望みはない。

「きみの言うとおりだ」俺は言う。「けど、問題ない。いったん下りて、やり直せばいいだけ――」

ベルトが跳んだ。

花崗岩の断崖絶壁の地上二百メートル地点で、安全器具もなく、十五キロのバックパックを背負ったまま、ベルト・ゴメスは冷静に集中して、ジャンプしたのだ。

キャットは息をのんで、半歩下がった。

言うまでもなく、ベルトは手がかりをつかんだ。

新しい手がかりは岩に平行に走る深い割れ目だ。ベルトはそこに両手を入れ、束の間体を揺らすと、右足で足がかりを見つけて揺れを止め、そこに立った。

「すごい」とキャット。

「ああ。これで、俺の言ってることがわかっただろ?」

ベルトは少し休んでいっぽうの手の汗をふき、反対の手の汗もふいてから、また登っていく。

レッドホーク：楽しかった。もういっぺん、やろうか？
ミッキー7：おまえは最悪だ。
レッドホーク：さっきのジャンプ、見たか？
ミッキー7：ああ、ベルト。みんな、見ていた。
レッドホーク：めちゃくちゃすごかっただろ？
ミッキー7：神がかってた。度肝を抜かれた。やばかった。
レッドホーク：とにかく、ここはいいぞ。上からの眺めは信じられない。はるかかなたの稜線まで見わたせる。
ミッキー7：そいつはよかった。なにかが忍びよってくるのが見えたら知らせてくれ、いいな？
レッドホーク：知らせるよ。そういや、俺、武器を持ってくりゃよかったな。ここでなにかに襲われたら、ほとんど身を守るすべがない。
ミッキー7：ああ、そうだな。みんな、いざというときは当たって砕けろで行くしかない。
レッドホーク：違いない。ところで、下はどういう作戦なんだ？
ミッキー7：正直に答えようか？　じつは、作戦なんかない。現時点では、成り行きまかせだ。できれば、スピーカーが戻ってくるか、ここのムカデたちの〈最高〉が出てきて話をしてくれるといいんだが。

レッドホーク：そのどっちも起こらなかったら、どうするんだ？

ミッキー7：そんなこと、わかるかよ。いちばん可能性の高い予想は、俺たちはここで待ちつづけ、最後にはなにかに殺されるか、全員渇きで死ぬかだろう。だが、いい提案があるなら、いつでも受け付けるぞ。

レッドホーク：こっちも、なにかが襲ってきたら知らせるよ。

ミッキー7：つかぬことを訊くが――もっと早く訊くべきだったんだろうが――グライダーの駆動装置には、ここからドームまで飛べるだけの充電が残ってるんだよな？

レッドホーク：すばらしい質問だ。

ミッキー7：サンキュ。すばらしい答えを聞かせてもらえるか？

レッドホーク：残ってない。

ミッキー7：残ってないってことは？

レッドホーク：駆動装置がなくても、こいつは普通のグライダーとして使える。どうやって上昇暖気流に乗るかを考える必要がありそうだな。

ミッキー7：あるいは、徒歩で帰る方法をな。

レッドホーク：うん。そうだな。

日が沈む頃、ナーシャがうなって横向きに転がると、なんとか起き上がってすわった。俺は隣に膝をつき、彼女の肩に触れる。

「やあ、気分はどうだ？」

ナーシャは瞬きして、両手で顔をこすってから、首をゆっくりと大儀そうに回す。「正直に？　さっきよりはいい、と思う」

俺は無意識のうちに止めていた息を吐く。「おお。それはよかった。ビビったじゃないか」

ナーシャの目が険しくなる。「なに言ってるの、ミッキー？　まだ、わたしたち全員、ここで死んでもおかしくないのよ。死因が脳出血か、ムカデに襲われるか、ただ待っているうちに干からびて風に飛ばされていくかなんてことが、そんなに重要？」

「いいや。俺は、みんなここで死ぬとは思ってない。それどころか、時間がたつにつれて、楽観的な気分になっていく。もしムカデどもが俺たちを殺すつもりだったら、いまごろとっくにそうしてるはずだろ？」

ナーシャは首をふる。「わからない、ミッキー。ムカデとかクモとか、ああいう生き物がなにを考えているのか理解しようとするのは、少し前にあきらめたから。とにかく、ムカデに殺されなくたって、渇きで死んじゃう」

「その対策は考えてある。明日ベルトがちょっくらドームへ戻って、非常用物資を調達してくる」

「あ、そう」とナーシャ。「それで手に入る水は、ええと、四リットル、五リットル？　せいぜい一日分でしょ？」

俺は肩をすくめる。「足りなかったら、またベルトに持ってこさせる」

ナーシャは笑った。「ミッキーはこうなることも全部わかってたんでしょ？」

「もちろん。すべて想定内だ」

短い沈黙のあと、ナーシャは言う。「確信はないけれど、ムカデはわたしたちをここに置き去りにするつもりじゃないかしら」

「置き去りにされちゃ困るな。彼らにはここに出てきて、話し合いに応じてもらわないと。そして例の爆弾を返してもらいたい、爆弾のことは忘れてないよな？」

「ええ。それはちょっと高めの目標よね。さしあたっては、ムカデに食われなければ、それで満足——言っておくけれど、ムカデたちはいまのところ、信頼したくなるようなことはなにもしてない。だって、スピーカーはどうなった？　ここのムカデたちに殺されちゃったでしょ？」

俺は肩をすくめる。「そうだったかな？　なかに引きずりこんだだけじゃないか？」

「スピーカーの首根っこに噛みついてたわ」

「うん、確かにそうだが、ムカデがどうしたら死ぬのかについちゃ、たくさんの仮説が立てられるんじゃないか？　例えばほら、背骨を切断しようにも、そもそもムカデに背骨はあるのか？　脳はどこにある？　ひょっとしたら、尻尾のなかかもしれない」

ため息をつくナーシャ。「スピーカーは完全にぐったりしてたわ、ミッキー。わたしには、完全に死んでいるように見えた」

反論したいところだが、彼女の言うことももっともだ。

「きみの言うとおりかもしれない。だが肝心なのは――ムカデは俺たちを殺さなかったってことだ。殺すこともできたのに、そうしなかった。それにはなんらかの意味があるに違いない」

「確かに」とナーシャ。「でも、関係ないわ。スピーカーがいなきゃ、わたしたちはここのムカデと話ができないんだもの。話ができなきゃ、爆弾を返してと頼むこともできない。ムカデたちから爆弾を取り返せなかったら、コロニーの人間は全員、次の冬に死ぬ。わたしたちがここで殺されようが生かされようが、結果は変わらない」

「いいや」俺は否定する。「そんなことにはならない。いいから見てろって。この状況はひとりでに解決するから」

「作戦があるの？」

俺はにやりとして、彼女の頬に片手を当てる。「作戦なんかいらないよ、ナーシャ。俺にはきみがいる」

ナーシャのパンチが飛んできて、俺はその衝撃に尻もちをついた。

「おバカさん。自分でもわかってるでしょ？」

俺は彼女に近づき、かがんで彼女の額に自分の額をくっつける。「たぶん。だけど、きみに夢中のおバカさんだ」

ナーシャは自分と俺のリブリーザーを一瞬引き上げ、キスをした。

「ええ、そうよ。ほんとにしょうがないおバカさん」

ジェイミーが最初の見張りを申し出た。ともあれ、一日じゅうそこにすわって崖の入口を見つめていたんだから、たいして変わりはないだろう。ナーシャはもう疲れてないというので、俺は彼女に膝枕をしてもらう。うとうとしはじめた頃、オキュラーに通信が入った。

レッドホーク：そこで眠ってるのか？

ミッキー7：いや、まだだが、そうしようと思っていた。

レッドホーク：ウソはつかない、ミッキー。俺はいま、あんまり愉快じゃない。腹が減ってるし、喉はからからだし、眠ったらなにかに食われるんじゃないかってひやひやしてる。

ミッキー7：そいつは変だな。下じゃ、みんなのんびりすごしてるぞ。

ミッキー7：なあ——そのグライダーは、何キロの荷物を運べる？

レッドホーク：難しい質問だな。荷物が重くなるほど、駆動装置にかかる負荷が大きくなるから、飛ぶ距離次第だと思う。

ミッキー7：おまえがドームまで戻り、必要な物資を持って、死なずにここまで戻ってこられる確率は、どれくらいかなと考えていたんだ。俺たちはたぶん、ここでもう一日水なしで持ちこたえられるだろうが、それ以上は無理だと思う。

レッドホーク：うーん。水は重いしな。二、三リットルならなんとか運べるかもしれないけど、それ以上は無理だろう。もちろん、そもそもドームに戻れるだけの燃料があったら、の話だけどな。

ミッキー7：うん。そいつは保留にしておこう。もし明日の午後もここでのらくらしていたら、試してみることになるかもしれない。
レッドホーク：それまでに、俺がなにかに食われることはないと思ってるのか。
ミッキー7：ああ、うん。もしなにかあったら、知らせてくれ、代案を考えてみる。
レッドホーク：ありがとよ、ミッキー。おまえは友だちだ。
ミッキー7：礼はいらないよ、相棒。よく眠ってくれ。

俺は瞬きして、チャット・ウィンドウを閉じた。

「ベルトと連絡を取ってたんでしょ？」ナーシャが訊ねる。「彼のようすはどう？」

「だいたい俺たちと同じさ。空腹で、喉がからからで、怯えてる」

午前02時00分に、ジェイミーに起こされた。彼は俺に線形加速器をわたすと、ナーシャとキャットのあいだで丸くなり、いっぽうの腕を枕にして寝た。

「ミッキー、大丈夫？」とナーシャ。

「ああ。ひと眠りしろよ」

俺は立ち上がる。もう気温は下がっているが、風はなく、すごしやすい。空はオキュラーなしでも見える星々で埋めつくされている。俺はあくびをしながら伸びをすると、線形加速器を背負い、ムカデの巣の入口があるほうへぶらぶら歩いていった。といっても、現時点ではなにに用心するべきなのか、はっきりわかっているわけじゃない。実際に撃退できる可能性のあるもので線形加速器が必要な生き物など、思いつかない。もしここでクモの群れに見つかったら？　たぶん二、三匹は倒せるだろうが、みんなが殺されないように撃退するのは不可能だ。ムカデたちが相手でも、同じだ。

掘るやつらみたいなのが現れたら？　キャットがルーカスにしてやったことを、俺もナーシャにする勇気があるだろうか？　俺はそわそわと数分悩んでから、考えないほうがいいこともあるという結論に達した。

自分が実際に役に立てるかどうかなんて、たいした問題じゃないだろう。その場にふさわしい行動ってものがある。というわけで、俺は立派な兵士の真似をして、これからの三時間、眠っている仲間のまわりをゆっくり歩きながら、無理に頭を働かせ、明日の計画やなんかを考える。ここに着く前から、俺は軽度の脱水からくる頭痛を感じていた。朝にはもっとひどくなっているだろうし、明日の夜にはかろうじて動けるという状態になっているだろう。おそらくほかのみんなも、程度の差こそあれ、同じ状態だ。

できれば、唯一の偵察機を手放すのは遅らせたいところだが、もしすぐにもなにかが起これば、ベルトは飛びたたなければならなくなる。もし彼がドームに行って帰ってくることができなかったら、そのときはナーシャの言っていたとおりになる。俺たちは全員、ここで死ぬのだ。

夜気はだんだん冷えてくる。星々はゆっくりと空をわたっていく。

05時00分、俺はキャットをつついて起こし、武器をわたして、ナーシャを包みこむように丸くなった。ナーシャはなにやらもごもご言いながら、俺の肩に腕を回す。

驚いたことに、俺は眠った。

「ミッキー？　起きて、ボス」

俺は目を開ける。夜明け前の灰色の平原と、俺の上にかがみこんでいるキャットが見えた。彼女の膝には線形加速器がある。俺は瞬きして、クロノメーターを確認する――06時10分。ナーシャがうなって、俺から離れる。俺は起き上がってすわった。

「キャットか？　どうした？」

返事の代わりに、キャットは後ろにあるムカデの巣の入口を指す。

そこでは、スピーカーがうずくまって俺たちを見ていた。

「あなたと話したいんだって」

どっと湧き上がってくる希望に、体が震える。ドームを出発してから初めて、俺たちに幸運が巡ってきたなんてことが、ありうるだろうか？　俺はあわてて立ち上がり、スピーカーのところへ急いだ。

「スピーカー！　会えてうれしいよ。俺たち、てっきり——」

「おまえがミッキーか？」

俺は急停止する。目の前のムカデは、もうベルトのような口調じゃない。平板で感情のこもっていない翻訳アプリみたいな声。

こいつはスピーカーじゃない。

「ミッキーは俺だ。おまえは誰だ？」

「それはどうでもいい」彼は——いや、それは——言う。「このユニットは、おまえたちをここに連れてくるべきではなかった。このユニットの用途は変更され、いまは〈集合体〉の代表として話している」

019

俺は真っ先に、ベルトに緊急通知を送った。

レッドホーク：ミッキー？　日の出もまだじゃないか。

ミッキー7：注意しろ、ベルト。下で問題発生だ。

俺は瞬きしてチャット・ウィンドウを閉じる。

ジェイミー、ナーシャ、キャットはいま、俺の後ろで半円形に並んでいる。ジェイミーとキャットは線形加速器を持っていて、ほぼ攻撃の準備ができている。ナーシャは左右の手に一丁ずつバーナーを持っている。

冒険映画に出てくる最後の抵抗シーンみたいで、落ち着かない。

「〈集合体〉ってのが」と俺は言う。「昨日、スピーカーを連れていった連中の名前なのか？」

「このユニットから取り出せたおまえたちの言語に関する情報には、俺たちの名前を有意な形で表現する言葉がなかった。拾いだせた言葉のなかで、もっとも近いのが〈集合体〉だ。この言葉で代用する」

「スピーカーは死んだの？」キャットが訊ねた。

ムカデは立ち上がり、視線を俺からキャットに移し、また俺に戻す。「おまえたちの〈最高〉はどっちだ？」

やれやれ。この危険の芽は、早いうちに摘み取っておく必要がある。

「全員だ」俺は答えた。「俺たちは、全員が〈最高〉なんだ」

ムカデは少し迷ってから、前のほうの脚を地面に下ろす。「それはありえないだろう」

俺は胸の前で腕を組んだ。「ありえるもありえないも、実際そうなんだ」

「俺たちは、おまえたちの〈最高〉に相当する一匹としか話さない」

俺は天をあおぐ。「そうか。じゃあ、俺と話すんだな。だが、これだけは理解してくれ。俺たちは、一人ひとりが独立した知性を持つ存在だ。犠牲にできる人間は一人もいない。わかったか？」

ムカデは無数の足を細かく動かす。「〈補助者〉の交換における価値を釣り上げようとしているんだな。警告しておくが、ここでのおまえたちの立場はそこまで強くないぞ」
「違う」俺は言い返す。「俺の話を聞いてなかったのか。〈補助者〉の交換はしない。俺たちに、〈補助者〉はいないんだ。交換を無理強いすれば、戦いになるぞ」
「それっぽっちの人数で脅せると思うな」
キャットが銃弾を薬室に送りこみ、崖に向けて発砲する。爆発で岩が大きくえぐれ、とがった熱い石の破片が、幅二十メートルの範囲に雨のように降りそそいだ。「驚くだろ」俺は言う。かつてスピーカーだったものは、数歩後ずさり、大あごをカチカチ鳴らした。

レッドホーク：さっきのは爆発か？　下でなにが起こってるのか、見えない。

ミッキー7：デモンストレーションさ。まだ、誰も死んじゃいない。だが、グライダーで飛びたつ準備はしておいたほうがいいかもしれない。

レッドホーク：了解。

元スピーカーは、いまや立ち上がり、俺に向かって大あごを開いている。「ここへ、なにしに来た？」
遠回しに言っても意味はないだろう。

「そっちは、俺たちの所有物を持っている。俺たちはそれを取り返しに来たんだ」

ムカデはとまどい、先頭からふたつの体節をコブラのように前後に揺らしている。

「検討する必要がある」ようやくムカデは言った。「ここで待っていろ」

そして上げていた足をすべて地面に下ろすと、すばやく巣のなかに戻っていった。

「勘弁してよ」ナーシャがぼやく。「また、これ？」


ムカデは一時間足らずで戻ってきた。俺はちょうど、ベルトを水の調達に送りだすべきか考えはじめていたところだった。太陽はもう地平線の上に浮かび、気温も上がって、飢え死にしかけていても震えずにいられるくらい暖かい。ムカデがこっちに這ってくるのを見て、俺は立ち上がった。

「検討してきた」ムカデは言う。「おまえがなにを欲しがっているかは、わかっている。俺たちはそれをわたしたくない」

「聞いて――」ナーシャが言いかけたが、俺は目で止めた。

「それは」俺は説明する。「無害に見えるが、実際はそうじゃない。危険なものだ――おまえたちの想像をはるかに超える危険なものだ。返さなければ、おまえたちはうっかり自分たちを滅ぼすことになる可能性が極めて高い」

「それは興味深い」とムカデ。「おまえたちは、俺たちの安全を心配して、わざわざここまで来たというのか？」

「いいや。もちろん、そうじゃない」

「もちろんか。その点については、こっちの誤解がないようにしてくれて感謝する」

「しかし」俺はつづける。「そっちが俺たちの所有物を返すのを拒否すれば、最終的におまえたちが死ぬことになるって事実は変わらない」

ムカデは先頭の体節を地面から上げてゆらゆら揺らし、人間が首をふる動作を不気味に真似てみせる。「おまえの話など、信じない。俺たちはこう考えている。おまえは交渉で有利な立場に立つために、あの装置が危険だと信じこませようとしているのだ。あの装置のことは調べた。なかに入っていた物がなにかは不明だが、あれが危険だとはとうてい信じられない」

そう言うと、ムカデはたたんでいた摂食肢を伸ばし、バブルをひとつ放った。

長く感じられる一瞬、俺たちの誰も反応できなかった。俺はこれまで、自分の目で磁気単極子バブルを見たことは一度もなかった。ユニオンに加盟しているどこの星にも、単極子バブルを見たことのある生きた人間はいないと思う。なにしろ、人間という種を滅ぼしかけた代物だ。自分の見ているものがなにかわかったときのこの理屈抜きの恐怖は、とても言葉では言い表せない。そんな感情的な反応がなかったとしても、バブルを見るのは難しい。見ようとしても、なかなか目の焦点が合わない。合ったと思うたびに、ぼやけてしまう。バブルは小さい、それだけは言える——宙に浮かんだ輝く黒い結び目が、ふわふわとムカデから遠ざかっていく光景は、鬼火の陰画を見ているようだ。

「最悪」ナーシャがつぶやき、思わず一歩下がる。「あれ、作動済みなの？」

「まさか」とキャット。「そんなわけないわよね、ミッキー？」

初めのうち、俺は黙っていた。必死で頭を働かせ、十一年前にヒンメル宇宙ステーションで受けた反物質燃料エレメントに関する二十分間の講義を思い出そうとしていたのだ。磁気単極子バブルは、厳密に言えば不安定な物質だが、基本的なエネルギー状態なら、崩壊にかかる時間の中央値は五億年くらいだ。つまり、俺の目の前を漂っているバブルは、いつ弾けてもおかしくないとはいえ、おそらくすぐに弾けることはないだろう。バブルのエネルギー状態を高め、そのプロセスの速度を少し上げるため、起爆装置は高エネルギー光子を使う。

もしこのバブルが作動済みなら、俺たちは全員、とっくに死んでいるだろう。

「おそらく……」俺は言いかけたところで、急にからからになった口を湿らせるため、少し休まなくてはならなかった。「作動済みではないと思う。というか、作動済みのわけがない。起爆装置が作動可能にするのは装置内のすべてのバブルだし、信管が起爆まで一、二分以上に設定されているとは思えない」

バブルは上へ漂っていくと、そよ風に乗り、断崖ぞいに流れていく。そして三十秒後、見えなくなった。

「おまえたちは怯えているようだが」ムカデは言った。「これを取りに、ここに来たんじゃなかったのか？」

「あの物体を」俺は訊ねる。「装置からもっと取り出したのか？」

「いいや。慎重を期して、ひと粒しか抜き取っていない。おまえたちがどんな反応をするか、関心があったんだ。これで反応も見られたことだし、検討しなくてはならない」

巣に戻ろうと向きを変えるムカデに、ジェイミーが呼びかけた。「あの。ぼくたち、水が必要なんだ」

よくやった。まさか、そんなことを思いつくほど冷静だったとは。ムカデは立ち止まる。

「水？」

「うん」とジェイミー。「きみが戻ってきたとき、まだぼくたちにここにいてほしいんなら、水を分けてもらう必要がある」

ムカデはためらい、全身にさざ波を走らせてから、また動きだした。そして「いいだろう」と答えると、断崖の巣に姿を消した。

ムカデは約束を守る。ジェイミーの要求から三十分ほどたった頃、もっと小さいタイプのムカデが入口からぞろぞろと現れた。どれも、なかをくりぬいた半球形の石に水を満たしたものを摂食肢で抱えている。そして入口の前の地面にひとつひとつ置いていくと、また暗い穴に消えていった。

レッドホーク：よう。
レッドホーク：俺にも一杯くれるよな？
レッドホーク：このてっぺんで、死にそうなんだよ。
レッドホーク：文字どおり、ここで死にそうだって言ってんだよ。
レッドホーク：ミッキー？
レッドホーク：もしもーし？

「あいつ、爆弾を持ってないわよ」ふたたびムカデが現れたとき、ナーシャが言った。

「なんだか、先行きにいやな予感がしてきた」彼女は、みんながもたれて休んでいた荷物の山から自分のバーナーを二丁引っぱり出し、燃料をチェックしてから、一丁を俺にわたす。もし戦闘に発展したら、ここから帰れなくなることは火を見るよりも明らかだが、とにかく俺はバーナーを受け取る。たぶん、丸腰で未知の事態に立ち向かうのは、人間の習性に反するのだろう。

ムカデが近づいてくると、俺たちは立ち上がった。太陽はもういちばん高い位置をすぎ、気温はゆっくりと下がりはじめている。ムカデたちにもらった水はほぼなくなり、それぞれ一リットルほどをバックパックにしまってある。元スピーカーよ、今度こそ決定的な知らせを持ってきてくれ。この開けた場所でもうひと晩明かすなんて気が進まないし、崖の上にいるベルトも水なしではあまり長く持たないだろう。ムカデたちとどうなろうが、早めにベルトをドームへ帰す必要がある。

元スピーカーは俺のほうへ這ってくると、大あごが俺の頭と同じ高さになるまで立ち上がった。「話し合いの結果、おまえがこの集団の〈最高〉だという結論に達した」

「そうじゃない」俺は言い返す。「そのことは、もう説明したじゃないか。俺たちの種に、〈補助者〉はいない。俺たちは全員が〈最高〉なんだ」

「それは聞いた」とムカデ。「こっちは信じない。しかし、ひとまず、それはどうでもいい。この交渉をおこなうために、とりあえずおまえがこの集団の〈最高〉ということにしよう」

俺はナーシャに目をやる。彼女は肩をすくめた。キャットとジェイミーもすでに立ち上がり、俺たちの後ろに黙ってひかえている。ここはムカデの言う条件に従うほか、なさそうだ。

「いいだろう」俺は答える。「この交渉をおこなうため、そっちが俺をこの集団の〈最高〉と考えることに同意しよう。それで？　今度はなんだ？」

「今度は、おまえに一緒に来てもらう」

ナーシャが俺の腕に手を置く。「いいえ。彼は行かない」

ムカデはナーシャに目を移す。「おまえはザ・ナーシャだな。このユニットの記憶に、ザ・ナーシャはおまえたちの種でもっとも危険な個体という情報がある。信じがたい」

「わたしがナーシャ・アジャヤよ。その記憶は正しいわ。ミッキーは連れていかせない」

ムカデはナーシャに向き合う。「それには同意しない。俺たちの〈最高〉は、おまえたちの〈最高〉との話し合いを望んでいる。例の装置を返してほしければ、これが必要だ」

ナーシャは答えようとするが、それより早く俺が割って入った。「わかった。行こう」

「よろしい」ムカデは言うと、向きを変えて崖の入口へ向かった。

「ミッキー」と声をかけるナーシャに、俺は首をふり、ムカデのあとから歩きだす。

「もしムカデが俺たちを殺したいと思っているんなら」肩ごしに言う。「わざわざ俺を巣にまねき入れる必要はない。ここで殺せばいいはずだ」

その言葉に返事はなかった。三人が黙って見つめるなか、俺はムカデのあとをついていった。

この巣は、スピーカーがいた巣とはあまり似ていない。トンネルの壁はどこもつるつるで乾いている。スピーカーのいた地下トンネルは流れの遅い川のように曲がりくねっていたが、ここのトンネルは矢のようにまっすぐ山を穿(うが)っている。下へ下りていくあいだ、約百メートルごとにほかのトンネルとの交差点が現れるが、メイントンネルに対してつねに直角に交差している。交差点では三つおきに、天井から地表へのびる細い通気口がある。そしてどこからともなく、薄暗いグレーの光まで差してくる。

ほとんど、人間がつくる建物のようだ。

十分歩いたところでトンネルが水平になったかと思うと、まもなく上りになった。細いシャフトが何本も下へのび、壁と床がぶつかるいちばん低いところに消えている。どう見ても排水設備だが、水がここからどこへ行くのかは見当もつかない。

そのとき、ふと気づいた——元スピーカー以外、あの大きさのムカデは一匹も見ていない。

さらに十分後、トンネルはふたたび水平になった。もう山の奥まで入ってきた。俺の頭上にはどれだけの花崗岩があるのだろう？　五百メートル？　千メートル？　とにかく、もし天井が崩れたら、俺の死体は見つからないだろう。そんなことを考えているとき、トンネルの壁と天井が消え、いつのまにか広い空間を歩いていた。初めてスピーカーと会った場所より、さらに大きい空間だ。

元スピーカーはまだ進んでいくが、俺は足を止めて眺めずにはいられなかった。俺がいるのは、半球形のがらんとした空間の端で、直径はおよそ百メートル。壁はトンネルと同じくつるつるで、部屋じゅうにひものようなものが張りめぐらされている。最初はクモがいるのかと思い、俺は縮み上がった。だがすぐに、そうじゃないとわかった。これはクモの巣じゃない。以前見たことのある、ウサギの脳の神経回路ネットワークの略図に近い。俺の手首くらいの太さの灰色の繊維の束が、壁と床と天井のあらゆるところから生えていて、あちこちで不規則に絡まりあっている。俺はなんらかのパターンを見つけようとひたすら目を走らせた。三、四本のひもが一カ所でぶつかるところでは、こぶ（ノード）が形成されている。幅一、二メートルの不格好な球体だ。

それらの真ん中、床から二、三メートルのところに、灰色のひもが絡みあって形も定かでないものが浮かんでいる。巨大なムカデだ。見ていると、それは痙攣(けいれん)するようにひくつき、灰色の網全体が脈打った。

俺はそこで——入口から二歩入ったところで——待っていたが、元スピーカーはどんどん進んでいき、やがてノードのひとつからほどけたひもが、元スピーカーのほうへ落ちてきた。ひもはのたうち、ねじれながら、元スピーカーへ伸びていき、先頭の体節のすぐ後ろを叩いた。

そして突き刺さると、元スピーカーの動きがぴたりと止まった。

さらに二本目のひもが落ちてきて、三本目も伸びてきたかと思うと、先頭の体節にある大あごの両側にくっついた。

元スピーカーが、こっちを向く。

「〈集合体〉へようこそ」その声は、またわずかに調子が変わっている。「われわれはおまえに会えて光栄だ」

俺が返事をしようとしたとき、頭上でブチュっというキスみたいな音がした。見上げると、一本のひもがほどけてこっちに落ちてくる。

あっというまの出来事だった。

俺はトンネルのほうへよろよろと後ずさりながら、あわててナーシャのバーナーをつかもうとした。そしてホルスターからバーナーがはずれた瞬間、つまずいて右側の腰と肩を石の床にぶつけた衝撃で、バーナーを放してしまった。ひもは二、三メートル先の床を叩き、俺を探してこっちへ伸びてくる。俺は床で半回転し、ふたたびバーナーをつかんで、発砲する。ムカデの体の装甲は手持ち式のバーナーではほとんど歯が立たないが、こいつ……何者かは知らないが……の体の作りはほかのムカデとは違うように見える。ひもはバーナーの火が当たったところが黒く焦げて縮んだ。そして一、二秒後、ネットワーク全体が震え、ひもは引っこんでいった。俺はすばやく起き上がってすわり、背中を壁に押しつけ、両手でバーナーを構える。

「下がれ！」声が震えないよう、懸命に怒鳴る。「その気味の悪いもので俺に触るな！」

「頼むから、武器を下げてくれ」元スピーカーは言う。「おまえが接続させてくれれば、話が早い。より効率的な意思疎通ができるようになる」

「接続だと？」

俺の頭上で、べつのひもがほどける。ひもは二、三メートル落ちてくると、そこにぶら下がったまま震えている。

「接続すれば」元スピーカーは説明する。「痛みもなく、おまえを〈集合体〉に参加させることができる。許可してくれるか？」

俺はバーナーを上げ、下がっているひもに狙いを定める。「そいつを少しでも近づけてみろ、おまえを破壊してやる」

「それはどうかな」と元スピーカー。「おまえにわれわれを殺す力があるとは思えない」

そのとおりだ。

「俺にはできないかもしれない」少しためらってから、つけたす。「だが、俺の仲間がおまえたちを倒す。俺はここに話し合いに来た。もしそっちが俺を襲えば、仲間がここを木っ端みじんに吹っ飛ばすだろう」

「くり返す。おまえたちにそんな力があるとは思えない」

「こっちには宇宙船がある。俺たちの持つエネルギーでどんなことができるか、おまえたちはわかっていない」

周囲に広がるネットワーク全体にさざ波が走り、俺はバーナーを握る手にさらに少し力をこめる。

「宇宙船だと」元スピーカーは訊き返す。「それは、星から星へと旅するための乗り物か？」

「そうだ」

「怪しいものだな。星間旅行は、おまえたちのような生き物には不可能だ」

「ずいぶん自信のある言い方だな」

「われわれはじっくり考えてみた。合理的な速度の場合、もっとも近い星への移動でも、とてつもない時間がかかる。しかも、それだけの航行を可能にする速度を出すには、ありえないほど膨大なエネルギーが必要だ」

「まあな」俺は訊ねる。「じゃあ、俺たちはどこから来たと思ってるんだ？」

「不明だ」

「俺たちは明らかに、この星の生物じゃない」

元スピーカーの体に頭からしっぽまでさざ波が走る。「明らかではない。この星は大きい。われわれが知っている地域は、ごく一部だ」

その言葉に、俺は少し考える。

「星と星の距離については知っているのに、自分たちの星の裏側になにがあるか知らないのか？」

「われわれが知っているのは、これまで〈集合体〉に取りこんできた生き物から収集した情報だ」

そこで初めて、はっきりした——俺がしゃべっている相手は、目の前のでかいムカデじゃない。

このでかいムカデをつかまえているやつ——ハエを捕らえたクモの巣みたいなやつ——としゃべっているのだ。

背筋がぞくっとして、逃げ出したいという強烈な衝動を必死で抑えこむ。

「そんなことは関係ない」俺は言った。自分の声が震えているのがわかる。「このバーナーでなにができるかは、わかっただろ。昨日、キャットの線形加速器が岩の崖にしたことを見ただろう。どっちも小型の武器だ。ドームには、もっとでかくてはるかに強力な武器がある。信じようが信じまいが、本当の話だ——俺たちはその気になれば、この山を破壊しておまえたちを埋めちまうことができる」

「その話が本当なら」と元スピーカー。「おまえはわざわざこうして、例の装置を返してくれと頼みになど来ていないはずだ。ただ奪い取っているだろう」

「いいか」俺が言うと、ネットワークの中央に捕らわれたムカデがゆっくりと身をよじりはじめた。「俺はメッセージを伝えるために、ここに派遣された。そして、メッセージを伝えた。俺の話をすべて信じようが信じまいが、こっちが危険な敵である可能性を認めるべきだ。俺たちはその証拠をさんざん見せてきた。おまえの家来が攻撃してきたとき、俺たちはそいつらを倒した。そのことは、スピーカーの記憶からもわかるはずだ。やつらを消した爆発は、俺たちが作れるもののなかでは、ちっぽけなほうだ。それに、そっちが信じようと信じまいと、その装置をずっと持っていれば、おまえたちは最終的にその装置で命を落とすことになるし、その装置はおまえたちにはまったくなんの価値もない。返すのを拒否することは、おまえたちにとって重大なリスクとなるうえに、なんの利益も見込めない。俺の申し出を拒むのは、論理的な意味をなさない」

いまや、ネットワーク全体で、拍動の波が行き来している。その中心に捕らわれた巨大ムカデは身震いし、元スピーカーは大あごをカチカチ鳴らす。「その理屈には同意できない。この装置がおまえたちにとってかなり重要なものであるのは、明らかだ。なぜ重要かを理解する必要は、われわれにはない。おまえたちが必要としているから、この装置に価値があるのだ。われわれはこれを所有することで、おまえたちに対して力を持つことができる」

だそうだ。

「そうか。交渉したいんだな。そっちの要求は?」

ネットワークが震え、こっちに迫ってくるように感じる。俺はまたもや、この場から飛び出したい衝動と闘わなくてはならなかった。

「興味深い質問だ」と元スピーカー。「なにを提供できる?」

「俺たちは金属を利用できる。そっちにとっては貴重なものだろ。ある程度の量の金属を、その装置と交換で差し出してもいい」

「そうだな」元スピーカーは答える。「しかし、われわれにも金属はある。この装置を所有していることは、われわれにとってまたとないチャンスだ。自分たちで調達できる可能性のあるものと交換するつもりはない」

「残念だが、ほかにそっちのほしがりそうなものがあるか、俺にはわからない」

相手はためらっている。ふたたび口を開くと、その声は思慮深いと言ってもいいような響きになっていた。

「そういう武器のことだが。もっとたくさん持っていると言うのか？」

この話の方向は気に入らない。

「武器とは交換しない」

「違う」とムカデ。「おまえたちがそんなことをするとは思っていない」

「じゃあ、なんだよ――」

「武器と交換しようと言っているのではない。行動と交換しようと言っているのだ」

俺は首をふる。「意味がわからん」

「説明しよう」と元スピーカー。「われわれは、このユニットにおまえを案内させた群れの〈最高〉と、長年にわたって対立している。われわれの度重なる試みにもかかわらず、

〈集合体〉に取りこもうとするあらゆる努力に、向こうの〈最高〉は抵抗してきた。この戦いには大きなコストがかかっているうえ、冬が何度もめぐってくるほど長引いている。おまえたちが現れたいま、われわれはこの戦いを有利な条件で終結させるチャンスだと考えている」

話は、本当に俺の気に入らない方向に向かっている。

「おまえたちの側に立って戦えってのか？」

「おまえは、自分たちの装置と交換にわれわれが要求するものは何かと訊ねた。これが、その回答だ。この戦いを終わらせるため、われわれに力を貸してくれ。それがすんだら、おまえたちの装置を返却しよう」

020

　ムカデの巣から出てくると、すっかり暗くなっていた。入口のすぐ前で、ナーシャが俺を待っていてくれた。

「ミッキーが戻ってきたわよ」彼女は肩ごしに声を張り上げてから、俺に向き直る。「ミッキー？　あなたはまだミッキーよね？」

「ああ。とにかく、俺はそう思ってる」

　ナーシャは俺がそばまで歩いてくるのを待っている。やがて、二人の距離があと五十センチまで近づいたところで、彼女が飛びついてきて俺に両腕を回し、耳元に口を押しつけた。

「ありがとう」ナーシャはささやく。「死なないでいてくれて、ありがとう」

　俺は彼女を抱きしめ、目をきつく閉じ、彼女が腕をゆるめて体を離すまでそうしていた。いまでは、キャットとジェイミーも立ち上がっている。

「爆弾は」キャットが訊く。「返してもらった?」

「いいや、まだ。だが、もうすぐだ」

俺は瞬きして、視界にチャット・ウィンドウを呼び出す。

ミッキー7:ベルト? そこでまだ生きてるか?
レッドホーク:ギリ、生きてる。とりあえず動ける。
ミッキー7:夜でも飛べるか?
レッドホーク:ここから飛びたてるかってことか? もちろん。
ミッキー7:ドームへ飛んでくれ。そして、飛行機でここに戻ってきてほしい。司令官に伝えてくれ——爆弾に関する取り引きをしたが、まずは俺たちをドームに帰還させる必要があると。
レッドホーク:やったな、ボス。五分で飛びたつ。

「ミッキー?」ジェイミーが訊ねる。「彼らに、なにをわたしたんだい?」

俺はふり向いて、ジェイミーを見た。その顔には警戒の色が浮かんでいる。すでに、あれこれ推測していたのだろう。

「なにも」俺は答える。「とにかく、いまのところは、なにもわたしちゃいない」

俺たちが着陸すると、格納庫でマーシャル司令官が待ち受けていた。「それで？」司令官は、まだ飛行機のハッチから出ようとしている俺に訊ねる。「例の装置はどこかね？」

「持ってません。返してもらう取り引きはしましたが、装置は当分のあいだ、彼らが持っています」

司令官は口元に力をこめ、険しい表情になる。「ゴメスから、きみが装置を手に入れたと聞いたぞ。そうでなければ、飛行機の使用は許可しなかった。この乗り物の重力発生装置がどれだけのエネルギーを食うか、わかっているのか？」

「あの」俺は答える。「司令官が飛行機の使用を許可してくれていなかったら、俺たちはたぶんあそこで死んでいたし、司令官はもうあの爆弾を取り返すことはできなかったでしょう。悪い面より、良い面に目を向けるべきだと思います」

「バーンズ」司令官は抑揚のない低い声で言う。「装置はどこにある？」

「込み入った事情があって」俺が口を開いたとき、ナーシャが飛行機から俺の横に降りてきた。「いろんなことがあったし、いまその話をするつもりはありません。失礼ですが、司令官、ナーシャには治療が必要だし、俺たち全員、食事と睡眠が必要なんです。それがすんだら、すべて報告します」

横を通るとき、マーシャルに腕をつかまれそうになったが、俺は肩をすぼめてその手をかわし、通過する。

「話はまだ終わってないぞ」マーシャルは俺の背中に叫んだ。さらになにか言いはじめたが、俺はメイン通路に入り、後ろでドアが閉まって、司令官の言葉はぶった切られた。

「大胆なことしたわね」ナーシャが言う。「ヒエロニムス・マーシャルは、無視されるのは好きじゃないわよ」

俺は肩をすくめる。「いまとなっちゃ、マーシャルがなにを考えているかなんて、どうでもいい。俺はあいつの悪い反応を心配しなきゃならないほど長生きできるとは、思ってない」

というわけで、道徳上のジレンマが生まれる。優先すべきはどっちだ——生きている敵との約束か、死んだ友人との約束か？

「それで？」キャットが訊く。「いつ、司令官に話すつもり？」

俺はウサギの後脚の肉から顔を上げる。この御馳走に夢中で、そこに彼女がいることをほとんど忘れていた。いま、カフェテリアには俺たちしかいない。じゃあ、話しても問題ないだろう。

「話すってなにを？」俺は訊き返してから、もうひと口かぶりつく。「俺がみんなを戦争のまっただなかに引きこんじまったことか？」

「ええ」とキャット。「それもあるわね。あたしがおもに考えてたのは、爆弾を取り返すための取り引きで、あたしたちがこの二年間、司令官に不可能だと言いつづけてきたことをしなきゃならなくなったこと。もし司令官がムカデどものことを軍事的に解決する手段があると思っていたのなら、とっくの昔にそうしてたと思う」

「だが、そんなものはなかった」俺は言う。「いまだって、ないと思う――少なくとも、俺たちの単独行動では無理だ。スピーカーと元スピーカーの話から受けた印象では、ふたつの巣の力関係は、長いあいだ、危ういバランスの上に成り立っているようだ。〈集合体〉が俺たちに望んでいるのは、俺たちだけで相手の巣を一掃することじゃない。ただ、両者のバランスを〈集合体〉の優位に傾けてほしいだけだ」

キャットはフォークの先でジャガイモをつつく。「それに、あなたは同意したわけね？」

俺はつかんでいる骨から残りの肉をむしりとり、ため息をついて、骨をトレイに放る。

「正直、自分がなにに同意したのかわからない。やつらは俺たちの助けがほしいと言っていた。だが、それが具体的になにを意味するのか、はっきり説明したわけじゃない。たぶん、俺たちが銃をぶっぱなしながら相手の巣に侵入することを期待しているんだろうが、わからない……こっちに、そんなことができるだけの人数はいないってことはさておき。そもそも、スピーカーの仲間（ピープル）に戦争をしかけていいものなのか」

キャットが眉をひそめる。「人（ピープル）？　本気で言ってるの？」

俺は後ろにもたれ、目を閉じ、両手で顔をさする。腹が半分ほど満たされたいま、俺の体はできるだけ早く爆睡しろと言っている。

「違うか？　ほかにどう呼べばいい？」

キャットは肩をすくめる。「虫けら？　怪物？　人とか思っちゃうと、これからしなきゃならないことがかなりやりづらくなる、わかるでしょ？」

俺はまたため息をつく。「そうだな、キャット。わかるよ」

彼女の後ろでドアがするりと横へ開き、ベルトが入ってくる。ベルトはカウンターで自分のオキュラーをスキャナーにかざし、食事を受け取ると、こっちにやってきて俺の隣にどすんと腰を下ろした。

「よう。そのウサギの肉はどうした、ミッキー？　マーシャルはおまえをムカデどもの王にして、配給カロリーを増量してくれたのか？」

「そういうわけじゃないの」キャットが答える。「ミッキーが豪勢な食事をしてるのは、あなたが昨日、崖でスゴ技をやってのけたおかげよ」

ベルトの目がキャットから俺に移り、また戻る。「は？」

「おまえがあの崖を登れるかどうか、俺たちの意見は食い違っていた」

キャットはうなずく。「あたしは、あなたが死ぬほうに夕食を賭けたの」

にやりとするベルト。「俺ができないほうに賭けるとどうなるか、やっと学んだわけだ、ミッキー？」

「ああ。遅くても、学ばないよりはマシだろ？」

ベルトはヤム芋と揚げたコオロギの山をがつがつ食べはじめる。「おまえが取り引きした内容は、もうマーシャルに話したんだよな？」

「いいや、まだだ。最後の食事をとってからにしようと思って。できれば、仮眠も」

ベルトは食事から目を上げずにうなずく。「そいつはいい考えだ。わからないもんな？もしかしたら司令官は脳卒中を起こして、朝が来る前に死んじまうかもしれないし」そして立てつづけに数回、フォークを口に運ぶ。口のなかが完全に空にならないうちに、すばやく次のひと口をほおばる。「ナーシャはどうしてる？」

「医療セクションで、脳のスキャンを受けてる。二時間かかると言っていた」

「マジか?」とベルト。「それじゃ、とどめを刺すようなもんじゃないのか?　飛行機のなかじゃ、大丈夫そうに見えたけど」

「かもな。だが、バークが受けるべきだと譲らなかったんだ。頭の怪我で冗談は言わないだろう」

「それもそうだ」

ベルトはそこでおしゃべりをやめ、食べることに集中した。俺のトレイにはもう骨しかなく、キャットは残りのジャガイモのかけらを慎重につついている。

「ねえ」自分の食事をたいらげるベルトをしばらく眺めてから、キャットが訊ねた。「本題に戻りましょう。明日、マーシャルになんて言うつもり?」

どう答えようか考えていると、俺のオキュラーに通信が入った。

医療1－バーク：ナーシャ・アジャヤの精密検査が終わりました。こちらに来てください。

急に口がからからになり、心臓がバクバクしはじめる。

ミッキー7：どうした、バーク？　なにかまずいことでも？

医療1－バーク：彼女は死んでいません、わかりましたか？　それでも、こちらに来てもらう必要があります、ミッキー。いますぐに。

「見えますか？」バークが訊く。俺たちが見ているのは、ナーシャの頭部をスキャンした半透明の画像だ。バークは彼女の左耳のすぐ後ろにある、暗い空洞に浮かぶ小さな星のようなものを指さしている。「ニヴルヘイムまでの航行中、彼女の左側頭葉から良性の腫瘍を摘出しなくてはなりませんでした。覚えていますか？」

俺は彼に、ぽかんとした目を向ける――いいや、バーク、完全に忘れていたよ、クソッ。

「とにかく、いまあなたの見ている箇所は、手術腔の名残に発生した微量の出血です。このエリアには、おそらく完全には治癒していない血管がたくさんあります。頭部に衝撃を受けたことで、そういう血管の一部が破れたのでしょう」

「わかった。それで、治してくれたのか？」

こっちに向けられたバークの表情で、彼の想定する俺のIQが二十ポイント下がったのがわかる。

「いいえ。治してはいません。だから、あなたをここに呼んだのです。どうしてほしいか、あなたの希望を聞くために」

俺は首をふる。「俺の？　いやだね。どうしたいのかは、彼女に訊けよ」

バークはため息をつく。「彼女は麻酔で眠っているんですよ、ミッキー。彼女の意識レベルは、検査中に低下しはじめました。スキャン装置内の磁場と、わたしが投与した鉄分を含む倍量の造影剤の相乗効果が、この反応を引き起こす一因になった可能性があります——もしそうだったら、すみません。なにが起きているか気づいたとき、わたしは麻酔で彼女を眠らせ、どうするか決まるまで体温を下げて安定した状態を保つことにしました。彼女の個人データによると、あなたが医療代理人になっています。ですから、あなたに判断してもらうことになります」

「そう言われても……」俺は口を開け、また閉じる。「いや、彼女は元気だった。よくなってた。本人が前よりよくなってきたと言っていたんだ」

バークはため息をつく。「頭部外傷では、ときどき、そういうことがあるものなんです。昔は〝トーク＆ダイ〟と呼ばれていました。頭をぶつけたとします。その人は痛みを感じつつも、立ち去ります。そして二、三時間後、あるいは数日後ということもあるでしょうが、なにかが放たれ、その人は卒倒します。出血が硬膜内なら、話は単純です。血液を排出して、あとは治るのを待てばいい。ですが出血箇所が脳の奥深くとなると、手強くなります。負傷してすぐ患者を診ることができていたら、あるいは二十四時間以内だったとしても、おそらくじつに単純だったでしょう。ですが現時点では、腔内にかなりの液体がたまっており、間質圧が危険なほど高く、損傷箇所はあいにく生命維持に必要な部分に近いのです」バークはまた画像を指さす。「腫瘤効果を示しているのが、わかりますか？　著しく圧迫されており……」そこで俺の表情を見てためらい、やがてやれやれと首をふってつづけた。「とにかく、二、三の選択肢があります。現状を維持して、自己治癒力で治るのを待つこともできます。もっとも安全な治療法ですが、これには時間がかかり、眠っている時間が長引くほど、脳の機能の一部を失う可能性が高まります。彼女の体温を上げ、凝血剤を投与することもできます。この場合、スピードは上がりますが、虚血性脳卒中を起こすリスクがあります。なので、こちらはお勧めしません。ほかには、顕微鏡下手術という手もあります。言うまでもなく、もっとも積極的な治療法です。おそらく結果は、完全治癒か死亡かのどちらかになるでしょう。ハイリスク・ハイリターンというものですね」バークは髪をかき上げる。「というわけですが、どう思いますか？」

簡単な質問だ。自分がなにを望んでいるかは、わかっている。俺はナーシャに生きていてほしい。現状維持で頼むと告げるべく、すでに口を開けていたが、ふともうひとつの疑問が頭に浮かんだ。

ナーシャはどうしたいだろう？

もちろん、俺はその答えも知っている。ナーシャなら〝積極的〟という言葉を聞いたとたん、それにすると答えていただろう。

ナーシャは負傷する前の自分になりたいはずだ。

それが叶わないのなら、何者にもなりたくないだろう。

俺は目を閉じ、深く息を吸いこんで、ゆっくりと吐いた。

「手術を」俺は答える。「手術をしてください」

バークの眉が髪の生え際まで飛び上がる。「正気ですか？　あなたが最初の選択肢を選ぶことに、わたしは一週間分の配給カロリーを賭けてもいいくらいですよ」

「ああ。もちろん、正気だ」

「わかりました」バークはタブレットになにやら入力する。「彼女の体温を通常に戻し、脳圧を下げる薬を投与してから、手術しようと思います。だいたい明日のこの時間までには、彼女の準備はできているはずです。その後、手術自体は少なくとも二時間はかかるでしょう。明朝九時か十時には、彼女の反応がわかるはずです。そのときに、もう一度連絡しましょうか？」

「頼む。ありがとう、バーク」

「かまいませんよ。ところで、ミッキー？　少し休んだらどうですか？　正直なところ、いまのあなたは彼女より具合が悪く見えますよ」

休んだらどうですか、か。たいした助言だよ、まったく、おべんちゃら野郎が。

俺は休もうとした。神に誓って、やってみた。自分の部屋へ行き、ベッドにもぐりこんで、暗がりで横になって天井を見つめ、もしナーシャが手術台で死んじまったらどうしようと考えていた。俺が自殺したら、マーシャルは培養槽から新しい俺を出すだろうか？　司令官がそうするかどうか、気になるか？

どうだっていい。ナーシャが死ぬわけがない。この件に関しては、この世は俺に借りがある。

俺は自分とナーシャのために、これまでさんざん死んできたじゃないか。

オキュラーに通信が入って目が覚めた。結局、眠りに落ちていたらしい。

コマンド1：至急、司令官のオフィスに来るように。

コマンド1：08時30分までに来なければ、命令違反とみなす。

おはようさん、司令官。

いまの時刻は08時18分。化学シャワーを浴びて清潔な服を着る時間はある。俺はそうして、08時29分に司令官のオフィスに入っていった。

「ミッキー・バーンズ」マーシャル司令官が机の向こうから言う。「すわりたまえ」

俺はすわった。

マーシャルは俺を見つめる。

俺はマーシャルを見つめる。

彼は身を乗り出し、机に両肘をついた。「それで？」

「この任務は、完全に俺たちの望みどおりに進んだとは言えません、司令官」

「うむ。そうだろうと思っていた。ベルト・ゴメスはドームに戻ってきて、武器庫から六発のミサイル弾頭をくすねていかざるをえなかった。さらにその翌日、きみが帰還したときには、われわれに残された警備兵の八パーセントと探査車の百パーセントを失っていたのだからな」

俺はため息をつく。「はい、要約すればそうなります。俺たちはこれまで見たことのなかった先住生物に、ルーカスを奪われました。あの事態を避ける現実的な方法があったかどうかはわかりませんが、その責任は俺が負います。探査車に関しては、もともとドームに持って帰れるとは思っていませんでした。あれは相手の巣にたどりついたときに、例の爆弾と交換しようと思っていたんです。だがあいにく、目的地に着く前に、探査車を破壊せざるをえなくなりました。探査車がべつの敵対勢力の手に落ちるのを防ぐためです」

マーシャルの口元に力が入り、眉根がゆっくりと鼻梁へ寄っていく。「わかった。それで唯一の移動手段を破壊したあと、どうやってその対抗勢力から逃れたんだね？」

「その連中を探査車もろとも吹っ飛ばしてやったんです、司令官。ベルトの持ってきた弾頭二発を使い、探査車のプラズマチャンバーを爆破しました。そりゃあもう、とてつもない爆発になりましたよ」

「きみは……」とマーシャル。「まあ、うん。そうだろうとも。探査車を失ったのは残念だが、その工夫は技ありと言っていいだろう」

「とにかく、俺たちが目的地に着いたときには、もう交換できるものがありませんでした」

「しかし昨日、きみもゴメスも、例の爆弾を取り返す取り引きをしてきたと明言したではないか」

「はい、言いました」と俺。

「あれはウソだったのか、バーンズ？　言っておくが、わたしは冷静に受け止められる気がしない」

「いいえ、司令官、ウソじゃありません。ちゃんと取り引きをまとめてきました」

「説明したまえ、バーンズ」

　というわけで、俺は説明した。


　司令官のオフィスから、まっすぐカフェテリアへ向かう。空きっ腹では戦えないし、もう配給カロリーを節約したってしょうがない。カフェテリアは半分ほど席が埋まっていたが、俺は自分の食事を受け取ると、誰もいないテーブルを見つけた。人としゃべる気分じゃない。四分の一羽のウサギ肉を平らげ、煮込んだトマトの山を半分ほど食べたところで、ベルトが向かいの席にすわった。

「よう。今朝はまた豪勢にやってるな」

　俺は顔を上げずに肩をすくめる。「今日はここに戻ってこられそうにないからな」フォークでヤム芋をすくい、咀嚼し、のみこむ。「ていうか、正直、ここには二度と戻ってこられないと思ってる」

「げっ」とベルト。「マジか。ナーシャはどうしてる？」

俺は顔を上げ、またトレイに目を戻す。「昏睡状態だ。脳外科手術の準備をしてる」

「えっ」ベルトはトレイの上でジャガイモとコオロギを混ぜ合わせるが、食べない。「そいつは変じゃないか？　ドームに帰ってきたとき、ナーシャは元気そうだったのに」

「ああ。変だよな」

それから俺たちは黙々と食べ、やがてベルトは食べおわり、俺はヤム芋の残りをかき集めていた。

「俺は飛行機に乗ることにしてるんだ」唐突にベルトが言った。「いやなことがあったら、いつも。おまえも一緒に来いよ」

俺は顔を上げる。「は？　なんで？」

「さっき、警備セクションの待機室にいたんだ。連中はおまえをムカデの巣に行かせたがらないだろう。アムンセンはまだ、おまえが二年前にキャットと警備に出たとき、戦闘中にびびって動けなくなったことを忘れてない」

俺は自分の両手を見下ろし、またベルトを見る。「びびったわけじゃない。オキュラーが誤作動を起こしたんだ」

ベルトは肩をすくめる。「そんなことはどうでもいい。アムンセンだって、同感だろう。あいつはおまえを信用してないし、自分の部下をおまえと同行させたくないと思っている。

実際、ドレイクが培養槽からおまえのコピーを五、六体引っぱり出して兵士の数を増やそうと提案したが、アムンセンはこう答えたんだぞ。『たとえマーシャル司令官が許したとしても――司令官は百万年たっても許さないだろうが――そんなことをするくらいなら、トマトの世話係に線形加速器を持たせる』」

「へえ」本当のところ、俺は自分がムカデの巣に入っていくものと思っていた。こいつは死にに行くような任務だろ？　通常なら、それは俺の担当だ。

「まあ」とベルト。「アムンセンのことは気にするな。あいつ、いやなやつだよな。とにかく、空を飛んだほうがいい。俺と一緒にいれば、逐一状況を把握できる。たぶん、なにか問題が起きた場合、状況をコントロールすることもできるだろう。まだ、ムカデと連絡を取れるんだろ？」

「ああ」と俺。「というか、そう思ってる」

「よし。てことは、たぶん、これが大量殺戮になるのを防ぐこともできるよな？　ほら、交渉して、降伏したりすることもできるんだろ？」

俺はため息をつく。知るかよ？　まあ、実際、できるんだろう。「わかった、ベルト。おまえに付き合うよ。とはいえ、空からなにができる？　地下トンネルで戦闘になったら、飛行機じゃたいして役に立たないぞ」

「うん」とベルト。「よくわかってる。けど飛行機は、俺たちが持っているいちばんでかい兵器システムだし、司令官は少なくとも威嚇のために派遣したがると思う。新しいムカデどもが地下トンネルを乗っ取ったあとは、あいつらに俺たちも攻撃しようなんて考えを起こさせないようにする必要がある」

「スピーカーはそうなるって言ってたよな?」

ベルトは一瞬、きょとんとした。「そうなるって?」

「探査車を放棄する話をしていたときさ。スピーカーが言ってただろ。〝南の友人たち〟がスピーカーの群れを追い出したら、やつらは次に俺たちを狙うって。大量の金属があるドームを見逃せるわけないだろ?」

「うん」とベルト。「言っていた気がする。けどスピーカーは、俺たちが〝南の友人たち〟と協力関係になるとは思っていなかったじゃないか」

「ああ。思っていなかっただろうな。スピーカーは俺たちのことを、すでに自分の巣と協力関係にあると思っていた」

ベルトはそれには答えず、まったく読めない表情をしている。補足説明が必要だろうかと思いはじめたとき、俺のオキュラーに通信が入った。

Dドレイク0813：バーンズ？
ミッキー7：ドレイクか？　どうした？
Dドレイク0813：いま警戒ゾーンの警備任務で、メインロックから百メートルのところにいる。ここにムカデが一匹来た。でかいやつだ。
ミッキー7：わかった。俺にどうしてほしい？
Dドレイク0813：おまえにしてほしいことなんざ、俺にはねえよ、バーンズ。おまえに用があるのは、ムカデのほうだ。おまえと話したいんだってよ。

021

　だいたい二十分で、メインロックへ下り、装備を整え、警戒ゾーンに出る。俺が到着すると、戦闘スーツに身を包んだドレイクが、攻撃態勢の砲塔を背にして立ち、線形加速器の銃口を元スピーカーに向けて立っていた。元スピーカーのほうは、三十メートルくらい離れた大きな石の上でとぐろを巻いている。

「来てくれて助かった」ドレイクは大きいムカデから目を離さずに言う。「ずいぶん時間がかかったじゃないか、え？」

「できるだけ急いで来たんだが」俺は答える。自分の声に疲れがにじんでいるのがわかる。

「武器を下ろせ、ドレイク。あいつはここに戦いに来たんじゃない」

　ドレイクは不満そうにうなり、武器を下ろそうとはしない。俺はため息をつくと、彼の前に出て、元スピーカーのところまで歩いていく。ムカデは反応を示さない。俺はあと二歩の距離で立ち止まると、腕組みをして声をかけた。「それで？」

「おまえがミッキーか」ムカデは答える。「おまえが〈最高〉か」

「そうだ。そういうことになってる。なんの用だ?」

「おまえは取り引きをした。おまえは〈最高〉だ。おまえの巣は、おまえのした取り引きに従う義務がある」

「ああ、覚えている」

「そのときが」とムカデ。「そのと……そのとき……その……」

「そっちは、俺たちの装置を返す約束だ。装置はどこにある?」

ムカデの大あごがカチカチ鳴り、全身に震えが走る。「装置は……おまえは同意した……」

Dドレイク0813： バーンズ? そっちの状況は?
ミッキー7： わからない。不具合が発生しているようだ。

「おまえは同意した」ムカデはつづける。「おまえは守ってやると約束した……と……守ってやる?」

「スピーカー?」俺は訊ねた。「その体にいるのは、スピーカーなのか?」

ムカデはまた体を震わせる。今度はさっきより激しい。

Dドレイク0813：どけ、バーンズ。撃ちはしない。

俺はスピーカー／元スピーカーから目を離さず、ドレイクに武器を下げるよう手をふる。

「そのときが来た」ムカデは言う。「ときが来た……〈集合体〉がやってくる。全部が、すべての〈補助者〉が。やってくる……おまえの装置……。約束を果たせ。今日だ、ミッキー。すぐに。約束を果たせ」

ムカデはもう一度震えると、とぐろを解いて去っていった。

俺はムカデの姿が見えなくなるまで注視してから、まだドレイクが立っているところまで引き返した。彼は武器を下ろしてはいたが、手に持ったままだ。

「いったい、なんだったんだ？」

「いい質問だ」と俺。「だが、朝食をとっておいたほうがいいぞ。今日は長くきつい一日になるかもしれない」

「準備はいいか？」

俺は大きく息を吸いこみ、ゆっくり吐いて、うなずく。ベルトが制御パネルに触れる。頭上で航空機格納庫のドアが滑るように開く。ベルトの右手が重力発生装置を作動させ、俺たちは上昇した。

ニヴルヘイムの人間軍は、壮観とは言えない。俺たちがドーム上空に上がると、メインロックからぞろぞろと出てくるのが見えた。最初に現れたのは、十一人残っている警備兵のうちの九人で、完全武装している。俺はその列からキャットを見つけようとしたが、正直、ここからだとみんな同じに見える。彼らのあとにつづくのは、十二人の予備軍――農業セクションと物理学セクションと工学セクションの連中だ。彼らは十一年前にヒンメル宇宙ステーションで武器の扱いと戦術のクロス・トレーニング（専門外の業務に関する講習）を受けている。戦闘スーツは身に着けず、ほとんどが線形加速器ではなくバーナーを携えている。それがおそらく最善の選択だろう。というのも、宇宙ステーションを出発してから彼らが武器に触れたことのある確率は、ゼロに近い。警備セクションの責任者アムンセンが彼らにどんな指示を出したかは知らないが、邪魔にならないことと負傷しないこと以外の指示があったとしたら、アムンセンに刑事責任を問うべきだ。

というわけで、これで全部だ。二十一名の歩兵――たぶんそのうちの半数は、実際まあまあ役に立つだろう――と、その上空を飛ぶベルトと俺。完全装備の飛行機は、みんなが地下トンネルに入ってしまえば、まったく役に立たなくなる。

「これが、おまえがやつらに約束したことなのか？」上空千メートルまで上昇し、ゆっくりとホバリングに入ると、ベルトが訊ねた。「武器を持たされたトマトの世話係が？　下にいる仲間は、弾よけと一緒だと思う。いや、それじゃ弾よけに失礼かもしれない」

俺は肩をすくめる。アムンセンが警備セクションの連中に説明するあいだ、俺はキャットと一緒にその場にいた。彼のアドバイスは、三列縦深の密集隊形で地下トンネルを進んでいくことだった。撃つタイミングをずらして線形加速器の連射速度の遅さをカバーし、一度に多方向から押し寄せられるのを防ごうというのだ。これは基本的に、スパルタがテルモピュライの戦いで使った戦術だ。

あれはうまくいったんだっけ？

嫌味はさておき、銃弾がもつあいだは――そして、開けた場所で敵に見つからないかぎりは――おそらく生きていられるはずだ。

彼らはそれぞれ四百発分の運動エネルギー弾を持っている。だが俺の頭には、エイトが死ぬ直前に送ってきたムカデの託児所みたいな画像が残っている。彼らの弾薬はもたないだろう。

たぶん、現実的な問題はこれだけだ――死ぬ前に、〈集合体〉を満足させられるだけのムカデを倒せるかどうか。

全員がメインロックから出てくると、すぐ一列で山地へ向かって出発した。目指すは、ナーシャと俺が入っていったのと同じ入口、二年前に俺がムカデの巣に落っこちたとき、スピーカーたちの〈最高〉から逃がしてもらったのと同じ入口だ。

いまは、あのときのことは考えないほうがいい。

「前方を偵察してこよう」一般通信システムで、ベルトが言う。

「頼むわ」キャットが答える。「戦いが始まる前に、〈集合体〉側と調整みたいなことがあるのよね？」

「そいつはミッキーの仕事だ。そうだよな、相棒？」

「ああ」俺は答える。「そうだ。ちょっと確認してみる」

ベルトは駆動装置のギアを替え、俺たちは前方へ突進した。地下トンネルの入口上空を通過し、さらに尾根を越える。

「おっ」とベルト。「ほら、あそこ」

尾根の反対側の斜面が、びっしりとムカデに覆われていた。

ベルトは五百メートル下降し、彼らの頭上をゆっくりと大きく旋回する。ムカデたちは整然と並び、少なくとも幅二百メートルの隊列を組んで進んでいた。最前列は小さいタイプのムカデたちで、隙間なく並んでいて地面が見えない。その後ろには、スピーカーに近い大きさのムカデが少なくとも千匹並んでいる。こっちはもう少し広がっていて、各列のあいだが一、二メートル開いている。この隊列の両側には、それぞれ三、四十匹のクモがひかえている。

「俺たち、クモを全滅させたわけじゃなかったようだな?」ベルトが言う。

「ああ、そうらしい」と俺。

俺たちは隊列の最後尾上空でUターンし、尾根の上へひき返す。

「このようすだと」ベルトは言う。「連中は、俺たちを先に行かせて敵の勢いを弱める作戦じゃないのか? それで、銃弾の尽きた俺たちがばらばらに引き裂かれる頃、あいつらが突入して本格的な戦闘に入り、最後尾のでかいやつがとどめを刺す。この読みで、だいたい合ってるか?」

俺は通信回線をチェックした。ベルトはオープン回線でしゃべっている。彼の話はすべて、みんなにも聞こえている。そのことに、ベルトも俺とほぼ同じ瞬間に気づいた。「キャット——」ベルトは言いかけたが、キャットにさえぎられた。

「言わなくていいわ、ベルト。あたしたちはバカじゃない。あんたが言おうとしてることくらい、とっくにわかってる」

ベルトは目を閉じ、操縦桿をつかむ手に力をこめた。

「そうだよな」そして、最後につけたす。「悪かった」

ベルトはこっちの音声をミュートにした。俺たちはさらに百メートルほど下降してから、円を描いてふたたびムカデたちの上空へ戻る。そのあいだも、ムカデたちは満ちてくる潮のように山の斜面を上がってくる。

「全部で、少なくとも二千五百匹はいるぞ」とベルト。「すげえな、ミッキー。なんで、あいつら、俺たちが必要なんだ？」

俺の脳裏に、また〝ムカデの託児所〟が浮かぶ。

「スピーカーの陣営には、でかいタイプのムカデはそこまで多くないと思う。だが、ちっちゃいやつは大量にいるし、地下トンネルでの戦闘では、防衛する側に大きな利点があると思う。スピーカーの話では、〈集合体〉は自分たちだけでスピーカーの群れを排除する力はないらしい。おまえの言っていたとおりだろう。〈集合体〉は、自分たちが地下トンネルに入ったとき相手を圧倒できるくらいまで、俺たちにスピーカーの群れを弱らせてほしいんだ。こっちのチームを放(はな)ってできるかぎりのダメージをあたえ、俺たちがついに制圧して生き残りを始末しているときに、〈集合体〉の群れが襲撃に入るつもりなんだろう。昔の地球で、いつの時代も人間の軍隊が植民地化の際に使っていたのと同じ戦略だ」

「うん」とベルト。「つまり俺たちは、正確には弾よけじゃないってことだ。突撃隊と呼んだほうが近いかな？　凶暴な戦士（ベルセルク）か？　要するに、俺たちの部隊は、こいつが終わる前に確実に死ぬことになる」そこで言葉を切り、操縦に関わる装置をいじって方向転換し、ふたたびムカデの隊列の前方を横ぎってから、自分の手に目を落としてつぶやいた。「それだけの価値があることを願うよ」

俺たちは尾根の数百メートル上空をホバリングしながら、ムカデの隊列が進むようすを黙って見つめた。反対側では、キャットたちが地下トンネルの入口の百メートル下で、雑然とかたまっている。

「着いたわ」通信回線からキャットが報告する。「突撃のタイミングは、そっちが指示を出すの？」

俺はミュートを解除し、応答する。

「そこで待機していてくれ。きっと――」

「うわっ……キモ」

ムカデの隊列の最前列が、ちょうど尾根を越えたところだった。

「ミッキー？」

「なんだ、キャット」

「百万匹のキモいムカデが、丘のてっぺんを越えてこっちに来ようとしてるんだけど」

「ざっと見たところ、二千五百匹だな」とベルト。「多くても、三千だ」

「そんなにいるのに、あたしたちの助けが必要なの？　ここの地下トンネルには、いったいどれだけのムカデがいるのよ、ミッキー？」

「わからない、キャット。少なくとも、外にいるやつらと同じくらいはいるはずだ。おそらく、もっと多い。ひょっとしたら、はるかに多いかもしれない」

長い沈黙のあと、キャットは言った。「これって、ほんとは特攻隊なんじゃない？　あなたは、あたしたちを送りこんで死なせるつもりね」

「違う、キャット。そうじゃない……ていうか……きみたちを送りこもうとしてるのは、俺じゃない」

「あっそ。上等じゃない。ありがと、ミッキー。あなたは本当の友だちだわ」

俺は下を見る。警備兵たちは密集隊形をとろうとしている。その後ろに予備軍の十二名がかたまる。

俺のオキュラーに通信が入った。

不　明：俺たちは味方どうしか？

ふたたび、キャット。「ミッキー？　あたしたちはここでなにしてるわけ？」
ベルトが割って入る。「ミッキーはぼーっとしてる。たぶん、彼らと通信中だろう」

不明：俺たちは味方どうしか？

ベルトが片手で俺をつつく。「ミッキー？　おまえが指示を出さないと」

ミッキー7：ああ。俺たちは味方どうしだ。

「てっぺんのムカデたち」俺は言う。「あいつらを攻撃しろ、ベルト。全力で」
ベルトはこっちを向いて、まじまじと俺を見る。「はあ？」
「あいつらを攻撃するんだよ」と俺。「いますぐに。キャット——隊列を組んで、銃撃の準備をしてくれ。きみたちはトンネルには入らない。きみたちが戦う相手は、尾根を越えてやってくる連中だ。俺たちは上からできるかぎりたくさん倒すが、全部は無理だと思う」

「クラスター爆弾八発しか積んできてないぞ」とベルト。「ここでなにを成しとげようってんだ、ミッキー？　あいつらは、俺たちが協力することになってる連中だろ？」

ムカデの隊列の最前列は、もう斜面をくだっている。たぶんあと二百メートルで、キャットたちのところに着く。

「いまだ、ベルト。キャットたちに接近しすぎる前に。やれ！」

「ミッキー？」キャットの声がしたとき、ベルトは飛行機を勢いよく下降させて旋回すると、加速してムカデの前のほうの隊列めがけて機銃掃射をおこなった。「いったい、なにやってるのよ？」

ベルトは最初の二発のミサイルを放つ。一瞬置いて着弾し、五十メートルの間隔を置いたふたつの火の玉となってから、数百発の二次爆発を起こす。ムカデの先頭集団の後ろ、五、六十メートルの場所だ。反応はカオスだった。最前列のムカデたちは何事もなかったかのように進軍をつづける。だが、より爆発に近いところにいたムカデたちは、訓練された兵士というよりパニック状態の動物という様相を呈し、爆心地から離れようと折り重なって這い回っている。俺たちはふたたび加速し、急旋回して、さらに五十メートル下降する。今回はムカデの隊列のかなり後ろのほう、でかいムカデたちの最初の列に近いところを通る。こいつらは、俺たちが攻撃する前に危ないとわかったようだ。散りぢりに逃げようとするが、そんな時間もスペースもない。ミサイルが着弾したとたん、俺たちの周囲の大気に濃い煙と瓦礫とチタンの破片が舞った。最初の攻撃で当たらなかったムカデたちは、いまや俺たちの部隊に迫っているが、警備兵たちが銃撃を開始しており、線形加速器の弾を受けた個体が木っ端みじんに吹き飛ぶのが見える。

「クソッ、多すぎる」ベルトは三度目の攻撃をしかけようと旋回する。今度はでかいムカデのいちばん大きい集団に狙いを定めようとしているが、ムカデの集団はいまや蹴とばされたアリ塚のような状態で、全速力で広がっていき、ひとまとめに倒すのはさらに難しくなっている。ベルトの発射したミサイルが爆発し、また岩と土を跳ね上げたが、どれくらいのムカデを倒せたかはよくわからない。俺たちは最後にもう一度、旋回する。ベルトは残りのふたつの弾頭を、ムカデの最前列のすぐ後ろに投下した。俺たちの部隊にかなり近かったから、着弾したとき、通信機からキャットの悪態が響いた。

「悪い」とベルト。「ひと息つく暇をやろうと思ったんだ」

煙を透かしてまた状況が見えてくると、ムカデたちは山の斜面に散らばっていた。その範囲は、少なくとも三百メートル。最初のうちは、気が触れたようにめちゃくちゃに動いていたが、俺が見ているうちに、隊列の後ろのほう——残っているでかいサイズのムカデたちがふたたび整列しているあたり——から次々に秩序を取り戻しはじめた。生き残った

〈補助者〉たちは這い回るのをやめ、また列を作り、なんとかまとまって前進する。ムカデたちはもう、スピーカーたちの巣など狙っていない。完全に、俺たちの部隊を狙っている。

「そこそこのダメージをあたえたと思う」俺は言う。「再装弾にはどのくらいかかる？」

ベルトは首をふる。「最低でも一時間。やる意味はないよな？」

確かに。最後の二発で、キャットたちにある程度の時間とスペースを稼がせてやれたが、生き残ったムカデたちはいまや、爆発でできた穴からどっと這い出し、小さくかたまる人間たちに迫ろうとしている。

「逃げろ」ベルトがつぶやく。「逃げるしかない」

下の誰かも、同じ結論に達したに違いない。警備兵の一人が体をひねり、予備軍の十二人に手をふる。彼らがなにを言っているかは聞こえないが、反応からわかる。戦闘スーツを着ていない者が全員、回れ右をしたかと思うと、ドームへ向かって全速力で駆けだしたのだ。

ただし、キャットたち警備兵は逃げない。九人の兵士はその場にとどまり、退却する十二人を援護する。

一秒につき九発。残されたムカデは何匹だ？

少なくとも、千匹。おそらく、もっといるだろう。

その距離は、四十メートル。

三十メートル。

二十メートル。

十メートル。

小さいムカデの一匹が警備兵たちの弾幕を突破し、装甲に覆われた脚に大あごで嚙みついたところで吹っ飛んだ。

「あれはドレイクだ」とベルト。

負傷した男が片膝をつきながらも、銃撃をつづけている。

「ミッキー？」キャットの声だ。「ちゃんと作戦があるんでしょうね。こっちはあと十秒くらいしかもたないわよ」

ベルトがこっちを向く。俺は口を開け、閉じてから、また開けたものの、言葉が出てこない。俺の考えではこんなはずじゃ……。

俺の考えなんか、どうでもいい。俺は仲間を一人殺しちまった。

いいや、それだけじゃない。コロニーを壊滅させたんだ。

キャットたちはもう退却しようとドレイクを引きずっていくが、絶望的だ。彼らにもこの光景が見えているに違いない。ベルトが俺の肩をこづく。「ミッキー？　ミッキー！」

逃げろ、ドレイクを置いて逃げろ。

俺はそう言おうと口を開けたが、言葉が出てくるより早く、地面の十カ所以上からムカデが勢いよく飛び出してきた。一秒もたたずにキャットたちのグループは忘れ去られ、それまでキャットたちを取りかこんでいたムカデとクモは、新たに現れたムカデたちと引き裂きあいを始めた。

「キャット！」俺は声を張り上げる。「逃げろ！」

だが、その必要はなかった。警備兵のうち二人が、すでにドレイクをはさんで抱え上げていた。その三人が重そうに走りだすあいだ、残りの警備兵は銃撃をつづける。三人が五、六十メートル進んだところで、さらに三人が銃撃を離脱して走りだす。そして五秒以内に、最後の三人が武器を背負って走りだした。

ベルトと俺は、黙って戦いを最後まで見届ける。〈集合体〉側の戦士は全体的にでかいが、数ではスピーカーの群れのほうがはるかに勝り、正直なところ、〈集合体〉側はもっと仲間がほしそうに見える。クモ一匹、あるいはスピーカーと同じサイズのムカデ一匹を倒すには、小さいムカデが十四か十二匹必要で、そのあいだもかなりの数の仲間を失う。三十分を超える頃には、斜面に二百メートルほど広がった乱闘状態だったものが、十数カ所の小さな戦闘に変わり、さらにはほぼ死体の回収と負傷者にとどめを刺す作業のようになっていった。

「なんだ、こりゃ」とベルト。「いったい、なにが起きたんだ？」

俺のオキュラーに通信が入った。

不明：ありがとう。忘れない。

「わからないが、俺たちが勝ったらしい」

ベルトがこっちを向く。「俺たちが？　例の爆弾はどこだよ、ミッキー？」

俺は目を閉じ、息を吸いこんで、吐く。

「どこにあるかは、わかってる。回収に行こう」

「ほんとにわかってるのか？」

「ああ」と俺。「ちゃんとわかってる」

俺たちは〈集合体〉の巣の入口から百メートル上空をホバリングしている。いまにも崖の穴からムカデたちがあふれだしてくるんじゃないかと心の隅で思っていたが、下では動くものはなく、がらんとして、静まりかえっている。

「もし連中に遠距離通信システムみたいなものがあるとしたら、おまえはここでは確実に好ましからざる人物（ペルソナ・ノン・グラータ）だぞ、ミッキー。ていうか、これまで見たクモの群れの動きからすると、そういうものがあると考えざるをえない。それに、連中が約束ってものをどう考えているか、スピーカーから聞いただろ。もし、下の巣にかなりの数のムカデが残っていたら、おまえは絶体絶命だ」

「わかってる」と俺。「それには慣れっこだ」

「いったん帰還して、警備兵を何人か連れてくることもできるんじゃないか。キャットなら、絶対来てくれる。頼めば、ほかにも一人二人来てくれるかもしれない」

俺は首をふる。「銃が二、三丁増えたところで、状況は変わりゃしない。スピーカーは、〈集合体〉はすべての〈補助者〉を戦いに投入したと言っていた。もしスピーカーの話が間違いで、この巣にまだムカデが残っていたら、俺たちは困ったことになる。その場合、どうせ状況が変わらないなら、俺は誰も同行させたくない」

「そいつはもっともだ」とベルト。「で、もしおまえが戻ってこなかったら、俺はどうすればいい？」

俺は肩をすくめる。「好きにしろよ。そのときは、俺の意見なんかほとんど関係ないだろ？」

これには、あまり言うべきことはないのだろう。ベルトはゆっくりと重力発生装置をオンにして、飛行機は数秒後に崖の前の地面に軽い衝撃とともに着陸した。俺はシートベルトをはずし、循環式呼吸装置（リブリーザー）を装着すると、コックピットの奥の棚から線形加速器を取る。ベルトはエアトラップを下ろす。俺は貨物室に入っていき、ドアの前で待った。

「俺、なんであんなこと言っちまったのかな」とベルト。「おまえが戻ってこなかったら、なんて。おまえはちゃんと戻ってくる。いつも戻ってくるじゃないか。戻ってくるのを、俺はここで待ってるよ」

「待つなら、五十メートルくらい上空がいいかもしれない。万一のために」

「サンキュ。もっともなアドバイスだ」

エアトラップの上にあるライトが緑色に光り、ドアが勢いよく開く。

「幸運を祈る」とベルト。

「ありがとよ」俺はひょいとかがんでドアをくぐり、固い地面に足を踏み出す。トンネルの入口までは、三十メートル。やさしいそよ風が額から髪を押しやる以外は、動くものはなにもない。

やるしかない。後ろで重力発生装置がうなると、俺は出発した。

トンネルの入口を通って二十メートルのところで、スピーカーくらいの大きさのムカデが暗がりからこっちに這ってくるのが見えた。大あごを広げている。俺は線形加速器を肩にのせ、慎重に狙いを定めて発砲した。ムカデの前からふたつの体節が吹っ飛ぶ。俺はさらに奥へ進んだ。

最初の交差点を前にして、俺は悩んだ。もしムカデたちが待ち伏せしているとしたら、ここは格好の場所だろう。一分ほど考えてみたが、いい案は浮かんでこない。俺はダッシュで交差点を突っ切った。線形加速器を握りしめ、半回転しながら横断する。なにも襲ってこない。反対側に着くと、俺は肩で息をしながら脈拍がほぼ通常に戻るのを待ってから、前を向いて背筋を伸ばし、ふたたび歩きだした。

トンネルがまた上り坂になって初めて、スピーカー／元スピーカーは本当のことを言っていたのかもしれないと思えてきた。〈集合体〉がすべての〈補助者〉を戦いに投入したという話は、真実だったんだ。ここには、本当になにもいないようだ。

となると、もちろん、ひとつの疑問が浮かんでくる——目的地に着いたら、俺は具体的にどうすればいいのか？　まさか、ゲームのラストステージに登場するお宝みたいに、反物質爆弾がただそこに置かれているとは思えない。それにスピーカーがいない以上、俺には、あのムカデでできたネットみたいなやつとコミュニケーションを取る方法がない。

あの触手みたいなひもを、首の後ろに接続させてやればいいのかもしれない。

いや、それより、ネットのあちこちにあるこぶ（ノード）を片っ端から撃ちまくって、なにかいいことが起こるのを待てばいいんじゃないのか。

結局、その疑問の答えを出す必要はなかった。スピーカーの半分くらいの大きさのムカデが、部屋の入口のすぐ前で俺を待っていたのだ。ここからでも、そいつが一般的なムカデの口ではなく、スピーカーと同じ口を持っているのが見える。俺は十メートル手前で足を止め、線形加速器を構えた。ムカデは立ち上がりかけたが、そこで体を震わせ、地面に脚を下ろす。

「われわれは約束した」ムカデの口調は単調だった。

「俺はおまえたちと約束した」俺は答える。「スピーカーとも約束した。両方の約束を守るのは、不可能だった」

「われわれはおまえたちの装置を持っている。向こうはなにを持っているんだ？　これより価値があって、おまえたちを従わせることができるものとは、なんだ？」

「そんなものはない」と俺。「彼らに、俺たちを従わせることができるものなんか、なにもない」

長い間を置いて、ムカデは言う。「理解できない」

俺は肩をすくめる。「理解できるとは、思ってない」

ムカデは黙って、じっとたたずんでいる。俺は待った。二、三分後、ムカデは身動きして口を開いた。「われわれはおまえの装置を返さない」

「いずれにしろ返すことになるさ」

「われわれは装置を破壊する」

おっと……その可能性は考えてなかった。

「破壊しようとすれば」俺は説明する。「爆発するぞ。その装置には、この山を消し去るほどの威力がある」

「それは疑わしい。そのうえ、どうでもいい。おまえたちはわれわれの仲間を大量に殺した。われわれにとどめを刺すのがあの装置だろうが、向こうの群れだろうが、いまとなってはたいした違いはない」

「おまえたちは充分生きているように見えるが」

ムカデはまた身震いし、一メートルほど前進した。俺は後ずさって距離をたもつ。

「われわれに残された〈補助者〉はごくわずかだ。すぐに向こうの群れがやってきて、この場所を奪うだろう。そして残っているわれわれを破壊し、〈集合体〉を破壊するだろう。われわれはそれを防ぐことはできないが、それでおまえたちに利益がもたらされることはないと断言することはできる」

「もし、俺たちなら向こうの群れが来るのを防げると言ったら？　おまえたちを向こうの群れから守ってやれると言ったら、どうする？」

長く感じられるあいだ、ムカデはフリーズしていた。ようやく先頭から三つの体節を地面から起こすと、前後にゆらゆらと揺れた。「おまえたちに、われわれを守ることはできない。おまえたちにそんな力はない」

「できるさ。向こうの群れと話し合って、おまえたちはもう脅威じゃないと言ってやれる。もし向こうの連中が聞く耳を持たなかったら、俺たちはおまえたちにしたのと同じことを向こうの連中にしてやることができる」

ムカデはまた黙りこんだ。今回はかなり長い。シャットダウンしたのだろうか。次はどうするべきかと俺が考えはじめたちょうどそのとき、ムカデが口を開いた。「われわれは約束した。おまえたちは、われわれを裏切った。いま、おまえはまたわれわれと約束し、向こうの群れと約束したことを裏切ろうとしている。こんなことはなかった。いままで一度もなかった」

「本当か？　俺たちの仲間は、しょっちゅうやってるぞ」

ムカデは身震いする。「おまえたちは怪物だ」

「そうかもな。いずれにしろ、そういう結論に達したのは、おまえが最初じゃない。だが、これがおまえたちに提示できる最高の条件だ。俺に例の装置をわたせ。そうすれば、おまえたちを守ると本当に約束する。これが、おまえたちが生きのびる唯一のチャンスだ」

ムカデのいちばん前の脚が、地面をリズミカルに叩いている。

「おまえは信用できない。どうしたら、おまえを信用できる?」

「その質問には答えられないな。実際のところ、俺たちは必要とあらば、ウソつき野郎にもなるし、俺の言葉を信用できないというおまえを責めるつもりもない。だが、あいにく、俺が差し出せるのはこれだけだし、俺の立場から見たところ、そっちにはほかに選択肢がないんじゃないか」

ムカデは動きを止め、やがて身震いすると、方向転換して空間の奥へ消えていった。戻ってきたムカデは、摂食肢で例の爆弾を抱えていた。

俺のそばまで這ってきて、爆弾の入ったバックパックをそっと俺の足元に置き、後ずさる。

「それを持って、出ていけ。おまえたちの仲間は、ここに来るべきではなかった」

「それについちゃ、異論はない」俺はバックパックを背負う。

「約束を忘れるな」去っていく俺に、ムカデは言う。

「忘れないよ」俺はふり返らずに答える。「とにかく、今回は。忘れないとも」

022

ドームに戻ればヒーローのように迎えられる、と思っていたわけじゃない。だが、こんな出迎えも予想外だった――格納庫で、マーシャル司令官が警備セクションの責任者アムンセンと一緒に立っていたのだ。しかも、どっちが先に俺を殺すかをめぐって、いままで争っていたかのように見える。

「バーンズ」俺が飛行機のベイドアを開けもしないうちに、マーシャルが怒鳴った。「貴様はなにをやってきたと思っているか知らんが――」

唐突に言葉がとぎれる。俺が反物質爆弾を持っているのが、見えたのだ。

「おまえ……取り返してきたのか？」

「はい」俺は格納庫の床に下りる。アムンセンが前に出て、俺から爆弾の入ったバックパックを受け取る。

「爆弾は無傷なのか？」

「開けて確認はしていません」俺は答える。「ムカデどもは、燃料要素を少なくともひとつ取り出して紛失しています。だが全体的な重さは、ほぼ俺の記憶どおりだから、たぶんほとんど全部残ってるんじゃないですかね」

「装置をリンのところへ持っていけ」司令官は指示する。「われわれに必要なものが入っているかどうか、彼女が確認する」

アムンセンはうなずき、背を向けてドアへ向かう。ところが、ドアの手前でふり向いて俺を見た。「おい、バーンズ……。今日おまえがあそこでしたことは、すばらしい戦略だったのか、それとも単なる幸運だったのか、俺にはわからない。今朝あそこでくり広げられた光景がもし計画どおりだったなら、事前に報告しなかったおまえを殺してやりたいところだ。しかし……肝心なのは、おまえが俺の部下を犠牲にすることなく、みんなの命を救ったことだ。だから、感謝する」

アムンセンは返事を待っているが、俺は正直、どう答えていいのかわからない。気まずい五秒間のあと、アムンセンはもう一度うなずいて出ていった。彼の後ろでドアが閉まると、マーシャルが俺の肩に手を置いた。

「司令官オフィスに来たまえ。話がある」

俺は一歩下がって、マーシャルの手をふりほどく。「話したいのは山々ですが、司令官

――あいにく急用がありまして」口をわずかに開いてまじまじとこっちを見つめる司令官の前で、俺はまた飛行機に乗りこみ、ドアを閉める。司令官がまだ立ちつくしているうちに、また格納庫のドアが開き、ベルトが重力発生装置を起動して、俺たちは上昇した。

まずは、戦闘のあった丘の上空を旋回する。ベルトの爆弾投下でできたクレーターはまだ残っていたが、それ以外にここでなにかがあったとわかるものはない。ムカデのいる形跡は――生きているものも、怪我したものも、死体も――どこにもない。そのあとは南へ向かう。波を描くように飛行しながら、〈集合体〉の巣までの直線ルートの両側それぞれ十五キロの範囲を捜索する。山地を通過して平地に出たところで、ベルトが言った。「まだ二、三時間しかたってないんだぞ、ミッキー。反撃するったって、もうこんなところまで来られるわけがない」

「まあな。そのとおりかもしれないが、地下を移動しているとは考えられないか？」

こっちを向くベルト。「固い岩盤に、あいつらがあそこからこっちまで百キロ以上ものトンネルを作ってあると思ってるのか？」

確かに、そんなふうに言われるとバカげて聞こえる。

ベルトは機体を傾けて方向転換し、来たルートを戦闘のあった場所まで引き返した。そして尾根の上に着陸。ムカデの巣の入口は、ここから二百メートル下にある。俺は循環式呼吸装置（リブリーザー）を着け、後ろの貨物室に入っていく。

「線形加速器はいいのか？」ベルトが訊ねた。

俺は首をふる。「もし、いま、ムカデたちが俺を殺したいと思ってるなら、殺されるしかないだろう。俺は反論するつもりはない」

エアトラップが閉まる。三十秒後、ベイドアが横へするりと開き、俺は出ていく。

信じがたいことだが、まだ午後も半ばくらいにしかなっていない。薄いピンク色の空で太陽は半分ほど傾き、南から暖かいそよ風が吹いてくる。もう千回目になるが、やっぱり考えてしまう——この季節はいつまでつづくのか、終わったら次の冬をいつまで耐えなくてはならないのだろうか。

関係ないんじゃないか。そのときには、俺はいないだろうし。

ゆっくりと斜面を下りながら、ずたずたになったシダをかきわけていく。折れた茎から淡い黄色の液体がにじみだし、そのきつい臭気がリブリーザー越しでもかすかにわかる。吐き気がするほど甘ったるい香りに、腐った肉の臭いを足した悪臭。いまフィルターなしで呼吸していなくて本当によかった、と久しぶりに思う。

地下トンネルの入口に着くと、スピーカーが待っていた。

「よう」完全にベルトの口調を真似ている。「会えてうれしいよ」

「こっちこそ。てっきり死んだと思っていた」

「俺は……捕らわれていたんだ」とスピーカー。「存在していたし意識もあったが、行動を起こせなかった。ありゃ、最悪の気分だったぜ」

「だが、なんとか乗りきったんだな。今朝、ドームに来た。あれはおまえだったんだよな？」

「試してみたんだ。あっちの〈最高〉からかなり遠いから、俺を捕らえる〈集合体〉の力がだいぶ弱っていた。俺たちの〈最高〉にとって唯一の希望は、おまえに俺たちとの約束を思い出させることだってことは、はっきりしていた。けど、あれが成功したとは思っていなかった」

「成功したさ」と俺。「おまえはよくやった」

「ああ。おまえもな」

そのままたっぷり一分間ほど黙っていたところで、俺はいやなことを先延ばしにしてもしかたがないと覚悟を決めた。

「〈集合体〉から爆弾を取り返した」

「よかったな」とスピーカー。「おまえが成功して、俺もうれしいよ。爆弾を分解するって約束は、忘れてないよな」

「ああ、覚えてる。分解するよ。だが、おまえに言わなきゃならないことがある――爆弾を取り返すために、俺はあっちの連中と約束しなきゃならなかった」

「へえ、べつに驚くことじゃない」とスピーカー。

「約束の内容は、彼らを守ることだ」俺はスピーカーの反応を待つ。だが彼はそこにうずくまっているだけで、石みたいに無反応だ。「おまえたちから守ることなんだ」俺はつづける。「俺たちは、おまえたちが向こうの群れを攻撃するのを防ぐと約束したんだよ」

「ふーん」とスピーカー。「そいつはずいぶん簡単な約束だな。なにしろ、俺たちに彼らを攻撃する気なんかないんだから」

俺は言い返そうと口を開け、ためらい、また閉じる。

「だが――」

「もう、おまえにもわかっているはずだ。〈集合体〉を組織しているやつは、俺たちとは違う種だって。そうだろ？」

俺は肩をすくめる。「ていうか、あれを見たとき、そうかもなとは思った。だが、おまえからあのクモも同じ種だと聞かされたあとじゃ、確信は持てなかった」

「じゃあ、教えてやる。あれは俺たちと同じ種じゃない。それどころか、動物でもなけりゃ、植物でもない。第三の種類の生命体だが、おまえたちの言葉でどう表すのかは知らない」

「真菌類か？」

ムカデの全身にさざ波が走る。「かもな。いずれにしろ、俺たちはあれがどんな種か知っている。あれは寄生生物で、ほかの生き物に感染し、その神経系を乗っ取るんだ。とくに、シダの茂みで狩りをする地を這う小さい生き物を苦しめる。それよりでかい生き物を捕らえるなんて、俺たちは知らなかった」

「だが、あいつはおまえたちの〈最高〉を一四、捕らえていた」

「ああ」とスピーカー。「そうなんだ。しかもそのときに、なんらかの形態の知覚を獲得したらしい。そんなことがありえるとは、考えたこともなかった。これから、それを調べる必要がある。これは偶発的な出来事なのか、それとも俺たちにとって真の脅威となる新しい種の出現を示しているのか、究明しなきゃならない。というわけで、俺たちは〈集合体〉を殺しはしない。けど、彼らの巣の入口を封鎖して、封鎖が解かれないよう監視する」

「あの連中を生きたまま閉じこめる気か？」

「俺たちの群れにとっては、それがいちばん安全な選択肢だと思う。調査のために保存しておかなくちゃならないが、汚染を広げる危険はおかせないからな。学べることを学びおわったら、〈集合体〉と直接接触していたこっちの個体は、分解して殺菌する」

「えっ。だが、おまえも……」

「そのとおり」とスピーカー。「ちゃんとわかってるじゃないか。俺は〈集合体〉と直接やり取りした。きっと感染している。だから隔離されて観察下に置かれるだろう。真菌が根づき、感染が顕在化すれば、俺は破壊されることになる。つらいが、必要なことだ。おまえにわかってもらえるとは思ってない」

俺はまじまじとスピーカーを見る。

見つめ返すスピーカー。

俺は抑えきれず、げらげらと笑いだした。

「いや、悪い悪い」ようやく爆笑がおさまると、俺は謝った。「本当にすまない」そしてスピーカーの前にしゃがんだ。二対の大あごが顔をかすめる。一瞬置いて、一本の摂食肢が伸びてきて、そこから出てきた先端に爪のついた触手が何本も広がる。俺は右手を上げ、手のひらを摂食肢に重ねた。「わかるさ、兄弟。おまえがびっくりするほど理解してるよ」

その感動的なシーンはけっこう長くつづいたが、ついにスピーカーが摂食肢をひっこめた。彼は五十センチほど下がり、俺は立ち上がる。彼は俺の頭と同じ高さまで起き上がった。

「あばよ、ミッキー。おまえに会えてよかった」

視界がにじみ、俺は返事ができる気がしない。たっぷり五秒たってから、スピーカーは俺に向かって先頭の体節をひょいと下げてみせると、背を向けて地下迷宮に消えていった。

格納庫に戻ると、マーシャル司令官はいなくなっていた。

「で？」ベルトは飛行機の電源を切って、訊ねる。「次はどうする？」

俺はベルトのほうを向く。「次？　次は、俺がケリをつけるのさ」

ベルトは黙ってすわっている。俺がシートベルトをはずして立ち上がり、ベイドアへ行こうとしたとき、ベルトが言った。「ほんとにそれでいいのか、ミッキー？」

俺は笑う。「いいのかだって？　いやいや、わかんねえよ。だから、気が変わらないうちにやっちまおうとしてるんだろ。考える時間はほしくない」

「あいつはおまえに強制できないはずだ。マーシャル司令官のことさ。今日起こったことは――」

「マーシャルは俺に強制なんかしない、ベルト」

ベルトは首をふる。「どういうことだよ」

「うーん、コロニーの反応炉に燃料を戻さなきゃならないが、もうドローンを使って失敗するリスクはおかせない。それはわかるよな。となると？　残る選択肢は？」

ベルトは肩をすくめる。「志願者を募る？」

俺は自分の顔がゆがむのがわかった。「志願者。そうだ。で、誰が志願するのかわかるよな、ベルト」

ベルトは立ち上がって、俺と向き合う。「だから？　マーシャルにやらせりゃいい」

「いいや。それはフェアじゃない、ベルト。マーシャルにとって、フェアじゃない。俺にとっても、フェアじゃない」

「やっぱり、〝テセウスの船〟の話を信じることにするのかよ？」

俺は目を閉じ、両手で顔をさする。「わからない、ベルト。俺にわかるのは、疲れてるってことと、こいつを終わらせたいってことだけだ」

ベルトは腕組みをする。「で、それだけか？　これでサヨナラなのか？」

俺は天井をあおぐ。「この件に、おまえが感傷的になるなんてありえないだろ、ベルト。俺を氷穴に置き去りにしたくせに、忘れたのか？」

「それとこれとは、話が違う」とベルト。「この二年間、俺は……」

「心配するな。次に培養槽から引っぱり出されてくるやつは、俺の記憶を完全に引き継いでいるはずだ」

もう、ドアは開いている。俺はベイドアを出て、格納庫の床に下りる。そのとき、ベルトが訊ねた。「ナーシャはどうなるんだよ？　彼女にひと言もなしかよ？」

それは反則だ。俺は首をふり、そのまま歩いていった。

バーク医師から、明日の朝、ナーシャの検査をすると言われていた。いまごろは、ちょうど手術が終わっているはずだ。医療セクションへ下りていけば、おそらくいい報告が聞けるだろう。だが、行かない。もしナーシャが元気になるのなら、俺はこれをやりぬく自信がない。

それに、もし元気になれないのなら、そんなことは知りたくない。

ミッキー7：やあ。

マイティー・クイン：バーンズか？　なんの用だ？

ミッキー7：再生ルームで会いたい。

マイティー・クイン：はあ？

ミッキー7：再生ルーム。で。会って。くれ。

マイティー・クイン：またダウンロードさせようってわけじゃないよな？　前にも言ったように――絶対にしない。まともな理由もなく、人の脳みそを丸焼きにはしないと誓ってるんだ。

ミッキー7：違うんだ、クイン。今回は、記憶をダウンロードしてほしいわけじゃない。作り物の親指もいらない。そんなふざけたことじゃない。ただ、アップロードしてもらいたいだけだ。

マイティー・クイン：アップロードを？　使い捨て人間（エクスペンダブル）は引退したんじゃなかったのか？

ミッキー7：ポグ・ボールは性に合わないとわかってね。

マイティー・クイン：あはは！　ええと、ぼくはいま、カフェテリアにいる。二十分後に再生ルームでいいか？

ミッキー7：二十分後でいい。ありがとよ、クイン。おまえはいいやつだ。

マイティー・クイン：うーん……ＯＫ。じゃあな。

ミッキー7：うん。じゃあな。

俺が医療セクションに着いたとき、クインはまだいなかった。まだ約束まで数分あるし、ナーシャは通路を少し行ったところにいるはずだ。ちょっと見に行っても……。

いいや。そんなことをしたって、これからすることは少しも楽にならない。

壁にもたれ、ずるずると下に滑って、膝を抱えてすわりこむ。すごく……めちゃくちゃ……くたびれた。まぶたがひとりでに閉じる。意識が遠のきはじめたちょうどそのとき、ブーツのつま先をなにかがつついた。

顔を上げると、クインが見下ろしていた。

「やあ。本当に、いまアップロードしたいのか？　ぐったりしているじゃないか、ミッキー。次に培養槽から引っぱり出されるミッキーは、いまきみが感じていることをそっくりそのまま引き継ぐことになるんだぞ」

俺は吠えるように短く笑う。「は、知ったことか。どっちみち、今後の俺はずっとこんなだよ、間違いない。さあ、やってくれ」

クインは手を差し出した。俺はその手をつかみ、引っぱって立たせてもらう。

「二年ぶりだね」クインは手のひらでドアを開ける。「今回は表面的な更新じゃない。最初のアップロードのときとも違って、これまでより記憶の深いところまで探ることになる。おそらく、時間もかかるだろう。本当に、明日の朝まで待たなくていいのか？」

「ああ、本当にいまやってもらいたいんだ」俺はクインにつづいて入っていく。「必要なだけ時間をかければいい。今夜はたいした用事はないから」

お決まりのアップロードの準備に、奇妙ななぐさめを覚える。俺は椅子にすわり、クインにヘルメットをかぶせられる。さらにストラップで固定されるとき、はっと気づいた――これは、俺の人生の本当に最後の瞬間なんだ。あとで目を覚ましたとき、これを最後の出来事として思い出すのだ。

あっちの俺へメッセージを残すのもいいかもしれない。

よう、ナイン、それともイレヴンか、まあ、何番目でもいい。こちらはセヴン。あの世からのメッセージだ。恨めしやー！　いや、真面目な話……おまえに知っておいてほしいことがある……知っておいてほしいのは、俺は誰かにこれをやらされたわけじゃないってことだ。誰かが反応炉に入って燃料を戻さなきゃならなかったが、その人物が俺でなければならなかったわけじゃない。俺は気楽な道を選ぶこともできた。そうしていたら、培養槽からおまえが引っぱり出され、まっすぐ反応炉へ押しこまれただろう。おまえの人生はそれだけ――マギー・リンから説明を受ける十分間、光速に近い速度で飛びかう中性子を全身に浴びる二分間、そして運がよければ、苦痛は相当だがあっというまの死が訪れる。だが俺はそんな道は選べなかった……さすがにフェアじゃないと思ったんだ。ツーの身に起きたときも、フェアじゃなかった。フォーやファイヴのときだって。ナインとテンのと

きもフェアじゃなかったと思う。こいつらも数に入れるとしたらだが。

俺もこれからそうなると思うと、いい気分じゃない――とはいえ、スリーと、たぶん初代のミッキー・バーンズをのぞけば、俺は歴代ミッキーのなかでもっともいい人生を送ってきた。今度は、俺の番だろう。

さて、そろそろ時間切れだ。ナーシャのこと、頼んだからな。

「よし」クインが言う。「接続完了。心の準備はいいか？」

いい人生だった。というか、使い捨て人間（エクスペンダブル）にしちゃ、かなりいい人生を送れた。二年以上も生きていられたんだ。新たな世界を探検し、たくさん冒険した。異星の知的生命体とも親しくなった。

人生のうちのほとんど毎晩、ナーシャと絡みあっていた。

正直、これ以上望めるか？

「ああ」俺は返事をする。「始めてくれ」

023

記憶のアップロードによる遁走(とんそう)状態(自分が何者かわからなくなる状態)から回復するのに、少しかかった。ようやく自分の状況を思い出したときには、椅子の上で前かがみになっていた。ヘルメットははずされているが、手首と足首はまだストラップで固定されている。クインは部屋の反対側で、事務用椅子にすわって頬杖をつき、まぶたを半分閉じてうとうとしている。

「おっ」クインが頭を上げ、少し背筋を伸ばす。「お目覚めだね」

俺は瞬きして、視界に時計(クロノメーター)を出す。「五時間か」

「そうだよ。今回は長くなると言っただろ」

クインは立ち上がって伸びをしてから、俺のストラップをはずしに来る。「どうだった? なにか覚えてるか?」

俺は一分ほど考えなくてはならなかった。二年分以上の記憶が、頭から吸い出されたところなのだ。

思い出せるのは、ナーシャの顔だけ。

クインは最後のストラップの留め具を開く。俺は立ち上がり、そこでふらついて椅子の背につかまった。目の前が灰色になる。

「気をつけて」とクイン。「記憶のバックアップがあろうとなかろうと、立ちくらみで死ぬなんて馬鹿げている」

俺は頭をすっきりさせようと、頭をふる。「ありがとよ。いいアドバイスだ」

「ところで」とクイン。「なぜ今夜、二年以上ぶりにアップロードすることにしたのか、話してくれる気はないか？」

俺はクインを見る。

クインも俺を見る。

「いいや」最終的に俺は答えた。「その気はない」


ずっと前、ヒンメル宇宙ステーションで教官のジェマ・アベラから最初に教えこまれたことのひとつが、〝テセウスの船〟の話だった。テセウスは木造の船で世界をめぐり、そのあいだに船の部品を交換していく。何年もたって故郷に着く頃には、船を構成する板や索具は、元の船と同じものはひとつもなくなっていた。それでも、同じ船と言えるのか？

医療セクションを出ていくとき、俺はふと思った――そういえば、テセウスが捨てていった部品のことは、考えたことがなかったな。いまの俺は、まさにその捨てられた部品じゃないか？　次の俺が培養槽から出てくるときには、現時点の俺は、そいつの物語には存在しない。ミッキー・バーンズはこの先も生きていくが、この俺は？

俺はすでに幽霊だ。

医療セクションからマギー・リンのいるエリアまでは、歩いてすぐだ。いまは04時00分を過ぎたところだから、彼女が起きているはずはないが、こいつを終わらせたくてたまらない俺は、マギーの睡眠サイクルにはあまりかまわなかった。

システム工学セクションの責任者であるマギーは、指揮系統でマーシャル司令官の次の地位にある。彼女の部屋には実際、金属製のドアがついている。そのドアを見つめ、俺は長く感じられるくらいたたずんでいた。

やめるなら、これが最後のチャンスだぞ、いいのか？

俺は目を閉じ、息を吸って、吐く。

ノックしようと手を上げる。

たまげたことに、手が触れる前にドアが開いた。マギーが俺にぶつかりそうになり、驚いて飛びすさる。

「バーンズ？　こんなところでなにしてるのよ？」

「いや、すいません、まさか……俺はただ……あの……ちょうど記憶のアップロードをすませたんで、そろそろかなと思って……準備はできてます。まだ深夜だってことはわかってるが、くたびれてるし、早いとこすませたくて。さあ、やろう」

マギーはまじまじと俺を見つめ、眉根を寄せる。「やるって、具体的になにを？」

「あの……爆弾ですよ、リン博士。それが、いま俺のするべきことですよね？　反物質燃料エレメントを反応炉に戻すことが？　コロニーを救うことが？」

マギーは首をふる。「ベッドに戻りなさい、ミッキー。それはもうすんだわ」

「それは……え？　そんなわけ……ドローンを使ったんですか？」

「いいえ。残念ながら、ドローンは使わなかった。わたしはそう提案したんだけれど、却下されたの。前回のチャレンジが失敗したのはあくまで偶然で、前回よりわずかに厳重な装甲を施したユニットなら成功する確率が高い。わたしはそう主張したけれど、マーシャル司令官はリスクが大きすぎると譲らなくて」

俺は自分の顔が強ばるのがわかった。「それで、新しい俺を培養槽から出したんですか？」

「聞いて」とマギー。「今朝はほんとに、少しまいってるの。だから、あなたの心理療法士をしてあげる時間はないの。メッセージを確認してみて。そのあとでまだ訊きたいことがあったら、ミーティングの予定を入れましょう」

そう言うと、マギーは後ろ手にドアを閉め、俺の横をかすめて行ってしまった。

メッセージを確認してみて。

俺は瞬きしてチャット・ウィンドウを出す。すると、未読メッセージがずらりと並んでいた。俺のアップロード中に届いたものに違いない。

すべて、マーシャルからだ。

俺はそのスレッドを開く。

コマンド1：バーンズ。
コマンド1：応答してくれ、頼む。
コマンド1：まあ、いい。きみと直接話したかったが、わたしには時間もなければ、美容のためにたっぷり眠るきみが目を覚ますのを待つ気もない。というわけで——
コマンド1：まず、謝りたい。これまでの十一年間、わたしのきみに対する扱いはよくなかった。わたしはこのミッションの成功とコロニーの生き残りのために必要だと思うことをしてきたが、その過程で、きみにさまざまなひどい扱いをしてきた。そのことがいま、ますますはっきりとわかってきた。どうか、理解してほしい。もう一度同じ立場に置かれたとしても、わたしはまったく同じことをするだろう。しかし、そうせざるをえなかったことは、残念に思っている。

コマンド1：次に、説明を聞いてくれ。きみは今夜、いまにも反応炉に入れという指示が来るんじゃないかと思いながら床に就いたことだろう。なんなら、なぜまだその指示が来ないのかと、不思議に思っているかもしれない。反物質爆弾を取り返してくるようきみを送りだしたとき、わたしはこう言った――もしきみが成功したら、もうエクスペンダブルの仕事は頼まないと約束する。しかし、われわれのこれまでの関係を考えれば、きみに嘘だと思われてもしかたがない。

コマンド1：だが、嘘ではない。

コマンド1：きみは前に、こう言ったな。これだけ証拠がそろっていても、わたしのことをドラマに出てくる悪役のような人間だとは思わないと。きみは驚くかもしれないが、わたしも自分のことを悪役のような人間とは思っていない。それどころか、高潔な人格者だと思っている。ことあるごとに、自分が責任を負う人々を守るため、必要なことをしてきた人物だと思っている。

コマンド1：今夜も、そうするつもりだ。

コマンド1：前にも言ったように、わたしはきみに反応炉に入れとは命じないと約束した。しかし、コロニー存続のためには、あの爆弾に入っている燃料エレメントを反応炉に戻さなくてはならない。リン博士は、もう一機のドローンを使おうと提案している。今回失敗する可能性は五パーセント未満だとも、主張している。

コマンド1：わたしは〇・〇五パーセントであっても、この星のすべての人間の命を危険にさらすつもりはない。

コマンド1：リン博士の二番目の提案は、志願者を募ることだった。

コマンド1：きみが気づいていないかもしれない事実がある、バーンズ。この星に入植した人々の年齢の中央値は、三十六歳だ。もっとも若い者は三十二歳。きみはもっとも年長の部類に入る——というか、頻繁なリセットがなかったら、そう言えただろう。四十代の人間は、きみのほかに五人いる——リン博士、バーク、ベリガン、ラウシュ、そしてゴメスだ。

コマンド1：この星で五十歳を超える人間は、一人しかいない。誰かわかるかね？

コマンド1：わたしはもう行かなくてはならない、バーンズ。これから十分間のうちに、リン博士がこのコロニーの司令官を引き受けるだろう。反応炉の内部の状態が彼女の言うとおりだったら、の話だが。今後、きみという問題は、彼女が抱えることになる。

コマンド1：幸運を祈る。いずれ、必要になるだろうから。

錠が開く音で目が覚めた。俺は抱えた膝の上に額をのせ、術後回復室のドアの横で壁にもたれて眠っていた。顔を上げると、バーク医師が俺を見下ろしていた。

「立ってください。もう入れますよ」

俺は立ち上がり、彼についていく。そこにはナーシャがいた。室内の九十パーセントを占めるベッドに横になり、目を閉じているが、よく見ると胸が上下しているのがわかる。

「彼女は……」

「わかりません」とバーク。「調べてみましょう」

バーク医師はタブレットを引っぱり出すと、自分のオキュラーをかざしてから、画面をタップする。ナーシャの手の甲の静脈に刺した管に、緑色の液体が流れこむ。

ナーシャはまぶたをぱちぱちさせた。

「アジャヤ?」バークが呼びかける。「聞こえますか?」

ナーシャの目が彼を見て、それから俺を見る。彼女の舌先が上唇をなめる。俺はベッドの角を回っていき、彼女の手を取った。

「ミッキー?」ナーシャは小さい声で訊ねる。「いったい、なんなの?」

「つま先を動かせますか？」

バーク医師はタブレットに目をこらし、それから顔を上げてナーシャを見る。

「はい」とバーク医師。「彼女は大丈夫だと思います」

ナーシャは半分起き上がり、片手で俺の頭の後ろをつかむと、引き寄せてキスをした。

「彼女は大丈夫なんだよな、バーク？」と俺。

「ええ」キャットが答える。「あのムカつく男が、まさか最終的にヒーローになるなんてね」

「じゃあ」とベルト。「マーシャルがやったのか？」

俺は皿のヤム芋から目を上げる。いまはちょうど朝食と昼食のあいだの時間で、カフェテリアには俺たちと、テーブル一台を埋める農業セクションの連中しかいない。彼らは勤務時間外のトマトの世話係だ。「あいつはヒーローじゃない」俺は言う。「殉職者だ。みずからを犠牲にした殉職者。最悪のタイプの殉職者だ。ヒーローとは違う」

「どっちにしろ」とベルト。「いつかこの星にハイスクールを建てられるようになったら、絶対、マーシャルにちなんだ名前が付けられるな」

俺はため息をつく。ベルトの言うとおりだ。

それから数分間、みんな黙って食事をした。俺はみんなに非難されているという気持ちをふり払えず、ついにこう言った。

「俺がやるべきだった。マーシャルが反応炉に入っていったとき、俺はアップロードの真っ最中だったんだ。もしそうじゃなかったら、あいつを止めていただろう。そして、代わりに俺がやっていた」

キャットは自分のトレイから顔を上げる。「え？　どうして？」

ベルトもこっちを見て、戸惑いと苛立ちの混ざった表情を浮かべている。「そうだぞ、ミッキー。いったい、なにを言ってるんだ？」

俺は二人の顔を何度も見くらべる。「いや、その……昨夜、二年ぶりに記憶をアップロードしたんだ。その直後、マギー・リンのところへ行った。反応炉に入る準備ができましたって」

ベルトは頭をふって、食事に戻る。「信じられないね」

「はあ？　信じられないだと？」

「ヒエロニムス・マーシャルはこの十一年間、おまえの死の元凶だった」ベルトはヤム芋を頬張ったまま話す。「それなのにいま、おまえはあいつを救うために自分の身を反応炉に放りこむ準備をしてきたと言おうとしてるんだぞ？」そして、また首をふる。「焼きもちはやめろ、ミッキー」

俺はキャットを見た。彼女も首をふる。「ちょっと、やめてよ。こっちを見たってムダよ、ミッキー。あたしもベルトと同じ意見だもの」

「クインに訊いてみろよ」俺は言い返す。「なんなら、マギー・リンに訊けばいい。俺は反応炉へ行く途中、彼女からマーシャルのしたことを聞かされたんだ。俺はすでに幽霊なんだよ」

「というより、おまえはすでにバカだ」とベルト。「すんでのところで顔面に十グラム弾が当たらずにすんだってのに、自分を弾から押しのけてくれたやつに嫉妬してるんだぞ」

「ベルトの言うとおりよ」とキャット。「あなたは死んでない。ナーシャも死んでない。あなたの人生をひどいものにしてきた人物は死んだ。しかも、あたしたちには次の冬を越せるだけの燃料も手に入った。なにもかも、あなたにとっていい方向に動いてるのよ、ミッキー。あなたはしばらく、感謝の気持ちを行動で示すことに集中したほうがいいかもね」

024

使い捨て人間(エクスペンダブル)は、普通、引退しない。

念のため言っておくと、エクスペンダブルは通常、永遠に存在するわけじゃない。コロニーはいつか、確立するか、消滅する。いずれにしろ、気まぐれに殺していい人間の必要性は、低くなっていく。だが、思い出してくれ——エクスペンダブルになるようなやつは、たいてい、必要なくなってからもぜひいてほしいと思われるような人物じゃない。有罪判決を受けた恐喝犯や殺人犯や性犯罪者を同行させていると、彼らがばらばらにされたり、焼かれたりするところを見なくてはならないときは、彼らの犯罪歴に良心が少しばかり慰められるかもしれないが、そういうことをさせる人間が必要なくなれば、人々は考えを改めはじめるものだ——凍結胚から生まれた子どもたちが遊ぶ公園に、あんな連中をうろうろさせておいて本当にいいのか？　エクスペンダブルが引退するもっとも多いパターンは、新しい体を作るのを拒否されることによる死だ。

確かに、マーシャル司令官はまさにそれをチラつかせて、さんざん俺を脅してきた。マギー・リンには、どうやらべつの考えがあるらしい。彼女は技術者であり、自分のドローンをかなり気に入っている。現時点で、エクスペンダブルが機械よりうまくできることはなにもないと確信しているようすだ。マギーから実際にクビを言いわたされたわけじゃないし、俺のDNAデータと最後にアップロードした記憶データはまだサーバーに保存されているが、マーシャルが死んでから一年以上たつというのに、彼女は俺のことを文句の多い一般労働者としか思っていない。

それは、俺にとってはありがたいかぎりだ。というのも、ナーシャが妊娠していて、俺はどうしても自分の子どもに会うチャンスをつかみたいからだ。

だが、認めよう……ときどき、ついほかの自分のことを考えてしまう――マーシャルが死んだ夜、サーバーに記憶をアップロードしたのは、次の俺のためだった。俺がエクスペンダブルを引退したということは、次の俺には存在するチャンスが回ってこないということだ。わかってる、合理的な考えじゃないよな。べつに、次の俺がそのへんにいて、セヴンなんか危険な任務に出かけてとっとと死んでくれればいいのにと願いながら行ったり来たりしているわけじゃない。次の俺は、いま現在、概念でしかない。サーバーという辺獄に閉じこめられた、いつか存在できるかもしれない人間。

俺がエクスペンダブルに戻らないかぎり、次の俺はずっと概念でいるしかないだろう。

ただし……。

新たな惑星に着陸してから、できあがったコロニーが自力で初の植民船を打ち上げるまでにかかる期間の中央値は、およそ二百年。大きい視点から見れば、そこまで長いわけじゃない。物理学セクションはすでに、俺たちが植民船を送りだす候補となる星を特定している。つまり、俺たちがここでなんとかやっていけると想定しているわけだ。

もしそうなら、たぶん、エクスペンダブルが必要になるよな?

謝辞

ううむ……。謝辞をもう一本？

『ミッキー7』を書く作業は、ほぼそのままこの本を書く作業につながったので、『ミッキー7』の巻末で述べた謝辞のかなりの部分を再利用することにします。次の本が出るときには、たくさんの新しい友人ができ、古い友人たちから見限られていることでしょうが、それまではこれで。

この本のために尽力してくださった方々の名前を挙げていくと、長いリストになります。何人かの名前がもれてしまうかもしれません。その一人に該当されてしまった方は、どうか許してください。おそらく気づいているでしょうが、ぼくは見かけによらず、ちっとも賢明ではないんです。

まずは、明らかにお世話になった方々へ。ポール・ルーカスと〈ジャンクロウ&ネズビット〉の優秀な人々に、心から感謝します。彼らの導きと励ましがなかったら、ぼくはほぼ確実に、この仕事をとうの昔に投げだしていたでしょう。それから〈リベリオン・パブリッシング〉のマイクル・ローリーと〈セント・マーティンズ・プレス〉のマイクル・ホムラーのお二人は、ほとんど無名の著者が書いた奇妙な作品の続編に賭けてくれました。愉快なことに、今回は初めて、本を書き上げる前にお金が入ってきました。マイクルがわたしを信じてくれたこと、わたしが契約を果たせずに自分の死を偽装して国外逃亡しなくてすんだことをありがたく思っています。

次の方々にも、心をこめた感謝を伝えたいと思います（順不同）。

・キーラとクレアは、この物語の最初の原稿に手厳しいがまっとうな批評をくれました。
・ヘザーは、ぼくのクレジットカードで無限にチャイを買ってきてくれました。
・アンソニー・タボーニは、もうすぐできるぼくのファンクラブの会長になってくれます。
・テレーズ、クレッグ、キム、エアロン、ジョナサン、ゲアリーは、本書の原稿のいろんなバージョンを読みとおしてくれ、さっさとやめちまえなどとはけっして言いませんでした。
・カレン・フィッシュは、作家であるとはどういうことかを教えてくれました。
・ジョンは、文字どおり、あらゆる面で頼りになる相談役をつとめてくれました。

・ミッキーは、ぼくがライヴ・インタヴューで彼の顔はハリウッド向きじゃないと言っても、怒らないでくれました。
・ジャックは、どうしても必要なときはぼくのエゴを抑えてくれました。
・ジェンは、今回もひきつづき最後までぼくに我慢してくれました。
・マックスとフレイアは、ぼくが人生で本当に大切なものはなにかをけっして忘れないようにしてくれました。

前にも言ったように、このリストはお世話になった方々の一部にすぎません。ここに挙げた方々の誰が欠けても、本書はこういう形にはならなかったでしょうし、おそらくほかにもたくさんの方々の協力があったはずです。ありがとう、みんな。さあ、次の作品に取りかかろうか？

訳者あとがき

反物質兵器による戦争で壊滅状態になった地球から、人類はほかの惑星に移住し、ひとつの場所で増えすぎると殺し合いを始めるという教訓に従い、その後も次々と新たな惑星を開拓していった。主人公ミッキー7は、新たな植民地となる惑星ニヴルヘイムで、死んでも新たな体で復活させられる使い捨て人間（エクスペンダブル）として危険な任務をまかされている。前作では、司令官にムカデの巣の爆破を命じられ、禁断の兵器〝反物質爆弾〟を背負い、手違いで生まれてしまったミッキー8とともにムカデの巣に入っていった。ところが、思いがけずムカデと意思疎通ができたことで、彼らと共存できるかもしれないと考えたセヴンは、爆弾を背負ったままコロニーに帰還。残念ながら命を落としたエイトの背負っていた爆弾を岩場に隠し、司令官にはムカデたちに取られたと報告。しかも、ムカデたちと連絡が取れるのは、セヴンだけ。激怒する司令官も、これでは彼を抹殺できない。こうして、セヴンはめでたくエクスペンダブル引退を果たした。

と、ここまでが前作。本作では、コロニーで燃料不足という問題が持ち上がる。燃料となる反物質を手に入れるため、ムカデたちに奪われた（ことになっている）爆弾を取り返さなくてはならない。当然、その任務を言い渡されるミッキー7。しかし隠し場所に行ってみると、爆弾がない！　ムカデたちに見つかって、べつのムカデの群れにプレゼントされていたのだ。ミッキー7は遠征チームを率い、案内役のムカデとともに、もうひとつのムカデの巣をめざす――。こうして人間と巨大ムカデのロードムービーが始まる。果たして、異星の生命体とのあいだに友情は生まれるのか？

ところで、ムカデによく似た先住生物は、原文ではcreeper――這う者、忍びよる者――となっている。creepには「ぞっとする・不気味な」という意味もあり、英語話者なら、地面や壁を這って近づいてくる気味の悪い生き物をイメージする。けれど「クリーパー」とカタカナにしてみると、なんというか、かわいらしい……。というわけで、邦訳ではぞっとしてもらうため、連想しやすいムカデとした。本作では、不気味生物がさらに追加。・クモ（に似た生物）、ミミズ（ややヤツメウナギに似た生物）、極めつきは真菌類（に似た生物）――ちなみに、どれもビッグサイズだ。

著者エドワード・アシュトンは、長篇小説のほか、ESCAPE POD（escapepod.org）、ANALOG（analogsf.com）、Fireside Magazine（firesidefiction.com）などで短篇小説も

発表している。長篇小説では、本書のあと、二〇二四年四月に *Mal Goes to War* が出版され、二〇二五年二月には *The Fourth Consort* が発売予定だ。前者は近未来を舞台に、Ｍａｌ（マルウェアの〝マル〟）という名の妙に人間味のあるＡＩが活躍するテクノスリラー。後者は内容紹介によると、宇宙の汎種族同盟Ｕｎｉｔｙの代表になった初の人間ダルトンを主人公とする、異星の種族とのファーストコンタクト、ダーク・コメディ、奇妙な三角関係をミックスした作品らしい。どちらも近未来のディストピアを舞台に、アシュトン独特のくせのあるユーモアがちりばめられたエンターテインメントで、本書やマーサ・ウェルズ『マーダーボット・ダイアリー』などが好きな方には、とくにお勧めしたい。

前作『ミッキー7』が原作の映画『ミッキー17』は、日本では二〇二五年三月に公開される予定だ。『パラサイト　半地下の家族』でアカデミー賞を受賞したポン・ジュノ監督の手が入ることで、どんな映像作品が生まれるのか期待が高まる。

二〇二四年十二月

訳者略歴　愛知県立大学外国語学部フランス学科卒，英米文学翻訳家　訳書『ミッキー7』アシュトン，『書架の探偵、貸出中』ウルフ，『無情の月』コワル，『男たちを知らない女』スウィーニー＝ビアード（以上早川書房刊）他多数

HM=Hayakawa Mystery
SF=Science Fiction
JA=Japanese Author
NV=Novel
NF=Nonfiction
FT=Fantasy

ミッキー7　反物質(はんぶっしつ)ブルース

〈SF2468〉

二〇二五年三月十日　印刷
二〇二五年三月十五日　発行

（定価はカバーに表示してあります）

著　者　エドワード・アシュトン
訳　者　大谷(おおたに)真弓(まゆみ)
発行者　早川　浩
発行所　株式会社　早川書房

郵便番号　一〇一 - 〇〇四六
東京都千代田区神田多町二ノ二
電話　〇三 - 三二五二 - 三一一一
振替　〇〇一六〇 - 三 - 四七七九九
https://www.hayakawa-online.co.jp

乱丁・落丁本は小社制作部宛お送り下さい。
送料小社負担にてお取りかえいたします。

印刷・星野精版印刷株式会社　製本・株式会社フォーネット社
Printed and bound in Japan
ISBN978-4-15-012468-7 C0197

本書は活字が大きく読みやすい〈トールサイズ〉です。